Das Buch
Ein junger vietnamesischer Geflüchteter gerät in den späten Siebzigerjahren an ein schwules Paar und erleidet einen profunden Kulturschock; ein Physikprofessor mit Demenz im Frühstadium beginnt, seine Frau mit einer Geliebten aus der alten Heimat zu verwechseln; eine junge Frau besucht ihre Halbgeschwister in Ho-Chi-Minh-Stadt und gibt vor, im Einwanderungsland Amerika erfolgreicher zu sein als sie eigentlich ist.
Die Erzählungen, die dieser Band versammelt, handeln von Menschen, die in den Monaten und Jahren nach dem Fall von Saigon aus Vietnam geflüchtet sind und versuchen, in Amerika eine neue Heimat zu finden.
Stilistisch brillant und scharf beobachtet, beleuchtet Viet Than Nguyen die Sehnsüchte jener, die ihr Herkunftsland verlassen müssen, um woanders neu anzufangen, und den Wunsch nach Verortung und Selbstverwirklichung, der unser aller Leben prägt. Ein fesselndes Zeugnis der universellen Erfahrung von Verlust, Flucht, Vertreibung und der Suche nach der eigenen Identität.

Der Autor
Viet Thanh Nguyen, geboren 1971 in Südvietnam, floh nach dem Fall von Saigon 1975 mit seinen Eltern in die USA. Er studierte Anglistik und Ethnic Studies in Berkeley und arbeitet seit seiner Promotion 1997 als Hochschullehrer an der University of Southern California in Los Angeles. Für sein Romandebüt, den internationalen Bestseller *Der Sympathisant* (Blessing, 2017), erhielt er 2016 den Pulitzer-Preis und den Edgar Award.

VIET THANH NGUYEN

DIE GEFLÜCHTETEN

ERZÄHLUNGEN

Aus dem Amerikanischen
von Wolfgang Müller

WILHELM HEYNE VERLAG
MÜNCHEN

Die Originalausgabe *The Refugees* erschien
bei Grove Press, New York

Sollte diese Publikation Links auf Webseiten Dritter enthalten,
so übernehmen wir für deren Inhalte keine Haftung, da wir uns diese
nicht zu eigen machen, sondern lediglich auf deren Stand
zum Zeitpunkt der Erstveröffentlichung verweisen.

Verlagsgruppe Random House FSC® N001967

Vollständige deutsche Taschenbuchausgabe 03/2020
Copyright © 2017 by Viet Thanh Nguyen
Copyright © 2018 der deutschen Ausgabe
by Karl Blessing Verlag
Copyright © 2020 dieser Ausgabe
by Wilhelm Heyne Verlag, München
in der Verlagsgruppe Random House GmbH,
Neumarkter Straße 28, 81673 München
Printed in Germany
Umschlaggestaltung: © Geviert, Grafik & Typografie, München,
unter Verwendung einer Illustration von © Shutterstock/Dooder
Satz: Leingärtner, Nabburg
Druck und Bindung: GGP Media GmbH, Pößneck
Alle Rechte vorbehalten
Printed in Germany
ISBN: 978-3-453-42365-7

www.heyne.de

Für alle Geflüchteten, überall.

INHALT

SCHWARZÄUGIGE FRAUEN 11

DER ANDERE MANN 33

KRIEGSJAHRE 59

DIE TRANSPLANTATION 85

I'D LOVE YOU TO WANT ME 111

DIE AMERIKANER 137

JEMAND ANDERS 163

VATERLAND 195

DANKSAGUNGEN 223

Ich habe dieses Buch für die Geister geschrieben, die,
weil sie außerhalb der Zeit stehen, die Einzigen sind,
die Zeit haben.
>Roberto Bolaño, *Antwerp*

Es sind nicht die Erinnerungen, die dich heimsuchen.
Es ist nicht, was du geschrieben hast.
Es ist das, was du vergessen hast, was du vergessen musst.
Was du weiter vergessen musst dein ganzes Leben lang.
>James Fenton, *Ein deutsches Requiem*

SCHWARZÄUGIGE FRAUEN

Da erlangt jemand Berühmtheit. Üblicherweise eine Art Berühmtheit, wie sie sich kein zurechnungsfähiger Mensch wünschen würde – jahrelange Gefangenschaft infolge einer Entführung oder ein demütigender Sexskandal oder weil er etwas überlebt hat, was man normalerweise nicht überlebt. Diese Überlebenden brauchen jemanden, der ihnen beim Schreiben ihrer Memoiren hilft, und ihre Agenten stoßen manchmal auf mich. »Wenigstens taucht so dein Name nirgends auf«, sagte meine Mutter einmal. Als ich erwiderte, dass ich gegen eine Erwähnung in den Danksagungen nichts einzuwenden hätte, sagte sie: »Ich erzähle dir jetzt mal eine Geschichte.« Diese Geschichte sollte ich nun zum ersten, aber nicht zum letzten Mal hören. »In unserer Heimat«, sagte sie, »gab es einen Reporter, der behauptete, die Regierung würde Menschen im Gefängnis foltern. Also macht die Regierung genau das mit ihm, von dem er behauptete, dass sie es mit anderen Menschen machen würde. Sie lassen ihn verschwinden, und er taucht nie wieder auf. Genau das passiert Schriftstellern, die ihre Namen irgendwo draufschreiben.«

Als Victor Devoto sich für mich entschied, hatte ich mich schon damit abgefunden, dass mein Name nicht auf Buchumschlägen auftauchte. Sein Agent hatte ihm ein Buch gegeben, das ich als Ghostwriterin für den Vater eines Jungen geschrieben hatte, der in seiner Schule mehrere Menschen erschossen hatte. »Ich kann nachempfinden, dass der Vater sich schuldig fühlt«, sagte Victor zu mir. Er war der einzige Überlebende eines Flugzeugabsturzes, bei dem einhundertdreiundsiebzig Menschen gestorben waren, darunter seine Frau und seine Kinder. Er tingelte durch die Talkshows, war dabei zwar körperlich anwesend, aber ansonsten war nicht mehr viel von ihm übrig. Er sprach mit leiser und monotoner Stimme, und in seinen Augen, wenn sie denn aufblickten, schienen sich die Silhouetten trauernder Menschen versammelt zu haben. Sein Verleger sagte, er müsse seine Geschichte unbedingt erzählen, solange das Publikum sich noch an die Tragödie erinnere. Und genau damit war ich beschäftigt an dem Tag, als mein toter Bruder zu mir zurückkehrte.

Draußen war es noch ganz dunkel, als meine Mutter mich weckte. »Keine Angst«, sagte sie.

Das Licht im Flur, das durch die offene Tür hereindrang, blendete mich. »Warum sollte ich Angst haben?«

Als sie den Namen meines Bruders nannte, dachte ich nicht an meinen Bruder. Er war schon vor langer Zeit gestorben. Ich schloss die Augen und sagte, ich würde niemanden kennen, der so heißt. Aber sie ließ nicht locker. »Er ist zu Besuch gekommen«, sagte sie, zog mir die Bettdecke weg und rüttelte mich an der Schulter, bis ich schließlich aufstand, die Augen noch halb geschlossen. Sie war dreiundsechzig, ab und zu verwirrt, und als sie mich ins Wohnzimmer führte und aufschrie, überraschte mich das nicht. »Genau hier hat er gestanden.« Sie kniete im Baumwollpyjama neben ihrem geblümten Lehnstuhl und betastete den Teppich. »Nass.« Auf allen vieren folgte sie der Spur bis zur Haustür. Ich berührte den Teppich ebenfalls, er war feucht. Einen Augenblick lang war ich verunsichert. Es war vier Uhr morgens, und eine unheilvolle Stille erfüllte das Haus. Dann hörte ich den Regen in der Dachrinne, und die Angst, die mich im Nacken gepackt hatte, lockerte ihren Griff. Meine Mutter hatte wahrscheinlich die Tür geöffnet, war nass geworden und dann wieder ins Haus gegangen. Mit der Hand am Griff kauerte sie vor der Tür. Ich kniete mich neben sie auf den Boden und sagte: »Das bildest du dir ein.«

»Ich weiß, was ich gesehen habe.« Sie stieß meine Hand von ihrer Schulter und stand auf. Ihre dunklen Augen funkelten vor Zorn. »Er ist hereingekommen. Er hat geredet, und er wollte dich sprechen.«

»Und, Mama, wo ist er jetzt?« Sie seufzte, als sei ich diejenige, die das Offensichtliche nicht kapierte. »Er ist ein Geist, oder?«

Seit dem Tod meines Vaters ein paar Jahre zuvor lebten meine Mutter und ich artig zusammen. Wir teilten die Leidenschaft für Worte, allerdings zog ich die Stille des Schreibens vor, während sie es liebte zu reden. Sie fütterte mich unablässig mit Klatsch und Geschichten, von denen ich nur eine Sorte mochte: die über meinen Vater, als er noch der Mann gewesen war, den ich nicht kannte, jung und glücklich. Außerdem erzählte sie gern Horrorgeschichten wie die eine über den Reporter, mit der Moral, dass sich das Leben, genauso wie die Polizei, gelegentlich einen Spaß daraus macht, auf einen einzudreschen. Und schließlich waren da noch ihre Lieblingsgeschichten, sie handelten von Geistern, und ein paar davon hatte sie sogar selbst erlebt.

»Tante Six ist mit sechsundsiebzig an einem Herzanfall gestorben«, erzählte sie mir einmal, zweimal, vielleicht dreimal. Sich zu wiederholen gehörte zu ihren Angewohnheiten. Ich nahm ihre Geschichten nicht ernst. »Sie lebte in Vung Tau, wir lebten in Nha Trang. Ich trug gerade das Essen auf, da sah ich Tante Six in ihrem Nachthemd am Tisch sitzen. Die langen grauen Haare, die sie sonst zu einem Knoten zusammengebunden hatte, fielen ihr offen auf die Schultern und ins Gesicht. Fast hätte ich das Geschirr fallen lassen. Als ich sie fragte, was sie hier mache, lächelte sie nur. Dann stand sie auf, küsste mich, fasste mich an den Schultern und drehte mich zur Küche. Als ich mich wieder umwandte, war sie verschwunden. Es war ihr Geist gewesen. Ich rief den Onkel an, und er bestätigte es mir. Sie war am Morgen in ihrem Bett gestorben.«

Laut meiner Mutter hatte Tante Six einen schönen Tod gehabt, zu Hause, im Kreis ihrer Familie. Ihr Geist hatte einfach eine Runde gedreht, um sich zu verabschieden. An dem Morgen, als meine Mutter behauptete, sie habe meinen Bruder gesehen, ihren Sohn, wiederholte sie am Küchentisch diese Geschichte. Ich hatte ihr eine Kanne grünen Tee gekocht und gegen ihren Willen ihre Temperatur gemessen. Sie war normal, wie sie es prophezeit hatte. Sie fuchtelte mir mit dem Thermometer vor dem Gesicht herum und erzählte, er sei wahrscheinlich verschwunden, weil er müde gewesen sei. Schließlich hätte er gerade eine Reise von mehreren Tausend Meilen hinter sich gehabt.

»Und wie ist er hergekommen?«

»Er ist geschwommen.« Sie sah mich mitleidig an. »Deshalb war er nass.«

»Ein exzellenter Schwimmer war er ja«, sagte ich spöttisch. »Wie hat er ausgesehen?«

»Genau wie damals.«

»Das ist fünfundzwanzig Jahre her. Er hat sich überhaupt nicht verändert?«

»Sie sehen immer genau so aus wie zu dem Zeitpunkt, als man sie das letzte Mal gesehen hat.«

Ich erinnerte mich daran, wie er beim letzten Mal ausgesehen hatte, und sofort verging mir jeglicher Spott. Der fassungslose Gesichtsausdruck, die weit geöffneten Augen, die nicht einmal zuckten, als ihm die zersplitterte Planke des Bootsdecks gegen die Wange drückte – ich wollte ihn nicht wiedersehen, wenn es denn überhaupt irgendetwas oder irgendwen zu sehen geben sollte. Nachdem meine Mutter zu ihrer Schicht ins Nagelstudio gegangen war, versuchte ich vergeblich, wieder einzuschlafen. Wenn ich meine Augen schloss, starrten mich seine an. Erst jetzt wurde mir bewusst, dass ich seit Monaten nicht mehr an ihn gedacht hatte. Ich hatte mich lange bemüht, ihn zu vergessen, brauchte aber nur um eine Ecke zu biegen – in der Welt wie in meinem Kopf –, um ihm, meinem besten Freund, zufällig zu begegnen. Seit ich denken kann, habe ich ihn draußen vor dem Haus meinen Namen rufen hören. Das war das Signal für mich, ihm zu folgen, auf den Wegen und durch die Gassen unseres Dorfes, durch die Jackfrucht- und Mangohaine, um die zerfetzten Palmen und Bombenkrater herum, zu den Deichen und Feldern. So sah damals eine normale Kindheit aus.

Rückblickend wurde mir jedoch klar, dass wir unsere Jugend in einem heimgesuchten Land verbracht hatten. Unser Vater war eingezogen worden, und wir fürchteten, dass er nie mehr zurückkehren würde. Bevor er ging, hatte er neben unserem Haus einen Luftschutzraum gegraben, einen Bunker mit einem Dach aus Sandsäcken, das von Holzbalken abgestützt wurde.

Obwohl es drinnen heiß und stickig war, nach feuchter Erde roch und von Würmern wimmelte, spielten wir als Kinder oft dort. Als wir älter waren, gingen wir zur Schule und erzählten Geschichten. Ich war die beste Schülerin an der ganzen Schule, so exzellent, dass mein Lehrer mir nachmittags Englischstunden gab. Die Lektionen gab ich an meinen Bruder weiter, der mir dafür Märchen, Sagen und Klatschgeschichten erzählte. Wenn wir mit unserer Mutter im Bunker kauerten, während Flugzeuge über unsere Köpfe hinwegkreischten, flüsterte er mir zur Ablenkung Geistergeschichten ins Ohr. Nur behauptete er eisern, dass es keine Geistergeschichten waren, sondern historische Berichte aus zuverlässigen Quellen, sprich: von uralten Weibern, die in der Hocke auf dem Markt saßen, Betelnüsse kauten und roten Saft ausspuckten, während sie ihre Kohleöfen oder Warenkörbe bewachten. Zu den festen Bewohnern unseres Landes, so sagten sie, gehörten die obere Hälfte eines koreanischen Leutnants, die eine Mine in die Zweige eines Gummibaumes katapultiert hatte, ein skalpierter schwarzer Amerikaner, der nicht weit von seinem abgeschossenen Hubschrauber in einem Bach trieb und dessen Augen und frei liegende Hirnsichel im Wasser glitzerten, und ein enthaupteter japanischer Gefreiter, der im Maniokgebüsch nach seinem Kopf tastete. Diese Invasoren hatten unser Land erobert und würden nie wieder abziehen, sagten die alten Damen und entblößten dabei kichernd ihre lackierten Zähne. Jedenfalls sagte das mein Bruder. Ich kauerte im Halbdunkel und zitterte vor Vergnügen, als würde ich den schwarzäugigen Frauen selbst lauschen, und es kam mir vor, als würde ich solche Geschichten nie erzählen können.

Blanke Ironie also, dass ich meinen Lebensunterhalt als Ghostwriterin verdiente? Diese Frage stellte ich mir selbst, als ich mitten am Tag im Bett lag, aber die schwarzäugigen und schwarzzahnigen Frauen hörten mich. *Das nennst du Leben?* Sie lachten mich zähneklappernd aus. Ich zog mir die Decke bis zur Nase hoch, wie ich es in den ersten Jahren in Amerika getan hatte, wenn nicht nur im Flur finstere Gestalten lauerten, sondern auch draußen auf der Straße. Aus Angst vor unseren jungen Landsleuten, die im Krieg schon als Kinder Gewalt kennengelernt hatten, lugten meine Mutter und mein Vater immer erst durch den Wohnzimmervorhang, bevor sie die Tür öffneten. »Mach nie jemandem die Tür auf, den du nicht kennst«, warnte mich meine Mutter, einmal, zweimal, dreimal. »Wir wollen nicht enden wie die Familie, die man mit vorgehaltener Pistole gefesselt hat. Sie haben auf dem Baby so lange Zigaretten ausgedrückt, bis die Mutter ihnen gezeigt hat, wo das Geld versteckt war.« Meine amerikanische Jugend war voller solcher Leidensgeschichten, mit denen meine Mutter zum Ausdruck brachte, dass wir nicht hierhergehörten. In einem Land, wo Besitz alles galt, hatten wir nichts als unsere Geschichten.

Es war dunkel draußen, als ein Klopfen mich weckte. Meine Uhr zeigte 18:35 Uhr. Es klopfte wieder. Leise, zaghaft. Ich wollte es nicht wahrhaben, aber ich wusste, wer da klopfte. Für alle Fälle hatte ich die Schlafzimmertür abgeschlossen. Ich zog mir die Bettdecke über den Kopf, mein Herz raste. Ich wollte, dass er wegging, aber als er am Türgriff rüttelte, wusste ich, dass mir nichts übrig blieb, als aufzustehen. Mit einer Gänsehaut stand ich in Habachtstellung vor der Tür und starrte auf den heftig zitternden Türgriff. Ich rief mir in Erinnerung, dass er sein Leben für mich gegeben hatte. Die Tür zu öffnen war das Mindeste, was ich tun konnte.

Er war aufgedunsen und bleich, das Haar fedrig, die Haut dunkel. Die knochigen Arme und Beine steckten in schwarzen Shorts und einem zerlumpten grauen T-Shirt. Als ich ihn das letzte Mal gesehen hatte, war er einen Kopf größer gewesen als ich. Jetzt war es umgekehrt. Er sagte meinen Namen mit heiserer, rauer Stimme, die überhaupt nichts mehr von ihrem jugendlichen Alt hatte. Seine Augen waren allerdings noch die gleichen, so neugierig wie damals, ebenso die leicht geöffneten, immer sprechbereiten Lippen. An der linken Schläfe glänzte eine lila, ins Schwarze spielende Beule; das Blut, an das ich mich erinnerte, war verschwunden, wahrscheinlich abgewaschen von Salzwasser und Unwettern. Er war tropfnass, obwohl es nicht regnete. Ich konnte das Meer riechen, und ich konnte, was schlimmer war, das Boot riechen, den widerlichen Gestank von menschlichem Schweiß und menschlichen Exkrementen.

Als er meinen Namen sagte, zitterte ich, auch wenn er der Geist von jemandem war, den ich liebte und dem ich niemals etwas antun würde, die Art von Geist, die laut meiner Mutter auch mir nichts antun würde. »Komm rein«, sagte ich und kam mir dabei sehr mutig vor. Ohne sich zu rühren, schaute er nach unten, wo das Wasser von seinem Körper auf den Teppich tropfte. Ich holte ihm ein sauberes T-Shirt und saubere Shorts und ein Handtuch. Er schaute mich erwartungsvoll an, bis ich mich umdrehte, damit er sich umziehen konnte. Die Sachen waren die kleinsten, die ich hatte, aber immer noch eine Nummer zu groß für ihn. Das T-Shirt war riesig, die Shorts reichten ihm bis zu den Knien. Ich winkte ihn herein, und diesmal folgte er meiner Aufforderung und setzte sich auf mein zerwühltes Bett. Er wich meinem Blick aus. Anscheinend hatte er mehr Angst vor mir als ich vor ihm. Er war immer noch fünfzehn und ich schon achtunddreißig und nicht mehr das quirlige, kaum zu bändigende Mädchen von damals. Inzwischen machte ich nur noch widerwillig den Mund auf, außer ich hatte einen Grund, zum Beispiel, wenn ich Victor interviewte. Mein Dasein als Autorin, und sei es eine der dritten oder vierten Garnitur, verlangte nach einer Etikette, der ich gerecht werden konnte. Aber was fragt man einen Geist, außer, warum er da ist? Ich hatte Angst vor der Antwort, also fragte ich stattdessen: »Warum hast du so lange gebraucht?«

Er schaute auf meine nackten Füße mit ihren nackten Fußnägeln. Vielleicht spürte er, dass ich mit Kindern nicht so gut konnte. Mutterschaft war mir zu intim, ebenso Beziehungen, die länger als eine Nacht dauerten.

»Du musstest schwimmen. Dauert lange, so weit zu schwimmen, oder?«

»Ja.« Sein Mund blieb offen stehen, als wollte er noch etwas sagen, wüsste aber nicht, was oder wie er es ausdrücken sollte. Vielleicht war diese Geistererscheinung die erste Folge dessen, was meine Mutter als meine widernatürliche Veranlagung zum kinderlosen Single betrachtete. Vielleicht war sie keine Ausgeburt meiner Fantasie, sondern ein Symptom von etwas Falschem, wie der Krebs, der meinen Vater getötet hatte. Auch er hatte laut meiner Mutter einen schönen Tod gehabt, zu Hause, im Kreis seiner Familie, nicht so wie ihr Sohn oder fast auch ich. Als aus dem bodenlosen, mit Beton versiegelten Brunnen in meinem Innern Panik zu quellen begann, hörte ich erleichtert, dass die Haustür sich öffnete.

»Mutter will dich bestimmt sehen«, sagte ich. »Warte einen Moment. Ich bin gleich wieder da.«

Als wir zurückkamen, fanden wir nur seine nassen Sachen und das nasse Handtuch. Sie hielt das graue T-Shirt hoch, das er auf dem blauen Boot mit den roten Augen getragen hatte.

»Jetzt weißt du es«, sagte meine Mutter. »Drehe einem Geist nie den Rücken zu.«

Die schwarzen Shorts und das graue T-Shirt stanken nach Salzwasser und trieften vor Nässe, doch dass sie so schwer waren, lag nicht nur daran. Ich spürte ihr Gewicht in meinen Händen wie das von Beweismitteln, als ich sie in die Küche brachte. Zu Dutzenden Gelegenheiten hatte ich diese Sachen an meinem Bruder gesehen. Ich erinnerte mich an die Shorts, als sie nicht schwarz vor Dreck, sondern noch makellos blau, und an das T-Shirt, als es nicht grau und zerlumpt, sondern noch weiß und gepflegt gewesen war. »Glaubst du mir jetzt?«, sagte meine Mutter und öffnete die Klappe der Waschmaschine. Ich zögerte. Manche Menschen behaupten, der Glaube würde in ihrem Innern ein Feuer entfachen, aber mein neu entdeckter Glaube ließ mich frösteln. »Ja«, sagte ich. »Ich glaube dir.«

Die Maschine brummte im Hintergrund, während wir uns zum Essen an den Küchentisch setzten. Es roch himmlisch nach Sternanis und Ingwer. »Deshalb hat es so viele Jahre gedauert«, sagte meine Mutter und blies auf ihre heiße Suppe. Nichts hatte ihr jemals den Appetit verdorben oder den gusseisernen Magen verbeult, nicht einmal die Ereignisse auf dem Boot oder die Geistererscheinung ihres Sohnes. »Er ist den ganzen Weg geschwommen.«

»Tante Six hat fast tausend Kilometer entfernt gelebt, und die hast du am selben Tag gesehen.«

»Geister leben nicht nach unseren Regeln. Jeder Geist ist anders. Gute Geister, böse Geister, glückliche Geister, traurige Geister. Geister von Menschen, die im Alter sterben, die in der Jugend sterben, die als Kinder sterben. Glaubst du etwa, dass sich Babygeister genauso benehmen wie Großvatergeister?«

Ich wusste nichts über Geister. Ich hatte nicht an Geister geglaubt, und auch niemand, den ich kannte, glaubte daran, außer meine Mutter und Victor, der mir selbst geisterhaft vorkam. Der brennende Kummer hatte ihn bleich und fast durchsichtig werden lassen, das einzig Farbige an ihm war ein ungekämmter roter Haarschopf. Aber selbst er kam auf das Jenseitige nur zweimal zu sprechen, einmal am Telefon und einmal in seinem Wohnzimmer. Seit dem Tag, an dem seine Familie zum Flughafen gefahren war, hatte er nichts in der Wohnung angerührt, nicht einmal den kummervollen Staub. Ich hatte den Eindruck, die Fenster seien seit diesem Tag nicht mehr geöffnet worden, als wolle er die verbrauchte Luft konservieren, die seine Frau und seine Kinder geatmet hatten, bevor sie weit entfernt von zu Hause einen unschönen Tod starben. »Die Toten ziehen weiter«, hatte er gesagt. Er saß zusammengesunken, die Hände zwischen den Oberschenkeln, in seinem Lehnstuhl. »Aber wir, die Lebenden, wir bleiben einfach hier.«

Mit diesen Worten begann sein letztes Kapitel, an dem ich arbeitete, nachdem meine Mutter schlafen und ich hinunter in den von Neonröhren grell erleuchteten Kellerraum gegangen war. Ich schrieb einen Satz und hielt dann inne, um auf ein Klopfen oder einen Schritt auf der Treppe zu lauschen. Ein bewährter Rhythmus begleitete mich, Nacht für Nacht. Ich schrieb ein paar Zeilen, dann wartete ich auf etwas, was nicht kam.

Der Abschluss von Victors Memoiren stand kurz bevor, als meine Mutter vom Nagelstudio zurückkam. Sie hatte zwei Einkaufstüten aus Chinatown dabei, die eine voller Lebensmittel, die andere mit Unterwäsche, einem Pyjama, einer Jeans, einer Jeansjacke, einer Packung Socken, Wollhandschuhen und einer Baseballkappe. Nachdem sie die Sachen ausgepackt und neben das T-Shirt und die Shorts gelegt hatte, die nun trocken und gebügelt waren, sagte sie: »Mit den Sachen von dir kann man ihn doch nicht raus in die Kälte lassen, da sieht er ja aus wie ein Obdachloser oder illegaler Einwanderer.« Als ich sagte, dass ich das so noch gar nicht gesehen hätte, schnaubte sie verärgert über meine Ignoranz gegenüber den Bedürfnissen eines Geistes. Erst nach dem Essen wurde sie wieder etwas umgänglicher. Ihre Laune hatte sich gebessert, weil ich mich nicht wie üblich in meinen Kellerraum zurückgezogen hatte, sondern mit ihr eine der Seifenopern anschaute, die sich um schöne koreanische, in Liebesdinge verstrickte Menschen drehten und die sie sich stapelweise auslieh. »Wenn der Krieg nicht gewesen wäre«, sagte sie an jenem Abend so wehmütig, dass ich näher an sie heranrückte, »dann wären wir heute wie die Koreaner. Saigon wäre Seoul, dein Vater wäre noch am Leben, du wärst verheiratet und hättest Kinder, ich wäre eine Hausfrau im Ruhestand und keine Nagelpflegerin.« Sie hatte Lockenwickler im Haar, und in ihrem Schoß hielt sie ein Schälchen Wassermelonenkerne. »Ich würde Freunde besuchen, und Freunde würden mich besuchen, und nach meinem Tod würden hundert Leute zu meiner Beerdigung kommen. Hier kann ich von Glück sagen, wenn zwanzig kommen, und du wirst dich darum kümmern müssen. Das macht mir mehr Angst als alles andere. Du vergisst sogar, den Müll rauszubringen oder Rechnungen zu bezahlen. Du würdest das Haus nicht mal verlassen, um Essen einzukaufen.«

»Ich würde nie vergessen, mich um deine Seele zu kümmern.«

»Wann würdest du die Totenwache halten? Wann würde die Feier zu meinem Todestag stattfinden? Was würdest du sagen?«

»Schreib mir auf, was ich sagen soll«, sagte ich.

»Dein Bruder hätte gewusst, was zu tun ist«, sagte sie. »Dafür sind Söhne da.«

Darauf hatte ich keine Antwort.

Als er um elf immer noch nicht aufgetaucht war, legte sich meine Mutter schlafen. Ich ging wieder in meinen Kellerraum und versuchte zu schreiben. Schreiben hieß, sich im Nebel einen Weg aus dieser Welt in die überirdische Welt der Worte zu ertasten, einen Weg, der an manchen Tagen leicht zu finden war, an anderen weniger leicht. Während ich durch den Dunst stolperte, lauerte der Fragepapagei auf meiner Schulter und wollte wissen, wie es gekommen sei, dass ich lebte und er tot war. Ich war jünger und schwächer, und doch war es mein Bruder, den wir bestatteten und ohne Leichenhemd oder ein Wort von mir in den Ozean gleiten ließen. Ich erinnerte mich an das Wehklagen meiner Mutter und das Schluchzen meines Vaters, aber weder das eine noch das andere übertönte mein Schweigen. Jetzt war der richtige Zeitpunkt, ein paar Worte zu sagen, ihn zurückzurufen, wie er es wahrscheinlich gewollt hatte, aber mir fiel nichts ein. Als ich schon glaubte, eine weitere Nacht würde vergehen, ohne dass er zurückkäme, hörte ich es oben an der Treppe klopfen. Ich glaube es, ermahnte ich mich. Ich glaube, dass er mir nie etwas antun würde.

»Du brauchst nicht anzuklopfen«, sagte ich, nachdem ich die Tür geöffnet hatte. »Das ist auch dein Zuhause.«

Er schaute mich bloß an, und wir verfielen in ein verlegenes Schweigen. Dann sagte er: »Danke.« Seine Stimme war jetzt kräftiger, fast so, wie ich sie in Erinnerung hatte, und diesmal schaute er nicht weg. Er trug noch das T-Shirt und die Shorts, die ich ihm gegeben hatte, aber als ich ihm die Sachen zeigte, die unsere Mutter für ihn gekauft hatte, sagte er: »Die brauche ich nicht.«

»Du hast immer noch die Sachen von mir an.«

Er schwieg so lange, dass ich schon glaubte, er habe mich nicht gehört.

»Wir tragen das nur für die Lebenden«, sagte er schließlich. »Nicht für uns.«

Ich führte ihn zur Couch. »Du meinst Geister?«

Er setzte sich neben mich und dachte über meine Frage nach, bevor er antwortete.

»Wir haben doch immer gewusst, dass es Geister gibt«, sagte er.

»Ich war mir nicht so sicher.« Ich nahm seine Hand. »Warum bist du zurückgekommen?«

Sein Blick beunruhigte mich. Er hatte noch nicht einmal geblinzelt.

»Ich bin nicht zurückgekommen«, sagte er. »Ich bin hierhergekommen.«

»Du hast die Welt noch nicht verlassen?«

Er schüttelte den Kopf.

»Warum nicht?«

Wieder schwieg er. Schließlich sagte er: »Was meinst du?«

Ich schaute weg. »Ich habe versucht zu vergessen.«

»Aber du hast es nicht geschafft.«

»Ich kann nicht.«

Ich hatte das namenlose blaue Boot nicht vergessen, und es hatte auch mich nicht vergessen. Die auf beiden Seiten aufgemalten roten Augen hatten nie aufgehört, mich niederzustarren. Nach vier ereignislosen Tagen bei ruhiger See, blauem Himmel und klaren Nächten tauchten schließlich wie schwarze Stickereien am weit entfernten Horizont Inseln auf. Zur gleichen Zeit erschien in der Ferne ein anderes Schiff, das auf uns zuhielt. Es war schnell, und wir waren langsam, ein mit über hundert Menschen beladenes Fischerboot, das eigentlich nur für eine Bootsmannschaft und eine Ladung kalter Makrelen gebaut war. Mein Bruder brachte mich in den engen Maschinenraum mit dem keuchenden Motor, klappte sein Taschenmesser auf und schnitt mir die langen Haare zu einer kurzen, fransigen Jungenfrisur, die ich noch immer trug. »Und kein Wort«, sagte er. Er war fünfzehn, und ich war dreizehn. »Du hast immer noch eine Mädchenstimme. Und jetzt zieh dein Hemd aus.«

Ich tat immer, was er sagte. In diesem Fall schüchtern, auch wenn er mich kaum anschaute, während er das Hemd in Streifen riss. Er wickelte sie um meine noch kaum erkennbaren Brüste, zog dann sein eigenes Hemd aus, streifte es mir über und knöpfte es zu. Er trug jetzt nur noch sein zerlumptes T-Shirt. Dann schmierte er mir Maschinenöl ins Gesicht, und wir kauerten uns in eine dunkle Ecke und warteten, bis die Piraten kamen. Diese Männer ähnelten unseren Vätern und Brüdern, sie waren drahtig und braun gebrannt, nur dass sie Macheten und Maschinengewehre trugen. Wir gaben ihnen unser Gold, unsere Uhren, Ohrringe und Eheringe, unseren Jadeschmuck. Dann griffen sie sich die halbwüchsigen Mädchen und jungen Frauen, es waren etwa ein Dutzend, und erschossen einen Vater und einen Ehemann, die dagegen aufbegehrt hatten. Alle verstummten, bis auf die, die sie verschleppten. Sie schrien und kreischten. Ich kannte keine von ihnen, es waren Mädchen aus anderen Dörfern, und das machte es mir leichter, dafür zu beten, verschont zu werden. Ich klammerte mich an den Arm meines Bruders. Erst als die Piraten das letzte Mädchen an Deck ihres Schiffes geworfen hatten und selbst an Bord geklettert waren, konnte ich wieder atmen.

Der letzte Mann schaute mich an, bevor er von Bord ging. Er war etwa so alt wie mein Vater. Seine Nase glich einem sonnenverbrannten Schweinsfuß, er roch nach einer Mischung aus Schweiß und Fischgedärm. Dieser kleine Mann, der ein bisschen unsere Sprache sprach, trat auf mich zu und hob mein Kinn. »Du bist ein gut aussehender Junge«, sagte er. Nachdem mein Bruder mit seinem Taschenmesser zugestochen hatte, standen wir drei einen Augenblick lang stumm da und schauten verwundert auf die blutige Klinge, bis der kleine Mann vor Schmerz aufheulte, ausholte und mit dem Kolben seines Maschinengewehrs hart auf den Kopf meines Bruders einschlug. Das Knacken konnte ich noch immer hören. Mit der Wucht toten Gewichts fiel mein Bruder um. Blut lief über seine Stirn; Kinn und Schläfe prallten mit einem grässlichen dumpfen Knall, der in meiner Erinnerung immer noch nachhallte, auf das hölzerne Deck.

Ich berührte die Beule. »Tut es weh?«

»Nicht mehr. Tut es dir noch weh?«

Einmal mehr tat ich so, als dächte ich über eine Frage nach, deren Antwort ich schon kannte. »Ja«, sagte ich schließlich. Als der kleine Mann mich aufs Deck warf, schlug ich mit dem Hinterkopf auf und bekam eine Beule. Als er mein Hemd zerriss, kratzte er mir mit seinen scharfen Fingernägeln die Haut blutig. Als ich mein Gesicht abwandte und meine Mutter und meinen Vater schreien sah, schien mein Trommelfell zerfetzt zu sein, denn ich konnte nichts hören. Auch als ich selbst schrie, konnte ich nichts hören, obwohl ich spürte, dass mein Mund sich öffnete und schloss. Die Welt war stumm und blieb es fortan, für meine Mutter und meinen Vater und mich. Keiner von uns verlor jemals wieder ein Wort über diese Sache. Ihr und mein Schweigen versetzte mir wieder und wieder einen Stich. Nichts davon, und auch nicht das Gewicht des Mannes auf meinem Körper, war es jedoch, was mich am meisten schmerzte. Es war das Licht, das in meine dunklen Augen schien, als ich nach oben schaute und sah, wie sich die glimmende Zigarette Gottes am Himmel auf mich zu bewegte, um schließlich auf meiner Haut ausgedrückt zu werden.

Seitdem meide ich den Tag und die Sonne. Sogar ihm fiel das auf, als er seinen Unterarm neben meinen hielt, um mir zu zeigen, dass meine Haut blasser war als seine. Das Gleiche hatten wir schon im Bunker getan – und uns die Hände mit gespreizten Fingern vors Gesicht gehalten, um herauszufinden, ob wir sie im Dunkeln noch sehen konnten. Wir wollten wissen, ob wir alle noch da waren unter der Schicht aus Staub, die nach jedem Angriff auf uns herunterrieselte. Beim Gedanken an die kreischenden amerikanischen Jets fange ich an zu zittern. Als wir sie das erste Mal hörten, flüsterte mir mein Bruder ins Ohr, dass ich keine Angst zu haben brauche, das seien nur Phantome.

»Weißt du, was ich damals schön fand?«

Er schüttelte den Kopf. Wir saßen auf dem Sofa in meinem Kellerbüro, wo es im November wärmer war als im Wohnzimmer. »Nach einem Bombenangriff sind wir aus dem Bunker gekrochen, du hast meine Hand gehalten, und zusammen haben wir in die Sonne geblinzelt. Das habe ich geliebt, dass nach der Dunkelheit das Licht kam und nach all dem Donnern die Stille.«

Er nickte ungerührt. Wie ich lag er mit angezogenen Beinen auf dem Sofa. Unsere Knie berührten sich. Seit wir meinen Bruder dem Meer übergeben hatten, hockte der Fragepapagei auf meiner Schulter, und mir kam der Gedanke, dass ich ihn nur dann loswürde, wenn ich ihn sprechen ließe.

»Sag mir«, sagte der Fragepapagei, »warum bin ich am Leben und du bist tot?«

Mein Bruder betrachtete mich mit Augen, die nie austrocknen würden, egal wie lange er sie offen hielt. Mutter hatte unrecht. Er hatte sich verändert. Der Beweis dafür waren seine Augen, so lange konserviert vom Salzwasser, dass sie für immer geöffnet bleiben würden.

»Du bist auch tot«, sagte er. »Du weißt es nur nicht.«

Das erinnerte mich an ein Gespräch mit Victor. Eines Nachts um elf kam mir eine so dringliche Frage in den Sinn, dass ich ihn anrief. Ich wusste, dass er noch wach war. »Ja, ich glaube an Geister«, sagte er und war nicht überrascht von meinem späten Anruf. Ich sah ihn vor mir, zusammengerollt im Sessel, sein wächserner Körper, darauf ein flammend roter Schopf, als brenne sein Kopf in permanenter Erinnerung an den Flugzeugabsturz, der seine Familie ausgelöscht hatte. Als ich ihn fragte, ob er jemals Geister gesehen habe, sagte er: »Die ganze Zeit. Wenn ich die Augen zumache, tauchen meine Frau und meine Kinder vor mir auf, als wären sie noch am Leben. Wenn meine Augen offen sind, dann sehe ich sie aus den Augenwinkeln. Sie bewegen sich schnell und verschwinden wieder, bevor meine Augen sich auf sie fokussieren können. Aber ich kann sie auch riechen, das Parfüm meiner Frau, wenn sie an mir vorbeigeht, das Shampoo in den Haaren meiner Tochter, den Schweiß im Sporttrikot meines Sohnes. Und ich kann sie spüren, die Hand meines Sohnes, die über meine streicht, den Atem meiner Frau in meinem Nacken, so wie früher im Bett, die Arme meiner Tochter, wenn sie meine Knie umschlingt. Und zuallerletzt hört man Geister. Meine Frau erinnert mich daran, die Schlüssel nicht zu vergessen, wenn ich aus dem Haus gehe. Meine Tochter ermahnt mich, den Toast nicht anbrennen zu lassen. Mein Sohn bittet mich, das Laub zusammenzuharken, damit er in den Haufen springen kann. Und alle zusammen singen mir ein Ständchen zum Geburtstag.«

Victor hatte vor zwei Wochen Geburtstag gehabt. Und aus dem, was ich mir darunter vorstellte – er in seinem Sessel, im Dunkeln, die Augen geschlossen, auf Echos vergangener Geburtstage lauschend –, wurde die Eingangsszene seiner Autobiografie.

»Haben Sie keine Angst vor Geistern?«, fragte ich.

Schweigen und statisches Rauschen in der Leitung.

»Vor den Dingen, an die man glaubt, hat man keine Angst«, antwortete Victor.

Auch das verwendete ich in seiner Autobiografie, obwohl ich nicht verstanden hatte, was er meinte.

Jetzt verstand ich es. Mein Körper verkrampfte sich, ich schluchzte ohne Scham und ohne Furcht. Mein Bruder betrachtete mich neugierig, während ich um ihn und um mich weinte, um all die Jahre, die wir hätten zusammen haben können, aber nicht hatten, um all das, was zwischen meiner Mutter, meinem Vater und mir unausgesprochen geblieben war. Aber am meisten weinte ich um die anderen Mädchen, die verschwunden waren und die nie zurückkehren würden, einschließlich mir selbst.

Einige Monate später erschien Victors Autobiografie, und sie verkaufte sich gut. Die Kritiker fanden freundliche Worte. Nirgendwo im Buch war mein Name zu lesen, aber unter denen, die in den Kellern der Verlage arbeiteten, wurde mein bescheidener Ruf ein klein wenig aufpoliert. Meine Agentin rief an und bot mir zu noch lukrativeren Bedingungen eine weitere Autobiografie an, die Geschichte eines Soldaten, der beim Versuch, eine Bombe zu entschärfen, Arme und Beine verloren hatte. Ich lehnte ab. Sagte, ich schriebe ein eigenes Buch.

»Geistergeschichten?« Der Klang ihrer Stimme verriet Zustimmung. »Das kann ich verkaufen. Die Menschen lieben es, wenn man ihnen Angst einjagt.«

Ich erzählte ihr nicht, dass es nicht mein Wunsch war, die Lebenden in Schrecken zu versetzen. Nicht alle Geister waren scharf auf Rache und Gemetzel. Meine Geister waren still und scheu wie mein Bruder oder schwermütige Wiedergänger wie die in den Geschichten meiner Mutter. Meine Mutter, die Geisterexpertin, erzählte mir, dass mein Bruder nicht mehr zurückkommen würde. Er war verschwunden, als ich mich nach einer Schachtel Papiertücher umgedreht hatte. Wo er gesessen hatte, war eine Vertiefung im Sofa, die sich kalt anfühlte. Ich ging nach oben und weckte sie. Nachdem ich den Teekessel aufgesetzt hatte, erzählte ich ihr am Küchentisch vom Besuch ihres Sohnes. Jahr um Jahr hatte sie um ihn geweint, jetzt nicht.

»Nun ist er endgültig gegangen. Das ist dir doch klar, oder? Er war hier und hat alles gesagt, was er sagen wollte.«

Der Teekessel begann zu klappern und durch seinen Schnabel Dampf auszustoßen.

»Mama«, sagte ich, »ich habe noch nicht gesagt, was ich sagen wollte.«

Und meine Mutter, die auf dem Bootsdeck nicht weggeschaut hatte, schaute jetzt weg. Bei all den Geistergeschichten, die sie kannte, gab es eine Geschichte, die sie nicht erzählen wollte, gab es eine Sorte Gesellschaft, mit der sie nicht verkehren wollte. Und die hatte sich gerade bei uns in der Küche versammelt. Es waren die Geister der Geflüchteten und die Geister der Piraten, der Geist des Bootes, der uns mit seinen stets geöffneten Augen beobachtete, sogar der Geist des Mädchens, das ich einmal gewesen war – die einzigen Geister, vor denen sich meine Mutter fürchtete.

»Erzähl mir eine Geschichte, Mama«, sagte ich. »Ich höre zu.«

Ihr fiel sofort eine ein, so wie ich es mir gedacht hatte. »Es war einmal eine Frau«, sagte sie, »die liebte ihren Mann von ganzem Herzen, einen Soldaten, der seit einer Mission hinter den feindlichen Linien verschollen war. Er wird als gefallen gemeldet, aber sie weigert sich, das zu glauben. Der Krieg geht zu Ende, und sie flieht in ein neues Land und heiratet Jahrzehnte später wieder. Sie ist glücklich bis zu dem Tag, an dem ihr Mann von den Toten zurückkehrt, freigelassen aus dem Lager, wo er als Geheimgefangener fast dreißig Jahre gelitten hat.« Zum Beweis zeigte mir meine Mutter einen Zeitungsausschnitt mit einem Foto der Frau und ihrem ersten Ehemann, aufgenommen auf einem Flugplatz bei ihrer Wiedervereinigung vor ein paar Jahren. Sie schauen sich nicht in die Augen. Sie sehen verlegen, beklommen, verlassen aus, umringt von Freunden und Reportern, die die beiden Geister, die bei diesem melancholischen Treffen ebenfalls anwesend sind, nicht sehen können, die verwischten Schatten ihres früheren Selbst.

»Solche Geschichten passieren die ganze Zeit«, sagte meine Mutter und schenkte mir eine Tasse grünen Tee ein. Diese abendliche Séance wurde zu unserem neuen Ritual, meine Mutter eine alte, ich eine alternde Dame. »Warum schreibst du das auf?«

»Einer muss es tun«, sagte ich mit dem Notizblock auf den Knien und dem Stift in der Hand.

»Schriftsteller.« Sie schüttelte den Kopf, aber ich glaube, es hat ihr gefallen. »Wenigstens erfindest du dann nichts, wie sonst immer.«

So komme ich manchmal an meine Geschichten, durch sie. »Ich erzähle dir jetzt mal eine Geschichte«, sagt sie dann einmal, zweimal, vielleicht dreimal. Öfter allerdings gehe ich selbst auf die Jagd nach den Geistern. Das geht, ohne dass ich jemals das Haus verlassen muss. Wie sie unser Land heimsuchen, so suchen wir das ihre heim. Sie sind bleiche Kreaturen, die mehr Angst vor uns haben als wir vor ihnen. Deshalb sehen wir diese Schattengestalten so selten, deshalb müssen wir sie ausfindig machen. Die Talismane auf meinem Schreibtisch, zerrissene Shorts und ein ausgefranstes T-Shirt, sauber und trocken, ordentlich gebügelt, erinnern mich daran, dass meine Mutter recht hatte. Geschichten sind einfach Sachen, die wir erfinden, weiter nichts. Wir suchen sie in einer Welt jenseits der unsrigen, dann lassen wir sie hier, damit sie jemand findet. Von Geistern abgelegte Gewänder.

DER ANDERE MANN

Liem hatte sich vorgenommen, nach dem Verlassen der Maschine in aller Ruhe an der Menschenmenge vorüberzugehen. Doch stattdessen blieb er unentschlossen am Gate stehen und prüfte ängstlich die fremden Gesichter. In einer Hand hielt er seine Reisetasche, die andere umklammerte das Formular, das Mrs. Lindemulder ihm gegeben hatte, die Frau mit der Hornbrille von der Flüchtlingshilfe. Beim Abschied am Flughafen von San Diego hatte sie ihm gesagt, sein Betreuer Parrish Coyne werde in San Francisco auf ihn warten. Es war erst die zweite Flugreise seines Lebens gewesen, und er hatte die ganze Zeit eine leere Brezeltüte zerknüllt, bis ihn sein Sitznachbar gebeten hatte, doch bitte schön damit aufzuhören. Die amerikanischen Benimmregeln verwirrten ihn. Amerikaner konnten manchmal sehr höflich sein und dann wieder ziemlich rüde, wenn sie sich wie jetzt beim Aussteigen hastig an ihm vorbeidrängelten. Außerdem machte ihn der anhaltende Druck in seinen Ohren so konfus, dass er kaum das verzerrte Englisch verstand, das aus der Lautsprecheranlage kam. Er fragte sich gerade, ob er etwas Wichtiges überhört habe, als er den Mann entdeckte, der Parrish Coyne sein musste. Er stand hinten in der Menge und hielt ein von Hand beschriftetes Schild in die Höhe, auf dem in akkuraten roten Buchstaben MR. LIEM stand. Bei dem Anblick wurde er fast überwältigt vor Erleichterung und Dankbarkeit, bislang hatte ihn noch nie jemand »Mister« genannt.

Parrish Coyne war mittleren Alters, hatte tief liegende grüne Augen und eine schmale, gerade Nase und machte mit Ausnahme des grauen Pferdeschwanzes einen vornehmen Eindruck. Er trug einen braunen Fedora-Hut und eine schwarze, über einem umfangreichen Bauch geöffnete Lederjacke. Liem ging schüchtern auf ihn zu, und noch bevor er ein Wort sagen konnte, sagte Parrish zweimal Liems Namen. »Li-em, nehme ich an?«, sagte er mit englischem Akzent und umfasste Liems Hand, als er dessen Namen falsch aussprach, mit zwei Silben anstatt einer. »Li-em, richtig?«

»Ja«, sagte Liem, der annahm, dass seine Fremdartigkeit für jeden offensichtlich war. »Das bin ich.« Er wollte Parrishs Aussprache korrigieren, aber bevor er noch ein Wort sagen konnte, nahm Parrish ihn plötzlich in die Arme, sodass er ihm nur verlegen auf die Schultern klopfen konnte. Er war sich bewusst, dass die Menschen sie beobachteten und sich zweifellos über die Art ihrer Beziehung den Kopf zerbrachen. Dann trat Parrish zurück, nahm ihn an den Schultern und schaute ihn mit einer Eindringlichkeit an, die Liem verunsicherte. Er war es nicht gewohnt, Objekt derart intensiver Begutachtung zu sein.

»Ganz ehrlich«, verkündete Parrish schließlich, »einen so hübschen Burschen hatte ich nicht erwartet.«

»Wirklich?« Liem lächelte und sagte nichts weiter. Er war sich nicht sicher, ob er richtig gehört habe, hatte aber inzwischen gelernt, in solchen Situationen einfach abzuwarten und sich so lange auf einsilbige Antworten zu beschränken, bis der Verlauf der Unterhaltung die Lage klärte.

»Lass gut sein«, sagte der junge Mann, der neben Parrish stand, mit ebenfalls englischem Akzent. »Du bringst ihn in Verlegenheit.« In diesem Augenblick löste sich mit einem Plopp der Druck in Liems Ohren, und die zuvor gedämpften Geräusche im Terminal wurden klarer und schwollen zu normaler Lautstärke an.

»Das ist Marcus Chan«, sagte Parrish. »Ein guter Freund.«

Marcus war etwa Mitte zwanzig, nur ein paar Jahre älter als Liem, der im Sommer achtzehn geworden war. Marcus lächelte vielleicht ein wenig herablassend, als er ihm die Hand gab, doch konnte Liem ihm das kaum verübeln, denn er fühlte sich Marcus in fast jeder Hinsicht zutiefst unterlegen. Sogar das Gelb seiner eigenen Zähne trat neben Marcus' weißen Zähnen noch deutlicher hervor. Der aufrechte Körper und der leicht nach hinten geneigte Kopf verliehen Marcus die Haltung eines Menschen, der eine Erbschaft zu erwarten hatte, während Liem beim Gehen vor Befangenheit die Augen niederschlug, als suche er nach Kleingeld. Da er kleiner als Marcus und Parrish war, musste er zwangsläufig zu ihnen aufschauen, als er sagte: »Ich freue mich sehr, euch kennenzulernen.« Vor lauter Nervosität hielt er immer noch Marcus' Hand fest, als er sagte: »San Francisco Nummer eins.«

»Entzückend.« Marcus zog sanft seine Hand weg. »Und was ist dann Nummer zwei?«

»Sei still.« Parrish runzelte die Stirn. »Hilf ihm lieber, nimm seine Tasche.«

Marcus nahm Liems Reisetasche und folgte den beiden mit etwas Abstand, während Parrish Liem am Ellbogen durch den Terminal führte. »Das muss alles ziemlich überwältigend für dich sein«, sagte Parrish und machte eine ausladende Geste, die die Menschen, den Terminal und vermutlich ganz

San Francisco einschloss. »Ich kann nur erahnen, wie fremdartig dir das alles vorkommen muss. Als ich aus England herkam, war das sogar für mich ein ziemlicher Kulturschock.«

Liem schaute sich zu Marcus um. »Kommst du auch aus England?«

»Hongkong«, sagte Marcus. »Man könnte sagen, ich bin Engländer ehrenhalber.«

»Wie auch immer.« Parrish drückte Liems Ellbogen, beugte sich zu ihm hinunter und sagte ihm in etwas vertraulicherem Tonfall ins Ohr: »Du musst ja Schreckliches durchgemacht haben.«

»Nein, war nicht so schlimm.« Liem schlug einen beiläufigen Ton an, obwohl ihn bei der Aussicht, einmal mehr seine Geschichte erzählen zu müssen, Grauen erfasste. In den vier Monaten seit seiner Flucht aus Saigon hatte man ihn immer wieder nach seiner Geschichte gefragt. Seeleute, Marinesoldaten und Sozialarbeiter hatten ihm Fragen gestellt, die inzwischen alle vorhersehbar waren. *Wie war das? Wie geht es dir? Ist das nicht alles furchtbar traurig?* Manchmal sagte er zu den Neugierigen, das sei eine lange Geschichte, worauf sie eben die kürzere Version hören wollten. Und so erzählte er ihnen die Kurzfassung, während Marcus den Wagen aus dem Parkhaus auf die Straße und den Freeway lenkte. Indem er sich selbst als einen weiteren namenlosen jungen Geflüchteten inszenierte, erzählte er ein Drama, das damit begann, dass er letzten Sommer seine Eltern in Long Xuyen verließ, mit seiner Arbeit in einer der sogenannten Tea Bars in Saigon weiterging und seinen Höhepunkt mit dem Ende des Krieges erreichte. Sogar die Kurzversion ermüdete ihn. Er legte beim Sprechen die Stirn an die Seitenscheibe und beobachtete den geordneten Verkehr auf dem breiten Highway.

»Tja«, sagte er, »und jetzt bin ich hier.«

Parrish, der auf dem Beifahrersitz saß, seufzte. »Dieser Krieg war nicht einfach nur eine Tragödie«, sagte er, »sondern eine Farce.« Marcus machte ein kehliges Geräusch, das möglicherweise als Zustimmung gedeutet werden konnte, und drehte dann das Radio lauter. Eine Frau pries eine Möbelpolitur an, die Glanz ganz ohne Staubtuch versprach. »Es ist kalt und grau hier, sogar im September«, sagte Marcus. »Im Winter regnet es. Nicht gerade der Monsun, aber man gewöhnt sich dran.« Er zeigte auf Sehenswürdigkeiten, von denen Liem vor allem der Candlestick Park mit seinen eindrucksvollen Mauern und das kabbelige, marmorierte Wasser der Bucht in Erinnerung blieben. Als der Verkehr eines anderen Freeways in den ihren einfädelte und Marcus bremsen musste, drehte Parrish das Radio leiser und sagte: »Es gibt da etwas über Marcus und mich, das du wissen musst.«

Auf der rechten Spur beschleunigte ein Van und versperrte Liem die Sicht auf die Bucht. Er wandte den Blick ab und schaute zu Parrish. »Ja?«

»Wir sind ein Paar«, sagte Parrish. Aus dem Augenwinkel sah Liem, wie der weiße Van langsam an dem schrumpfenden feuchten Fleck vorbeikroch, den seine Stirn auf der Seitenscheibe hinterlassen hatte. »Im romantischen Sinn«, fügte Parrish hinzu. Liem dachte, »im romantischen Sinn« müsse wohl eine idiomatische Wendung von der Sorte sein, wie sie die Amerikaner laut Mrs. Lindemulder oft benutzten, wie »du raubst mir den letzten Nerv« oder »er bringt mich auf die Palme«. Im idiomatischen Englisch bedeutet ein männliches Paar im romantischen Sinn wahrscheinlich, dass die beiden einfach sehr enge Freunde sind. Er lächelte höflich, bis ihm im Rückspiegel Marcus' Blick auffiel, der ihm ein nervöses Zittern durch die Eingeweide jagte.

»Okay«, sagte Liem. »Wow.«

»Ich hoffe, das schockiert dich nicht zu sehr.«

»Nein, nein.« Die Härchen auf seinen Armen und im Nacken stellten sich auf, wie sie es immer getan hatten, wenn andere Jungen, absichtlich oder zufällig, seinen Ellbogen oder manchmal sein Knie streiften, wenn sie Hand in Hand spazieren gingen oder auf Parkbänken saßen, den Arm um die Schulter des andern gelegt, und den Verkehr oder die Mädchen beobachteten. »Ich bin tolerant.«

»Dann bleibst du hoffentlich bei uns.«

»Und aufgeschlossen«, fügte er hinzu. In Wahrheit war Parrishs Gastfreundschaft seine einzige Zuflucht. Genauso wie er in Saigon schließlich nirgendwo anders bleiben konnte als in einem überfüllten Raum mit alleinstehenden Männern und Jungen, die eine feuchte, nach hart arbeitenden Körpern riechende Luft atmeten, sich unruhig auf Schilfmatten herumwälzten und zu schlafen versuchten. »Keine Sorge.«

»Gut«, sagte Marcus und stellte das Radio wieder lauter, so wie einer der Jungen um Mitternacht sein Kofferradio aufgedreht hatte, wenn jeder wusste, aber keiner sagte, dass schlafen unmöglich war. Liem lag mit geschlossenen Augen da, sah aber unwillkürlich die Gesichter von Männern vor sich, die er beiläufig kannte oder in der Tea Bar beobachtet hatte. Sogar die Gesichter seiner Zimmergenossen sah er. In der Dunkelheit hörte er das Rascheln der Moskitonetze, da auch die anderen masturbierten. Am nächsten Morgen schauten sie sich alle ausdruckslos an. Niemand sprach darüber, was am Abend zuvor geschehen war, als handelte es sich um eine Gräueltat im Dschungel, an die man besser nicht rührte.

Er glaubte, diese Nächte vergessen, sie endlich hinter sich gelassen zu haben, aber jetzt fragte er sich, ob sie sich nicht in die Linien seiner Hand eingeschrieben hatten. Unruhig rieb er seine Hände an den Jeans. Sie fuhren jetzt durch ein Viertel mit Gehwegen voller Leben und Menschen verschiedener Hautfarben, die meisten Weiße oder Mexikaner, ein paar Schwarze, vereinzelt ein Chinese. Keiner warf einen zweiten Blick auf die Schilder in den Ladenfenstern oder die Graffiti an den Wänden, die in einer Sprache gehalten waren, die er noch nie zuvor gesehen hatte: PELUQUERÍA, CHUY ES MARICÓN, RITMO LATINO, DENTISTA, IGLESIA DI CRISTO, VIVA LA RAZA.

Marcus bog in eine Straße ein, in der zu beiden Seiten Stoßstange an Stoßstange Autos parkten, und lenkte die Limousine dann in die abfallende Einfahrt eines schmalen zweistöckigen Hauses, an dessen scharlachroter Tür merkwürdigerweise das Porträt der Jungfrau Maria hing. »Wir sind zu Hause«, sagte Parrish. Später erfuhr Liem, dass Parrish ein Katholik im Zwiespalt war, dass das Viertel, in dem sie lebten, *Mission* hieß und dass das Haus im viktorianischen Stil erbaut worden war. Heute jedoch war das Einzige, was ihm auffiel, die Farbe.

»Lila?«, sagte er, der noch nie ein Haus in dieser Farbe gesehen hatte.

Parrish kicherte und öffnete die Tür. »Fast«, sagte er. »Malve.«

Am Flughafen von San Diego hatte Mrs. Lindemulder Liems Schultern gedrückt und ihn bereits vorgewarnt, dass die Menschen in San Francisco einem eigentümlichen Lebensstil zuneigten, eine Andeutung, die er da noch nicht verstanden hatte. In den ersten Wochen in Parrishs Haus wollte Liem jeden Tag Mrs. Lindemulder anrufen, um ihr zu sagen, dass sie einen gewaltigen Fehler gemacht hätte, aber Parrishs Großzügigkeit beschämte ihn und hielt ihn davon ab. Stattdessen stand er jeden Morgen vor dem Spiegel und sagte sich, dass er vor nichts Angst zu haben brauche, außer vor sich selbst. Das Gleiche hatte er sich schon im Spätsommer 1974 gesagt, als er sich am Busbahnhof in Long Xuyen von seinen Eltern verabschiedet hatte. Er hatte sich nicht darüber beklagt, als Rettungsanker für die Familie allein ins mehrere Stunden nördlich gelegene Saigon geschickt zu werden. Als ältester Sohn hatte er Pflichten zu erfüllen, und an Arbeit war er gewöhnt. Seit er im Alter von zwölf Jahren die Schule verlassen hatte, hatte er amerikanischen Soldaten die Stiefel geputzt.

Er kannte sie, seit er acht war, seit er angefangen hatte, auf ihren Müllkippen nach Blechdosen und Pappkartons, abgegriffenen *Playboy*-Magazinen und ungeöffneten C-Rationen zu suchen. Von den GIs lernte er die Grundlagen der englischen Sprache, was ausreichte, um Jahre später in Saigon einen Job zu finden. In einer Tea Bar in der Tu Do Street, wo die Mädchen sich für Dollars verkauften, wischte er den Boden. Was er in den Grundkursen auf der Müllkippe und im Bordell gelernt hatte, polierte er hartnäckig zu einem brauchbaren Englisch auf, sodass er vor sechs Monaten, im Frühjahr 1975, ein Gerücht verstehen konnte, das sich ausländische Journalisten erzählten: Wenn die Stadt den Kommunisten in die Hände fiele, würden Tausende abgeschlachtet werden.

Als im April in den Außenbezirken der Stadt die ersten Raketen und Granaten einschlugen, schien sich das Gerücht zu bewahrheiten. Obwohl er nicht vorgehabt hatte, sich tretend, rempelnd und kratzend den Weg zu einem Flusskahn zu bahnen, tat er eines Morgens, nachdem er am Horizont über dem Flugplatz nach feindlichem Granatfeuer eine schwarze Rauchwolke hatte aufsteigen sehen, genau das. Einen Monat später war er in Camp Pendleton, San Diego, und wartete auf eine Patenschaft. Er und die anderen Flüchtlinge waren im Südchinesischen Meer von einem Zerstörer der Siebten Flotte gerettet, am provisorischen Stützpunkt des Marine Corps in Guam abgesetzt und dann nach Kalifornien geflogen worden. Er lag auf seiner Pritsche, hörte den zwischen den Zelten Versteck spielenden Kindern zu und versuchte die Menschen zu vergessen, die in die Luft gegriffen hatten, als sie in den Fluss gestürzt waren, manche in dem Gewühl niedergeschlagen, andere von verzweifelten, selbst flüchtenden Soldaten in den Rücken geschossen. Und er versuchte zu vergessen, was er entdeckt hatte – wie wenig ihm das Leben anderer Menschen bedeutete, wenn sein eigenes in Gefahr war.

Nichts davon erwähnte er in dem Luftpostbrief, den er kurz nach seinem Einzug bei Parrish an seine Eltern schickte. Es war sein zweiter Brief nach Hause. Den ersten hatte er im Juni von Camp Pendleton über die Umsiedelungsbehörde geschickt. Da er davon ausging, dass kein Brief von den Kommunisten ungelesen blieb, hatte er in beiden nur geschrieben, wo er wohnte und wie sie mit ihm in Verbindung treten konnten. Er fürchtete, seine Familie zu gefährden, wenn er sie als Verwandte eines Flüchtlings identifizierte. Noch mehr fürchtete er, dass es die Briefe vielleicht nie bis nach Hause schafften. Die einzige Tageszeit, zu der ihn das Schicksal seiner Familie nicht beschäftigte, waren die ersten paar Sekunden nach dem Aufwachen unter den drei Decken eines warmen Bettes und nach Träumen, in denen er perfekt Englisch sprach.

Dann öffnete er die Augen, sah durch nebelverhangene Fenster das blassblaue Glühen, den trüben und wabernden Schimmer, der ihn daran erinnerte, wo er war: in einer weit entfernten Stadt, an einem fremden Ort, wo selbst die Beschaffenheit des Lichts sich von dem vertrauten, tropisch grellen Glanz unterschied.

Unten am Frühstückstisch traf er dann auf Parrish und Marcus, die über Lokalnachrichten, internationale Politik oder den neuesten Film diskutierten. Über Fragen wie die, ob man für Jimmy Carter oder Gerald Ford stimmen oder ob man die verhinderte Ford-Attentäterin, eine Frau aus San Francisco, zu lebenslanger Haft oder zum Tode verurteilen solle. Sie gerieten oft aneinander, aber meist auf eine neckende Art.

Als sie anfingen, sich in seiner Gegenwart ernsthaft zu streiten, wusste er, dass er ein Teil des Haushalts geworden war. Manchmal kam es ohne jeden Grund zum Streit, wie zum Beispiel eines Morgens im Oktober, als Parrish fragte, wann Marcus' Abschlussprüfungen stattfänden. »Warum schreibst du sie nicht gleich selbst?«, blaffte Marcus ihn an und stolzierte aus der Küche. Parrish wartete, bis er Marcus die Treppe hinaufgehen hörte, dann beugte er sich zu Liem vor und sagte: »Das ist die Trotzphase. Da sind sie besonders schlimm.«

»Ach ja?« Liem nickte, obwohl er sich einmal mehr nicht ganz sicher war, was Parrish meinte. »Ich höre oft, wie ihr euch anschreit.«

»Er ist zwar älter als du, aber noch nicht so reif«, sagte Parrish. Er rührte seinen Kaffee um, wobei sein Löffel Achten beschrieb, keine Kreise. »Was du oder ich erlebt haben, ist ihm noch ganz unbekannt. Klar, in seinem Alter war ich auch verwöhnt und ein bisschen faul. Aber ich habe mich gebessert. Meine Vorfahren haben ihr Geld auf eine Art gemacht, für die ich mich schäme. Aber das ist kein Grund, es nicht für eine gute Sache auszugeben. Oder?«

»Nein?«

»Nein«, sagte Parrish. Liem verstand, dass er eine der guten Sachen war, für die Parrish das Geld ausgab, das er in zwanzig Jahren als Buchhalter in einem Konzern verdient hatte. Er hatte den Job vor ein paar Jahren aufgegeben, um im Umweltschutz zu arbeiten. Parrish weigerte sich, Miete von Liem zu verlangen, aber Liem hatte sich trotzdem einen Job gesucht. In der Woche nach seiner Ankunft war er durch die Innenstadt gelaufen und mitten in Tenderloin, an der Ecke Taylor und Turk, an einem Schnapsladen vorbeigekommen. Mit einem Stück Seife hatte jemand ans Schaufenster die Worte »Aushilfe gesucht« und daneben »Se habla español« geschrieben. Das Buch in Liems Jackentasche, *Englisch im Alltag*, enthielt kein Szenario mit einem Pärchen wie dem, das an der Straßenecke vor dem Laden auf und ab ging. Also sagte er nichts, als er sich an den beiden vorbeidrückte: der zitternden Prostituierten mit den Pickeln im Ausschnitt, die Liem keines Blicks würdigte, und dem Transvestiten mit den behaarten Unterarmen, der das sehr wohl tat.

Seine Schicht ging von acht Uhr morgens bis acht Uhr abends, sechs Tage die Woche, sein freier Tag war der Donnerstag. Er wischte den Boden und füllte Regale auf, machte die Toilette sauber und putzte die Fenster, saß an der Kasse und fing dann wieder von vorn an. In den Pausen las er in seinem Buch und hoffte dabei auf Tipps für Unterhaltungen mit Marcus und Parrish zu stoßen. Allerdings fand er in den Kapiteln »Juan Gonzalez besucht New York City und muss sich durchfragen« oder »Ein Engländer und ein Amerikaner besuchen ein Footballspiel« nichts, was ihm sonderlich weiterhalf. Bei Schichtende schleifte er zwei Müllsäcke zu einem Abfallcontainer in eine Gasse, wo im Dunkeln und manchmal auch im Hellen Menschen mit fragwürdigen Lebensgeschichten urinierten und sich übergaben. Egal wie sehr er sich hinterher die Hände schrubbte, er hatte das Gefühl, dass sie nie richtig sauber wurden. Er bildete sich ein, dass sich das Fett und der Müll, mit denen er zu tun hatte, so tief in seine schwieligen Hände fraßen, dass er für immer und überall seine Fingerabdrücke hinterlassen würde.

Wenn er in das viktorianische Haus zurückkehrte, hatten Parrish und Marcus schon zu Abend gegessen und saßen vor dem Fernseher, und er ging in die Küche und aß die Reste auf. Wenn er fertig war, zog er sich nach oben zurück, duschte sich den Schweiß des Tages ab und versuchte, nicht an Marcus' schlanken, blassen Körper zu denken. Das heiße Wasser ließ ihn wieder geschmeidig werden und beruhigte ihn. Und in diesem entspannten Zustand öffnete er eines Abends nach der Dusche nur mit einem Handtuch um die Hüften die Badezimmertür und lief im Gang Marcus über den Weg. Schweigend standen sie sich gegenüber und traten dann beide auf dieselbe Seite. Dann traten sie verlegen auf die andere Seite. Die auch oben noch zu hörende Lachkonserve der Sitcom, die sich Parrish unten anschaute, schien ihnen zu gelten.

»Entschuldigung«, sagte Liem schließlich, dessen Rücken von der langen, heißen Dusche noch feucht glänzte. »Darf ich bitte vorbei?«

Marcus zuckte mit den Schultern. Sein Blick strich kurz über Liems Körper, dann verneigte er sich leicht und sagte etwas spöttisch: »Aber sicher.«

Liem schob sich schnell an Marcus vorbei und verschwand in sein Zimmer. Sobald er die Tür geschlossen hatte, drückte er ein Ohr an das Holz, aber eine weitere Lachsalve von unten übertönte die Geräusche von Marcus' Schritten im Gang.

An einem bewölkten Donnerstagmorgen Mitte November fuhren Marcus und Liem Parrish zum Flughafen. Er würde für das Wochenende nach Washington fliegen, zu einer Konferenz über die Bedrohung der Umwelt durch die Atomkraft. Während der Wind gegen die Scheiben schlug, erzählte er, dass die Regierung das nicht mehr verwendbare Uran und Plutonium in der Wüste vergrabe, wo es den Boden vergifte und auf Jahrtausende eine Gefahr für Menschen und andere Lebewesen darstelle. »Obendrein trifft es meist arme Menschen«, sagte Parrish. »Stellt euch einfach vor, wir hätten ein gigantisches Minenfeld in unserem Garten.« Marcus trommelte mit den Fingern auf das Lenkrad, was Parrish aber nicht zu bemerken schien. Er stellte seinen Koffer am Bordstein vor der Abflughalle ab, gab Marcus einen Abschiedskuss und umarmte Liem. »Dann bis Sonntagabend«, sagte Parrish und schloss die Beifahrertür. Liem winkte durch das Fenster, Parrish winkte zurück, und Marcus gab Gas und fädelte in den Verkehr ein, ohne sich noch einmal umzudrehen.

»Wann hört er endlich damit auf, den Retter der Welt zu spielen?«, fragte Marcus. »Das nervt langsam.«

Liem schnallte sich an. »Parrish ist ein guter Mensch.«

»Hat schon seinen Grund, dass Heilige immer gemartert werden. Die kann keiner ausstehen.«

Eine Viertelstunde lang schwiegen sie. Sie waren schon fast wieder in der Innenstadt, als Liem den Lastwagen einer

Bäckerei sah, der von der Army Street auf den Freeway fuhr, und sagte: »Bist du hungrig? Ich bin hungrig.«

»Hör endlich auf, *ich bin hungrig* zu sagen. Man sagt: *Ich hab Hunger*. Wenn du diese Feinheiten nicht lernst, dann wirst du immer wie ein Ausländer klingen.«

»Ich hab Hunger. Was ist mit dir?«

Marcus suchte ein Restaurant in der Jackson Street in Chinatown aus. Es war fast so groß wie ein Ballsaal und mit dunklen Kirschholzsäulen und roten, quastenverzierten Deckenlaternen ausgestattet. Sogar an einem Donnerstagvormittag ging es hier laut und geschäftig zu. Kellnerinnen in Kitteln schoben Wägelchen durch die Gänge, und Kellner mit Fliegen eilten mit Rechnungen und Teekannen von Tisch zu Tisch. Sie setzten sich an ein Fenster mit Blick auf die Jackson Street. Der Anblick der asiatischen Menschen tröstete Liem. Die Wägelchenkolonne mit dem Angebot zog an ihnen vorbei, und Marcus wählte fachkundig aus oder lehnte ab, bestellte auf Kantonesisch und erklärte auf Englisch, während die verschiedenen Dim-Sum-Gerichte in einschüchternden Mengen vor ihnen ausgebreitet wurden: Siu Mai, Schweinehackbällchen mit Lauchzwiebeln, langstieliger chinesischer Brokkoli, gebratenes Schweinefleisch mit kandierter Kruste, die die Farbe von Wassermelonenkernen hatte. »Das würde Parrish nie anrühren«, sagte Marcus anerkennend, als Liem die noppenartige Haut von einem Hühnerfuß lutschte und nur die dürren Knochen übrig ließ.

Nachdem der Kellner das Geschirr abgeräumt hatte, saßen sie schweigend da. Zwischen ihnen stand eine Blechkanne mit Chrysanthemen-Tee. Liem umkreiste mit seiner Teetasse einen Fettfleck auf dem Tischtuch und fragte Marcus dann nach seiner Familie, die er in seiner Gegenwart noch nie erwähnt hatte. Liem wusste von Marcus nur, dass er bis zu seinem achtzehnten Lebensjahr in Hongkong gelebt hatte, dass er an der San Francisco State University in Betriebswirtschaft eingeschrieben war, aber nur selten hinging, und dass er jeden Tag in einem Fitnessstudio trainierte. Sein Vater sei Besitzer eines Kautschukunternehmens, sagte Marcus verächtlich, und habe ihn zum Studium ins Ausland geschickt, damit er nach seiner Rückkehr in die Firma einsteigen könne. Allerdings habe ein boshafter Ex-Liebhaber dem Vater einen von Marcus' Liebesbriefen geschickt und gleich noch ein paar offenherzige Fotos dazugelegt. »Sehr offenherzige Fotos«, sagte Marcus düster. Sein Vater habe ihn daraufhin enterbt, und jetzt komme Parrish für seine Unkosten auf. »Kannst du dir etwas Schlimmeres vorstellen?«, schloss Marcus seinen Bericht.

Liem wusste nicht recht, ob Marcus damit den Verrat des Liebhabers, die Reaktion des Vaters oder Parrishs Geld meinte. Er hätte allerdings wirklich gern gewusst, was das Wort »offenherzig« bedeutete. Da Marcus nur an seinem Tee nippte und anscheinend keine Antwort auf seine Frage erwartete, erzählte Liem ihm von seiner eigenen Familie, die aus Bauern, Straßenhändlern und Wehrpflichtigen bestand. Wer nicht zur Armee eingezogen worden war, hatte niemals die Gegend um Long Xuyen verlassen. Liem war der erste Forschungsreisende der Familie. Vielleicht war das der Grund, warum seine Eltern im Busbahnhof von Long Xuyen so nervös gewesen waren. Das war einer der wenigen Momente aus seiner Vergangenheit, die ihm deutlich vor Augen standen. Der schattenlose Platz aus Erde und Zement, die wartenden Passagiere, die verschnürten Pappkartons, die Drahtkäfige mit scharrenden Schweinen und Hühnern, die von ihren Besitzern keine Sekunde aus den Augen gelassen wurden. Die Hitze schwoll in Wellen an und mit ihr der Geruch von menschlichem Schweiß und tierischen, vom Staub eingedickten Exkrementen.

»Wir haben dich gut erzogen«, sagte sein Vater, der es nicht über sich brachte, mit seinen vom grauen Star getrübten blaugrauen Augen dem Sohn ins Gesicht zu schauen. »Ich weiß, du wirst dich in der Stadt nicht gehen lassen.«

»Nein«, versprach Liem. »Du kannst dich auf mich verlassen.« Mit lauter Stimme forderte der Busfahrer die Passagiere zum Einsteigen auf. Seine Mutter strich Liem kräftig über die Arme, tätschelte seine Brust und steckte ihm dann ein kleines Bündel Geldscheine in die Tasche. »Pass auf dich auf«, sagte sie. Die tiefen Falten rund um ihren Mund sahen aus wie Nadelstiche, mit denen man ihr die Lippen zugenäht hatte. »Mehr kann ich dir nicht geben.« Er hatte weder ihr noch seinem Vater gesagt, dass er sie liebe. Es drängte ihn, in den Bus zu gelangen, denn ohne Sitzplatz hätte er Schulter an Schulter im Gang stehen oder sein Leben dabei aufs Spiel setzen müssen, den ganzen Weg bis nach Saigon auf dem Dach zurückzulegen.

»Woher wusstest du, was dich erwartet?« Marcus beugte sich vor. »Du bist kein Hellseher. Na ja, egal, das ist jetzt alles Vergangenheit. Damit kannst du dich jetzt nicht länger aufhalten. Am besten hilfst du ihnen, indem du dir selbst hilfst.«

»Ja«, sagte Liem, obwohl ihm dieser Standpunkt sehr amerikanisch vorkam.

»Worauf es jetzt ankommt: Was willst du sein?«

»Sein?«

»In der Zukunft. Was willst du mit deinem Leben anfangen?«

Noch nie hatte ihm jemand so eine Frage gestellt, und auch er selbst hatte nur selten darüber nachgedacht. Er war mit seinem Job im Schnapsladen zufrieden, besonders wenn er sein Schicksal mit dem seiner Freunde zu Hause verglich. Minderjährige wie er wischten Böden in Bars oder waren Hausdiener bei reichen Amerikanern. Die Älteren konnten sich, wenn sie Glück hatten, vor dem Armeedienst drücken, wurden Diebe oder Zuhälter oder Bedienstete reicher Leute. Wenn sie weniger Glück hatten, wurden sie eingezogen, und wenn sie überhaupt kein Glück hatten, kehrten sie nie mehr nach Hause zurück, höchstens als Bettler, die ihre Beinprothesen neben sich an den Straßenrand legten.

Marcus schaute ihn gespannt an. Allein der Gedanke, ihm zu sagen, er wolle Arzt werden oder Anwalt oder Polizist, war in höchstem Maße lächerlich, aber es ergriff ihn der Wunsch, in Marcus' und vielleicht auch seinen eigenen Augen als nobler Mensch zu gelten.

»Ich möchte ein guter Mensch sein«, sagte er schließlich.

»Tja.« Marcus warf einen Blick auf die Rechnung. »Wollen wir das nicht alle?«

Am nächsten Tag im Schnapsladen zählte Liem mit jedem Wischer seines Besens und jedem Klingeln der Kasse die Sekunden. Seine Schicht schien nicht enden zu wollen, während er gestern noch gehofft hatte, der Tag möge nie zu Ende gehen. Er hatte Marcus die Rechnung aus der Hand genommen und das Dim Sum bezahlt, dann hatten sie gemeinsam in den Souvenirläden von Chinatown herumgestöbert, waren nach Treasure Island gefahren, um sich die Golden Gate Bridge anzusehen, und schließlich gegen Abend in einem

Kino in der Market Street gelandet, wo sie sich Knie an Knie *Einer flog über das Kuckucksnest* angeschaut hatten. Danach aßen sie Sushi in einem Restaurant in der Sutter Street in Japantown, ohne dass einer von ihnen die Berührung erwähnte – stattdessen redeten sie über Jack Nicholson, von dem Liem nie einen Film gesehen hatte, und Westeuropa, wo Liem nie gewesen war, und die verschiedenen Arten Sushi, die Liem nie gegessen hatte. Kurz, es redete hauptsächlich Marcus, und das war Liem auch recht.

Unterhaltungen mit Marcus waren einfach, denn Liem musste nur Fragen stellen. Marcus allerdings fragte ihn fast nie etwas, und wenn Liem die Fragen ausgingen, herrschte Schweigen, und das Brummen des Autos oder das Geplauder der anderen Gäste fiel unangenehm auf. Von Parrish wurde gar nicht gesprochen, nicht mal, als sie schon wieder zu Hause waren und eine von Parrishs Flaschen Rotwein öffneten, einen Pinot Noir aus dem Napa Valley. Da Liem noch nie in seinem Leben Wein getrunken hatte, fühlte er sich am nächsten Morgen, als habe man ihm den Korkenzieher in die Stirn gedreht. Er schaffte es kaum aus dem Bett und ins Bad, wo er sich beim Zähneputzen verschwommen daran erinnerte, dass Marcus ihn die Treppe hinauf begleitet und ins Bett gebracht hatte. Da er ihn nicht zu Gesicht bekommen hatte, als er zur Arbeit ging, dachte Liem, er würde wohl ausschlafen.

Als er am Abend zurückkam, saß Marcus in Bademantel und mit zerzaustem Haar im Wohnzimmer vor dem Fernseher. »Für dich ist ein Brief gekommen«, sagte er und schaltete mit der Fernbedienung den Apparat aus. Liem nahm den zerknitterten blauen Luftpostbrief vom Couchtisch. Die Handschrift war unverkennbar. Der kräftig aufgedrückte Stift hatte fast das dünne Papier des Umschlags zerrissen. Das war die Antwort auf Liems ersten Brief. Sie war an Camp Pendleton adressiert und von der Umsiedelungsbehörde in San Diego weitergeleitet worden.

»Willst du ihn nicht aufmachen?«, fragte Marcus.

»Nein«, brummte Liem. »Glaube nicht.« Er rieb den Brief zwischen den Fingern und konnte sich nicht erklären, warum es ihn vor dem Lesen jetzt in gleichem Maße graute, wie er sich zuvor danach gesehnt hatte. Wenn er ihn öffnete, dann würde sein Leben sich wieder ändern. Vielleicht wollte er nicht, dass sich etwas änderte. Er musste sich sehr zusammenreißen, um den Brief wieder auf den Tisch zu legen. Dann setzte er sich neben Marcus auf die Couch, und zusammen starrten sie den blauen Umschlag an, als sei darin ein anonymer Brief, den jemand unter der Tür eines Ehebrechers hindurchgeschoben hatte.

»Sie glauben, wir hätten eine Krankheit des Westens«, sagte Marcus. »Jedenfalls sagt das mein Vater.«

»Wir?«, sagte Liem.

»Du machst mir nichts vor.«

Liem ließ den Brief nicht aus den Augen. Sicher hatte sein Vater nicht mehr als nötig geschrieben: *Verdiene Geld und schick es nach Hause, gib auf dich acht und sei anständig.* Die Botschaft wäre einmal und dann noch ein zweites Mal unterstrichen, und es würde ihm überlassen bleiben, zu erraten, was auszusprechen für den knappen Wortschatz seines Vaters zu gefährlich gewesen war. Doch während sein Vater sich nie bemüht hatte, neue Worte zu finden, war Liem das Gegenteil. Er schaute zu Marcus und fragte, was er ihn schon seit gestern hatte fragen wollen.

»Was bedeutet offenherzig?«

»Offenherzig?«, sagte Marcus. »Ach ja, offenherzig. Es kann heißen, dass jemand etwas zu knapp bekleidet ist, oder es heißt, dass jemand aufrichtig ist, ehrlich und direkt.«

Liem atmete tief ein. »Ich will offenherzig sein.«

»Ich *möchte gern* offenherzig sein.«

»Halt den Mund«, sagte Liem und legte Marcus die Hand aufs Knie.

Hinterher hatte er das Gefühl, dass es vielleicht nicht ganz so gut gelaufen sein könnte. Erstens hatten sie sich ihrer Kleidung nicht so problemlos entledigen können, wie er erwartet hatte. Urplötzlich waren die Knöpfe und Reißverschlüsse kleiner und seine Finger größer und ungeschickter, als er sie in Erinnerung gehabt hatte. Auch seine Bewegungen schienen etwas ungelenk zu sein. In seinem Ungestüm bewegte er sich manchmal zu schnell, und um das wiedergutzumachen oder weil es ihm peinlich war, machte er dann zu langsam und brachte sie beide aus dem Rhythmus und sich selbst dazu, sich dauernd zu entschuldigen, für einen Ellbogen hier oder ein Knie da, bis Marcus schließlich sagte: »Hör endlich auf, dich dauernd zu entschuldigen, und entspann dich, Herrgott noch mal!« Also mühte er sich nach Kräften, sich zu entspannen und dem Erlebnis hinzugeben. Später, als er mit dem Gesicht an Marcus' Rücken und sein Arm auf Marcus' Körper lag, wunderte er sich nicht, dass er sich kaum an etwas erinnern konnte. Die Angewohnheit zu vergessen hatte sich so tief in ihm verwurzelt, als hätte er sein ganzes Leben nichts anderes getan, als rückwärts durch die Wüste zu laufen und dabei seine Fußabdrücke zu verwischen. So blieben ihm nur vereinzelte Erinnerungen an Lippen, die sich grob auf seine pressten, an die Behaglichkeit des Gewichts eines muskulösen Mannes.

»Ich liebe dich«, sagte er.

Marcus drehte sich nicht auf die andere Seite oder schaute sich zu ihm um, sagte nicht seinerseits: »Ich liebe dich«, sondern sagte überhaupt nichts. Das Ticken von Parrishs antiker Standuhr wurde mit jeder Sekunde lauter, und als der aufs Dach prasselnde Regen zu einem Dröhnen anschwoll, tastete Liem verlegen nach seiner Unterwäsche.

»Jetzt warte doch mal«, sagte Marcus, drehte sich um und klemmte mit einem Bein Liems Oberkörper ein. »Meinst du nicht, du übertreibst ein bisschen?«

»Nein«, sagte Liem und versuchte erfolglos, sich aus der Umklammerung des durch zahllose Stunden auf dem Laufband und der Wadenmaschine gestählten Beins zu befreien. »Ich muss auf die Toilette, bitte.«

»Das hat dich einfach überrascht. Früher oder später wirst du verstehen, dass die Liebe für manche von uns nur ein Reflex ist.« Marcus streichelte Liems Hand. »In einer Woche weißt du nicht mal mehr, warum du mir das gesagt hast.«

»Okay«, sagte Liem. Er war sich nicht sicher, ob er Marcus glauben wollte oder nicht. »Klar.«

»Und weißt du, was noch passieren wird?«

»Nein, sag's nicht.«

»In einem Jahr wirst du derjenige sein, dem andere Männer sagen, dass sie dich lieben«, sagte Marcus. »Sie werden sagen, dass du viel zu hübsch bist, um allein zu sein.«

Marcus zog ihn näher zu sich heran. Sie hielten sich in den Armen, als draußen im Regen wiederholt das Hupen eines Autos ertönte. Inzwischen wusste Liem, was das bedeutete: Vor dem Haus parkte ein Auto in zweiter Reihe und blockierte die schmale Straße. Dann herrschte bis auf das Ticken der Uhr Stille, und er glaubte schon, Marcus sei eingedöst, als dieser plötzlich sagte: »Willst du den Brief wirklich nicht lesen?«

Er hatte den Brief vergessen, aber jetzt, da Marcus ihn erwähnte, hatte er das Gefühl, er würde ihm aus dem dunklen Wohnzimmer entgegenleuchten. Der blaue Luftpostbrief, der die fettigen Fingerabdrücke seines Vaters und vielleicht auch die seiner Mutter trug, war das Einzige, was er besaß, das wirklich zählte.

»Ich lese ihn dir nie vor.«

»Ich *werde* ihn dir nie vorlesen. Futur eins.«

»Ich werde dir den Brief nie vorlesen.«

»Dann eben nicht.«

»Aber ich *werde* dir erzählen, was ich antworten *werde*.«

»Nur wenn du willst«, sagte Marcus gähnend.

Seit der Ankunft des Briefes hatte Liem sich noch keine Gedanken darüber gemacht, was er seinem Vater und seiner Mutter antworten würde. Also improvisierte er. Der Ton würde genauso wichtig sein wie der Inhalt, begann er. Sein Brief, sagte er, wäre der Bericht über eine exotische Stadt mit einem spanischen Namen, berühmt für ihre Cable Cars, die Gefängnisinsel Alcatraz und die Golden Gate Bridge. Er würde Ansichtskarten von Touristenattraktionen mitschicken und erwähnen, wie lustig es sei, in einer Stadt zu leben, wo selbst Menschen, die keine Asiaten seien, über das Mondfest Bescheid wüssten. Wenn in Chinatown große Menschenmengen das Mondneujahr feierten, dann wäre er mittendrin, würde Böller vor die Füße eines tanzenden Löwen werfen und hoffen, dass seine Familie das Gleiche tat. Das Knirschen der abgebrannten Böller unter seinen Füßen würde ihn an seine Kindheit zu Hause erinnern und sein Brief an die Zeiten, als sich die Familie um den Vater versammelte, wenn er die gelegentlich eintreffenden Briefe eines entfernten Verwandten vorlas. Zum Schluss würde Liem ihnen sagen, dass sie sich um ihn keine Sorgen zu machen bräuchten, *weil ich,* so würde er schreiben, *hart arbeite und Geld spare und sogar schon einige Freundschaften geschlossen habe. Und wir wohnen in einem malvenfarbenen Haus.*

Er hörte Marcus' gleichmäßigen Atem, und aus Angst, dass er einschlafen könnte, stellte er ihm auch die andere Frage, die er ihm schon seit gestern hatte stellen wollen. »Sag mir eins«, sagte er. Marcus blinzelte, dann öffnete er die Augen. »Bin ich gut?«

Ein leichter Freitagabendregen klopfte an die Scheiben. »Ja«, sagte Marcus, dann fielen ihm die Augen wieder zu. »Du warst sehr gut.«

Zumindest so viel konnte er nach Hause schreiben.

Nachdem Marcus eingeschlafen war, schlüpfte Liem aus dem Bett und ging ins Bad, wo er so lange unter dem prasselnden heißen Wasser stand, dass er vor Hitze und Dampf fast ohnmächtig wurde. Er hatte schon seine Hose an und kämmte sich gerade die Haare, als im Wohnzimmer das Telefon klingelte.

»Wollte bloß mal hören, wie es euch beiden so geht«, sagte Parrish laut und aufgekratzt, als hätte er einen draufgemacht.

»Bestens«, sagte Liem und betrachtete den Brief auf dem Couchtisch. »Alles normal.« Er telefonierte nicht gern, weil er sich dabei nicht mit der Körpersprache behelfen konnte, um sich verständlich zu machen. Deshalb hielt er das Gespräch kurz. Parrish schien das nicht weiter zu kümmern, und er wünschte ihm so ausgelassen, wie er sich gemeldet hatte, eine gute Nacht.

Liem setzte sich auf die Couch und öffnete vorsichtig den Brief. Als er das einzelne, unter der Lampe durchscheinende Blatt Dünndruckpapier auseinanderfaltete, erkannte er die Schrift seines Vaters, plump und voller Schnörkel, deren Entzifferung ihm ebenso schwerfiel wie seinem Vater das Schreiben.

20. September 1975

Mein lieber Sohn,
gestern haben wir Deinen Brief bekommen. Wir sind alle so glücklich, dass Du gesund und munter bist. Uns geht es gut. In diesem Sommer hat man Deine Onkel und Tanten zusammen mit den anderen Marionettensoldaten zur Umerziehung geschickt. Die Partei hat ihnen ihre Verbrechen verziehen. Deine Onkel sind so dankbar, dass sie ihre Häuser der Revolution geschenkt haben. Seit unsere Onkel und Cousins und ihre Frauen und Kinder mit uns in unserem Haus leben, ist unser Leben wieder fröhlicher. Die Kader sagen, dass wir die Vergangenheit auslöschen und unser ruhmreiches Land neu aufbauen werden.
Wenn Du Zeit hast, dann schick uns Nachrichten aus Amerika. Es soll ja noch sündiger sein als Saigon, also vergiss nie, was die Kader sagen. Der revolutionäre Mensch muss ein anständiges, gesundes und korrektes Leben führen.
Wir denken oft an Dich. Deine Mutter vermisst Dich und lässt Dich herzlichst grüßen. Auch ich grüße Dich herzlich.

Dein Vater

Nachdem er den Brief ein zweites Mal gelesen hatte, faltete er ihn zusammen, steckte ihn wieder ins Kuvert und ließ ihn auf dem Couchtisch liegen. Er war unruhig, stand auf und ging zum Erkerfenster, von wo aus er die Straße und die Gehwege überblicken konnte, die so spät am Abend menschenleer waren. Das Licht im Zimmer hatte das Fenster in einen Spiegel verwandelt und sein Ebenbild auf die Kulisse draußen vor dem Haus projiziert. Als er die Hand hob, hob auch sein Abbild die Hand, und als er sein Gesicht berührte, tat sein Abbild das Gleiche, und als er mit dem Finger über die Rundung seiner Wange und dann an seinem Kinn entlangfuhr, tat es auch das Spiegelbild. Warum aber erkannte er sich dann nicht? Und warum schaute er direkt durch sich hindurch auf die dunkle Straße?

Regentropfen betupften die Spiegelung seines Gesichts auf dem Glas. Er stand vor dem schlierigen Fenster und wartete mehrere Minuten lang, bis er ein Zeichen von Leben wahrnahm. Zwei Männer, die Hände tief in den Jackentaschen, gingen schnell die Straße hinunter, wobei sich gelegentlich ihre Schultern berührten. Die wegen des Nieselregens tief gesenkten Köpfe neigten sich leicht einander zu, da jeder von ihnen darauf hörte, was der andere sagte. Früher hätte er die beiden Männer sicher für Freunde gehalten. Jetzt erkannte er, dass sie auch ein Liebespaar sein konnten.

Als sie unter einer Straßenlampe hindurchgingen, sagte einer der beiden etwas. Der andere lachte und warf den Kopf in den Nacken, sodass für eine Sekunde Licht auf sein Allerweltsgesicht fiel. In diesem Augenblick wandten sich die Augen des Mannes Liem zu, und Liem wurde bewusst, dass er von der Straße aus gut zu sehen war, und er fragte sich, was er mit nacktem Oberkörper, in die Hüften gestemmten

Händen und dem zurückgekämmten nassen Haar für eine Figur abgab. Plötzlich hob der Mann die Hand, als wolle er ihn grüßen. Als auch sein Partner zum Fenster schaute, winkte Liem zurück, und einen Augenblick lang gab es nur sie drei und eine flüchtige Verbundenheit. Dann waren die Männer vorbeigegangen, und noch lange, nachdem die Dunkelheit sie verschluckt hatte, stand er da, drückte die Hand gegen die Scheibe und fragte sich, ob jemand hinter den Jalousien und Vorhängen sie vielleicht beobachtet hatte.

KRIEGSJAHRE

Bevor Frau Hoa im Sommer 1983 in unser Leben eindrang, konnte mich nichts von dem, was meine Mutter tat, überraschen. Ihr Tagesablauf war so berechenbar wie die Rotation der Erde. Er begann damit, dass sie jeden Morgen um sechs, Viertel nach sechs und halb sieben an meine Tür klopfte, bis ich schließlich aufwachte. Wenn ich aus meinem Zimmer kam, war sie bereits angezogen; sie trug immer eine kurzärmelige Bluse mit dazu passendem Rock, pastellfarben. Sie besaß sieben solcher Kombinationen, und wenn sie die fuchsienfarbene trug, dann wusste ich, dass Montag war. Bevor wir losfuhren, schaltete sie die Lichter aus, kontrollierte die Herdplatten und rüttelte an den schwarzen Eisengittern unserer Fenster, immer in genau dieser Reihenfolge, um mich dann, wenn wir im Auto saßen, anzuweisen, die Tür zu verriegeln.

Während mein Vater den Oldsmobile steuerte und ich auf dem Rücksitz in einem Comic las, beschäftigte sich meine Mutter mit ihrem Make-up. Wenn wir zehn Minuten später vor der St.-Patrick-Schule anhielten, war sie fertig. Die Schattierungen von Rouge auf ihren Wangen harmonierten mit der Grundierung. Ein Spraystoß Parfüm auf jede Seite des Halses rundete das Ganze ab. Der schwindelerregende Gardenienduft haftete an mir, während ich in Ms. Kormans Sommerschulklasse jeden Tag sieben Stunden lang nur Englisch sprach. Ich mochte die Schule, sogar die Sommerschule. Es war wie Urlaub von zu Hause. Um drei, wenn ich die vier Blocks zum Lebensmittelladen meiner Eltern ging, dem New Saigon Market, wo Englisch kaum je gesprochen wurde, dafür aber laut Vietnamesisch, war ich immer ein bisschen enttäuscht.

Meine Mutter und mein Vater verließen nur selten ihre Posten hinter den Registrierkassen, die den Eingang des New Saigon flankierten. Der Laden war immer voll, er war einer der wenigen Orte in San José, wo die Vietnamesen die Grundnahrungsmittel und Gewürze ihrer Heimat kaufen konnten, Jasminreis und Sternanis, Fischsauce und feuerwehrrote Chilis. Es gab nichts, worüber die Leute nicht endlos mit meiner Mutter feilschten, ob über den Kandiszucker, den ich mir als gelbes Kryptonit vorstellte, oder die verschiedenen Fleischsorten in der Tiefkühltruhe, ob über Schweinekoteletts oder den Seewolf, dessen Augen hell glitzerten, ob über die zähen Kuttelschnürsenkel oder die Packungen mit Hühnerherzen, die klein und zart waren wie Champignons.

»Warum können wir nicht Sachen verkaufen, die man einfach in die Mikro schiebt? *TV-Dinner*, so was?«, fragte ich einmal. Es fiel mir leicht, das auf Vietnamesisch sagen, weil das Wort für Fernsehen *ti-vi* war. Aber für andere Sachen, die ich gern wollte, gab es keine vietnamesischen Worte. »Oder Fleischwurst?«

»Was?« Meine Mutter runzelte die Stirn. »Was ich nicht aussprechen kann, kaufen unsere Kunden nicht. Und jetzt verschwinde und preise die Konserven aus.«

»Dann wollen sie doch sowieso nur noch weniger zahlen.« Ich war dreizehn und fühlte mich allmählich mutig genug, anzusprechen, was ich schon eine Zeit lang geahnt hatte, dass nämlich meine Mutter nicht immer recht hatte. »Warum feilschen die um alles? Warum zahlen die nicht einfach den Preis, der draufsteht?«

»Was aus dir wohl mal wird?«, fragte meine Mutter. »Jemand, der immer den Preis zahlt, der verlangt wird? Oder jemand, der um den wahren Wert einer Sache kämpft?«

Ich war mir nicht sicher. Ich kannte nur die lästige Arbeit, die ich nachmittags im New Saigon zu erledigen hatte, nämlich Konserven und Kartons auszuzeichnen. Ich kniete auf dem Boden und suchte im Regal hinter meiner Mutter nach der Etikettierpistole, als Mrs. Hoa sich vorstellte. Wie meine Mutter war sie Ende vierzig und einfarbig gekleidet: weiße Jacke, weiße Hose, weiße Schuhe. Tellergroße Sonnenbrillengläser verdunkelten ihr Gesicht. Während meine Mutter ihre Einkäufe einpackte, sagte Mrs. Hoa: »Ich sammele Geld für den Kampf gegen die Kommunisten, meine Liebe.« Die Grundzüge unserer Geschichte kannte ich so gut wie die Geschichte von Adam und Eva. Die Kommunisten aus Nordvietnam waren 1975 in Südvietnam einmarschiert und hatten uns alle über den Pazifik bis nach Kalifornien vertrieben. An den Krieg konnte ich mich nicht erinnern, aber Mrs. Hoa sagte, andere hätten ihn nicht vergessen. Eine Guerillaarmee aus ehemaligen südvietnamesischen Soldaten trainierte im thailändischen Dschungel und bereitete einen Gegenschlag auf das vereinigte Vietnam vor. Der Plan war, das unglückliche Volk gegen die kommunistischen Herrscher aufzuwiegeln, eine Revolution anzuzetteln und die Republik von Südvietnam wiederauferstehen zu lassen.

»Unsere Männer brauchen unsere Unterstützung«, sagte Mrs. Hoa. »Und wir brauchen gute Bürger wie Sie, die ihren Beitrag leisten.«

Meine Mutter rieb die Fußknöchel aneinander, wobei ihre Nylonstrümpfe ein schabendes Geräusch machten. In der Kniekehle war eine Naht aufgeplatzt, aber meine Mutter würde die Strümpfe tragen, bis die Laufmasche an ihrer Ferse scheuerte. »Ich würde Ihnen ja gerne helfen, Mrs. Hoa, aber die Zeiten sind hart«, sagte meine Mutter. »Unsere Kunden sparen an allen Ecken und Enden. Die Rezession, die Benzinpreise. Und dann unsere Tochter auf dem College. Die Studiengebühren sind jedes Jahr so hoch wie die Anzahlung auf ein Haus.«

»Auch ich muss kämpfen, um über die Runden zu kommen.« Mrs. Hoa knipste den silbernen Schnappverschluss ihrer Handtasche auf und zu. Ein dünnes goldenes Band umschloss ihren Ringfinger, und der rote Lack auf ihren Nägeln glänzte wie der Lack eines aufpolierten neuen Autos. »Aber die Leute reden. Haben Sie das von Mrs. Binh gehört? Die Leute sagen, sie sympathisiert mit den Kommunisten. Und das nur, weil sie vor lauter Geiz nichts spendet. Es heißt schon, man soll nicht mehr in ihren Laden gehen.«

Meine Mutter kannte Mrs. Binh. Ihr gehörte ein paar Straßen weiter westlich Richtung Innenstadt der Les Amis Beauty Salon. Trotzdem wechselte sie das Thema und sprach über das dampfige Juniwetter und den Goldpreis. Mrs. Hoa stimmte ihr zu, was die Temperaturen anging, und präsentierte lächelnd eine eindrucksvolle Wand aus Zähnen. Sie schaute kurz zu mir herüber, bevor sie sich von meiner Mutter verabschiedete. »Denken Sie darüber nach, meine Liebe. Der Kampf um unsere Heimat ist eine hehre Sache, die wir alle mit Stolz unterstützen sollten.«

»Schwachsinn«, murmelte meine Mutter, nachdem Mrs. Hoa gegangen war. Als wir an jenem Abend über die Tenth

Street nach Hause fuhren, erzählte meine Mutter die Geschichte meinem Vater, der an seiner eigenen Kasse zu beschäftigt gewesen war, um die Unterhaltung belauschen zu können. Als sie die Guerillas erwähnte, sah ich die Männer vor mir: unrasiert, von Moskitos zerstochen, mit verfilzten Haaren, in zerlumpten Tarnuniformen; sie ernährten sich von Regenwasser, Wildschweinen und Blattläusen; sie übten den Nahkampf, indem sie mit Bajonetten Jackfrüchte aufspießten. Vom Rücksitz aus fragte ich: »Wie viel gibst du Mrs. Hoa?«

»Nichts«, sagte sie. »Das ist Erpressung.«

»Aber sie kämpfen gegen die Kommunisten«, sagte ich. Auch bekannt als Chinesen und Nordkoreaner, und dann die Kubaner und Sandinisten, die unsere Grenze im Süden mit Infiltration und Invasion bedrohten, wie uns Präsident Reagan in *World News Tonight* erklärt hatte. »Sollten wir ihnen nicht helfen?«

»Der Krieg ist vorbei.« Meine Mutter klang müde. »Es hat keinen Sinn, ihn noch mal zu kämpfen.«

Ich war schockiert, denn Mrs. Hoas Erscheinen bewies, dass der Krieg noch nicht vorbei war, insofern, als sie uns irgendwie aus dem alten Saigon ins neue gefolgt war. Außerdem hatte ich beim Zahnarzt in *Newsweek* gelesen, dass wir uns mitten in einer epischen Schlacht gegen das Reich des Bösen befanden, die Sowjetunion. Auch wenn mich die Antwort meiner Mutter nicht zufriedenstellte, die meines Vaters empörte mich noch mehr.

»Der Krieg ist vielleicht vorbei«, sagte er und bohrte mit dem kleinen Finger in seinem Ohr herum, »aber ein bisschen Schweigegeld würde uns das Leben schon leichter machen.«

Meine Mutter sagte nichts, sondern trommelte nur mit den Fingern auf die Armlehne. Ich wusste, dass sie meinen

Vater – ein kahlköpfiger Mann mit den bedächtigen Bewegungen und dem gleichmütigen Blick einer Schildkröte – auf ihre Linie bringen würde. Spätabends, als ich mit einem Glas Wasser aus der Küche zu meinem Zimmer eilte, hörte ich, wie meine Mutter ihn hinter der Schlafzimmertür zu überzeugen versuchte. Zum Lauschen hatte ich keine Zeit. Wir hatten in Ms. Kormans Klasse gerade erst »Der Untergang des Hauses Usher« gelesen, und ich hatte solche Angst davor, in dem dunklen Flur einem Untoten zu begegnen, dass ich schnell an ihrer Tür vorbeihuschte und genau in diesem Augenblick die Stimme meiner Mutter hörte. »Ich bin mit Schlimmerem fertiggeworden als mit ihr.«

Das Grauen war stärker als die Neugier. Ich schloss die Tür meines Zimmers, sprang zitternd ins Bett und schob meine Schulbücher zur Seite, die in braunes Papier eingeschlagen waren, das ich aus einer Einkaufstüte herausgeschnitten und mit »Mathe« und »Amerikanische Geschichte« beschriftet hatte. Vielleicht hatte meine Mutter die Hungersnot am Ende des Zweiten Weltkriegs gemeint, als sie neun Jahre alt gewesen war. Letztes Jahr hatten wir uns im Fernsehen eine Reportage über die Hungersnot in Äthiopien angeschaut, während ich ihr die grauen Haare auf ihrem Kopf ausgerissen hatte. Da hatte sie von dieser anderen Hungersnot erzählt. »Hast du gewusst, dass in unserem Dorf zwölf Kinder verhungert sind?«, fragte sie, obwohl es auf der Hand lag, dass ich es nicht wusste. »Auch ältere Menschen sind gestorben, manchmal einfach so auf der Straße. Einmal habe ich ein Mädchen, mit dem ich immer gespielt hatte, tot vor ihrer Haustür gefunden.« Meine Mutter verfiel in Schweigen und starrte auf einen Punkt über dem Fernseher. Ich sagte nichts. Solche Geschichten erzählte sie andauernd, außerdem war ich zu abgelenkt, um Fragen zu stellen. Sie bezahlte mich für jede Strähne, die ich entdeckte, und so konzentrierte ich mich auf die Suche, denn mit jedem grauen Haar kam ich dem neuesten Heft von *Captain America* um weitere fünf Cent näher.

In den folgenden Tagen erwähnte meine Mutter Mrs. Hoa zwar mit keinem Wort, aber die Frau hatte sie verunsichert. Eines Abends dann, während unserer täglichen Buchführung, bei der sie normalerweise vollkommen auf die Einnahmen des Tages fokussiert war, begann meine Mutter zu reden. Wir saßen am Esstisch, zählten Bargeld, wickelten Münzen zu böllergroßen Papierrollen und stempelten die Adresse des New Saigon auf die Rückseiten der Barschecks der an Monopoly-Geld erinnernden Lebensmittelmarken und gelben Gutscheine der Familienbeihilfe. Wenn ich die Summen mit der brummenden mechanischen Rechenmaschine zusammenzählte, die größer war als unser Wählscheibentelefon, brauchte ich nie auf die Tastatur zu schauen. Ich wusste auswendig, wo sich die Zahlen befanden. Die einzige Situation in meinem Leben, in der ich gut in Mathematik war.

Während wir die Abrechnung des Tages machten, berichtete meine Mutter von Gerüchten, ehemalige südvietnamesische Soldaten bauten mit dem Ziel, die Kommunisten zu stürzen, nicht nur in Thailand eine Guerillaarmee auf, sondern auch eine Geheimfront hier in den Vereinigten Staaten. Noch schlimmer als diese Gerüchte war der Brandbombenanschlag, den Unbekannte auf das Büro eines Redakteurs einer vietnamesischen Zeitung in Garden Grove (er starb) verübt hatten, und der Mord an einem anderen Redakteur und dessen Frau, die vor ihrem Haus in Virginia erschossen worden waren (die Mörder wurden nie gefasst). »Sie haben nur öffentlich ausgesprochen, was viele Leute unter vier Augen schon lange sagen«, sagte meine Mutter und fuhr mit den Fingern über einen feuchten Schwamm. »Dass es vielleicht gar nicht so schlecht wäre, mit den Kommunisten Frieden zu schließen.«

Ich schrieb Zahlen ins Kassenbuch und hob nicht einmal den Kopf. Mein Vater und ich saßen in T-Shirt und Shorts am Tisch, aber meine Mutter trug nur ein Nachthemd aus hauchdünnem grünen Stoff und keinen BH. Ihr war nicht bewusst, dass ihre Brüste hin und her schwangen wie Seeanemonen in seichtem Wasser und dass es mich jedes Mal verlegen machte, wenn ich die dunklen, traurigen Warzenhöfe sah, mit Nippeln, die so dick wie mein Zeigefinger waren. Die Brüste meiner Mutter waren ganz anders als die der Mädchen in meiner Klasse, zumindest in meiner Vorstellung. Das hatte sich vor einer Woche bestätigt, als ich nämlich durch einen Spalt zwischen zwei Knöpfen ihrer Bluse Emmy Tsuchidas Nippel gesehen hatte, rosa und keck, genau wie der Radiergummi auf dem Bleistift in meiner Hand. Ohne den Blick vom Kassenbuch zu heben, sagte ich: »Aber du erzählst mir doch dauernd, dass die Kommunisten böse Menschen sind.«

»Oho!«, sagte mein Vater glucksend. »Dann hörst du also doch zu. Manchmal ist es mir ein Rätsel, was da hinter deinen dicken Brillengläsern so vor sich geht.«

»Die Kommunisten sind von Übel.« Meine Mutter blätterte durch ein Bündel Zwanzigdollarnoten. Sie hatte die Grundschule nicht beenden können, weil ihr Vater sie gezwungen hatte, zu Hause die Geschwister zu hüten, und doch war sie schneller im Geldzählen und im Zahlenaddieren als ich mit der Rechenmaschine. »Da gibt's gar keinen Zweifel. Sie glauben nicht an Gott, und sie glauben nicht an Geld.«

»Aber sie glauben daran, anderen ihr Geld wegzunehmen«, sagte mein Vater. Er erzählte oft von seinem Geschäft für Autoersatzteile, das Berichten seiner Brüder zufolge überhaupt keine Teile mehr auf Lager hatte, seit es von einem Kommunisten geführt wurde. Wir hatten über dem Laden gewohnt, und manchmal fragte ich mich, ob jetzt ein kommunistisches Kind in meinem Bett schlief, und wenn ja, was für Bücher so ein Roter las und welche Filme er sich anschaute. *Captain America* war ausgeschlossen, aber das Lichtschwerterduell zwischen Luke Skywalker und Darth Vader musste er gesehen haben. Ich hatte mir *Star Wars* zigmal auf Video angeschaut, und wenn ein Mensch so unterprivilegiert war, dass er den Film nicht wenigstens einmal gesehen hatte, dann brauchte das Land, in dem er lebte, ganz sicher eine Revolution. Aber meine Mutter war anderer Meinung. Sie wickelte ein Gummiband um die Zwanziger und sagte: »Ich hasse die Kommunisten so sehr wie Mrs. Hoa, aber sie führt einen Krieg, den man nicht gewinnen kann. Ich verschwende nicht mein Geld an eine aussichtslose Sache.«

Mein Vater beendete das Gespräch, indem er aufstand und die Umhängetasche aus Vinyl nahm, mit der er jeden Morgen die Scheine, Münzen, Schecks und Lebensmittelmarken zur Bank of America trug. Meine Eltern bewahrten einen Teil des Gewinns in der Bank auf, spendeten etwas an die Kirche und schickten einen Prozentsatz an die Verwandten in Vietnam. Von diesen erreichten uns regelmäßig kleine Briefe voll großer Probleme, die laut meiner Mutter immer auf die gleiche Leier von kein Essen und kein Geld, keine Schule und keine Hoffnung hinausliefen. Ihre eigenen und die Erfahrungen ihrer Verwandten hatten meine Eltern gelehrt, dass kein Land gegen eine Katastrophe gefeit ist, und so bunkerten sie heimlich einen weiteren Prozentsatz ihres Gewinns im Haus, nur für den Fall, dass irgendein fürchterliches Unheil das amerikanische Bankensystem auslöschte. Meine Mutter wickelte Klötze von Hundertdollarscheinen in Plastikfolie und klebte sie unter den Spülkasten im Klo, versteckte im Reis Goldbrocken so groß wie Hundemarken und lagerte Jadearmreife, Diamantringe und Halsketten aus zwanzigkarätigem Gold in einem tragbaren, feuerfesten Safe, der sich im Kriechkeller unter dem Haus befand. Um Diebe abzulenken, legte sie Köder aus, eine große Glasvase voller Münzen in einem Bücherregal neben der Haustür und zwei goldene Armbänder auf ihrer Kommode.

Ihre Angst vor einem Überfall hatte sich im Oktober zuvor als berechtigt erwiesen, als an einem ansonsten normalen Dienstagabend jemand an die Haustür klopfte. Mein Vater hatte gerade den Herd angestellt und war in der Küche, und ich erreichte die Tür ein paar Schritte vor meiner Mutter, die schon im Nachthemd war. Ich schaute durch das Guckloch und sah einen Weißen, der sagte: »Post für Sie, Sir.« Wenn er Vietnamesisch oder Spanisch gesprochen hätte, hätte ich die Tür nie geöffnet, aber da er Englisch sprach, machte ich auf. Mit der linken Hand drückte er die Tür auf – ein junger Mann in den Zwanzigern mit zerzaustem Haar, das die Farbe von altem Stroh hatte und bis auf den Kragen seiner ausgefransten Jeansjacke fiel. Er war schmal gebaut und nicht viel größer als meine Mutter. Als er den Mund aufmachte, war eine quietschende Stimme zu hören, die klang wie Gummisohlen auf einem Turnhallenboden.

»Zurück«, sagte er. Auf seiner Stirn glänzte Schweiß, in der rechten Hand hielt er eine Pistole. Noch Jahrzehnte später sehe ich die Waffe deutlich vor mir, den 22er Revolver mit schwarzem Lauf. Er fuchtelte mit zitternder Hand damit herum, machte einen Schritt in den Flur, trat dabei in den Haufen Schuhe neben dem Eingang und vergaß, die Tür zu schließen. Später schlussfolgerte meine Mutter, dass er ein Amateur war, vielleicht ein verzweifelter Süchtiger, der Geld brauchte. Er zielte mit der Pistole an mir vorbei auf sie. »Verstehen Sie Englisch? Runter auf den Boden!«

Ich wich zurück, während meine Mutter die Hände in die Luft warf und schrie: »*Khong, khong, khong!*« Mein Vater war in den Flur gekommen und auf halbem Weg zwischen Küche und Haustür stehen geblieben. Der Mann zielte auf ihn und sagte: »Runter, Mister!« Mein Vater kniete sich auf den Boden und hob die Hände hoch in die Luft. »Nicht schießen«, sagte er mit schwacher Stimme auf Englisch. »Bitte, nicht schießen.«

Außerhalb einer Kirche hatte ich meinen Vater noch nie knien sehen, und meine Mutter hatte ich noch nie vor Angst am ganzen Körper zittern sehen. Mitleid überkam mich. Ich wusste, dass eine solche Demütigung weder die erste ihres Lebens war noch die letzte sein würde. Als habe er meine Gedanken gelesen, zielte der Mann wortlos auf mich, und ich kniete mich ebenfalls auf den Boden. Nur meine Mutter sank nicht auf die Knie, sie stand mit dem Rücken zur Wand. Ihr gerade abgeschminktes Gesicht sah sehr weiß aus. Ihre Brüste bewegten sich wellenartig unter ihrem Nachthemd, wie ein doppelköpfiger Aal, während sie immer wieder *nein, nein, nein* schrie. Der Mann hielt die Waffe auf mich gerichtet und sagte: »Hey, Kleiner. Was ist los mit ihr?«

Das Kreischen meiner Mutter ließ jeden erstarren, außer sie selbst. Sie schlug ihm die Pistole aus der Hand, rammte ihm die Schulter in die Brust und rannte an ihm vorbei nach draußen. Der Mann stolperte gegen das Bücherregal neben der Tür und riss die Vase mit den Münzen herunter, die auf dem Boden zerbarst. Eine Flut aus Glassplittern und Ein-, Fünf- und Zehncentmünzen ergoss sich über den Boden. »Jesus Christus!«, sagte der Mann. Als er sich zur Tür umwandte, sprang mein Vater auf und stürzte sich auf ihn, stieß ihn über die Schwelle und knallte die Haustür zu. Draußen löste sich mit einem kurzen, scharfen *Popp* ein Schuss aus dem Revolver. Die Kugel prallte vom Gehweg ab und bohrte sich neben dem Briefkasten in die Hauswand, aus der sie ein paar Stunden später ein Polizist herausstocherte.

Sonntagmorgens, bevor wir in die Kirche gingen, schmierte mir meine Mutter Brylcreem in die Haare, kämmte sie mit einem schwarzen Ace-Kamm glatt und zog mir dann einen Mittelscheitel. Ich sah grässlich aus, wie Alfalfa aus *Die kleinen Strolche,* aber ich protestierte nicht, genauso wenig wie ich etwas gesagt hatte, als ein Sergeant sie aus dem Haus eines Nachbarn nach Hause zurückbrachte und dann an unserem Küchentisch das Protokoll aufnahm. »Ich habe uns das Leben gerettet, du Feigling!«, schrie sie meinen Vater an, der den Sergeant matt anlächelte. Mir zog sie ein Ohr lang und sagte: »Habe ich dir nicht gesagt, dass man Fremden nicht die Tür aufmacht? Hörst du mir eigentlich jemals zu?« Als der Polizist mich zu übersetzen bat, rieb ich mir das Ohr und sagte: »Das ist nur die Angst, Officer.«

Die Polizei hat den Mann nie gefasst, und nach einer Weile gab es keinen Grund mehr, bei uns zu Hause über ihn zu sprechen. Ich dachte jedoch hin und wieder an ihn, besonders sonntagmorgens, wenn ich mich in der Kirche von der Kniebank erhob. Dann fiel mir wieder ein, wie ich aufgestanden war und meine Mutter am Wohnzimmerfenster hatte vorbeilaufen sehen, in der Dämmerung barfuß auf dem Gehweg, die Hände in die Höhe gereckt, nur mit ihrem Nachthemd bekleidet, und dabei etwas rufend, was ich nicht verstand. Sie hatte uns gerettet, und war Errettung nicht immer die Botschaft unseres Priesters, Pater Dinh, gewesen? Laut meiner Mutter war er schon mittleren Alters gewesen, als er 1954 seine Schäfchen, darunter meine Eltern, aus dem Norden Vietnams in den Süden geführt hatte, nachdem die Kommunisten die Franzosen vertrieben und die Nordhälfte des Landes erobert hatten. Unglaublicherweise hatte Pater Dinh immer noch mehr Haare als mein Vater, einen Schopf weißen Garns, das im Licht der Lampen glänzte und die bunten Kirchenfenster erleuchtete. Seine Stimme bebte, wenn er »Im Namen des Vaters, des Sohnes und des Heiligen Geistes« sagte, und unwillkürlich döste ich während seiner Predigt in der Bank mit den harten Rückenlehnen vor mich hin, dachte an Emmy Tsuchidas Nippel und ersehnte nichts mehr als das Ende der Messe.

Es geschah eines Sonntags, ein paar Wochen nach dem Einbruch, dass beim Verlassen der Kirche Mrs. Hoa in dem Gedränge den Ellbogen meiner Mutter berührte. »War die Predigt nicht wundervoll?«, sagte Mrs. Hoa. Ihre Augen sahen merkwürdig leer aus, wie aufgemalt. Der Rücken meiner Mutter versteifte sich, und sie wandte kaum den Kopf, als sie sagte: »Sie hat mir sehr gut gefallen.«

»Was Ihre Spende betrifft, meine Liebe, habe ich noch gar nichts von Ihnen gehört. Nächste Woche vielleicht? Ich schaue vorbei.« Mrs. Hoa war förmlich gekleidet, in ein *Ao dai* aus nachtblauem Samt, das auf Brusthöhe mit einer goldenen Lotusblume bestickt war. Bei den sommerlichen

Temperaturen musste ihr darin unerträglich heiß sein, aber auf ihren Schläfen war nicht ein einziger Schweißtropfen zu sehen. »Bis dahin etwas Lesestoff für Sie.«

Aus der Handtasche mit dem silbernen Verschluss, die ich schon die Woche zuvor bei ihr gesehen hatte, die aus Krokodillederimitat, zog sie ein Blatt Papier und hielt es mir hin. Der Text auf der Kopie war Vietnamesisch, was ich nicht verstand, aber die verschwommene Fotografie sagte alles: hagere Männer, die unter Palmen in Reih und Glied strammstanden und Tarnuniformen trugen, wie ich sie mir vorgestellt hatte.

»Was für ein hübscher Junge.« Mrs. Hoa klang nicht überzeugend. Sie trug auch die gleichen weißen Stöckelschuhe wie beim letzten Mal. »Und Ihre Tochter geht aufs College, sagten Sie?«

»An der Ostküste.«

»Harvard? Yale?« Das waren die beiden einzigen Universitäten an der Ostküste, die Vietnamesen kannten. Meine Mutter, die Bryn Mawr nicht aussprechen konnte, sagte: »Eine andere.«

»Was studiert sie? Jura? Medizin?«

Meine Mutter schaute beschämt zu Boden. »Philosophie.« In den Weihnachtsferien hatte sie meine Schwester Loan dafür gescholten, dass ein solches Studium reine Verschwendung sei. Mein Vater hatte ihr zugestimmt. »Jeder braucht einen Arzt oder Anwalt, aber wer braucht einen Philosophen? Ratschläge können wir uns vom Pater umsonst holen.«

Mrs. Hoa lächelte noch einmal. »Ausgezeichnet.« Nachdem sie gegangen war, gab ich meiner Mutter das Blatt Papier, und sie stopfte es in ihre Handtasche. Auf dem mit Autos und Menschen überfüllten Parkplatz zwickte meine Mutter meinen Vater in den Arm und sagte: »Ich fahre Mrs. Hoa hinterher. Du und Long, ihr könnt euch auch ein paar Stunden allein ums Geschäft kümmern.«

Mein Vater verzog das Gesicht und fuhr sich mit der Hand über den Kopf. »Was genau hast du vor?«

»Sie weiß, wo unser Laden ist. Ich wette, sie weiß auch, wo wir wohnen. Da sollte ich so etwas doch auch über sie wissen, oder?«

»Okay.« Mein Vater seufzte. »Also los, Sohnemann.«

»Ich gehe mit Mama.«

»Du jetzt auch noch?«, brummte er.

Ich war neugierig auf Mrs. Hoa, außerdem ersparte ich mir so einen ganzen Morgen im New Saigon. Meine Mutter und ich folgten ihr in unserem Oldsmobile in südlicher Richtung. Mrs. Hoa fuhr einen kleinen, dottergelben Datsun, der mit Rostflecken übersät war. In der Windschutzscheibe spiegelte sich das auf dem Armaturenbrett befestigte Bild der Jungfrau Maria. Es war so fahl wie die Handvoll ausgeblichener Farbfotos, die wir aus Vietnam hatten und von denen mir das mit einem lächelnden jungen Paar das liebste war. Es saß auf einem abfallenden Rasenstück vor einer rosa Landkirche: Ba mit Sonnenbrille umarmte Ma, die über cremefarbenen Seidenhosen ein pfirsichfarbenes *Ao dai* trug und deren volles Haar hoch auftoupiert war.

»*Nam xu*«, sagte meine Mutter und bog nach links in die Story Road ein. Ich dachte, sie wolle eine Übersetzung ins Englische, und sagte: »Fünf Cent?«

»Fünf Cent sind unser Gewinn an einer Dose Suppe.« Meine Mutter verwechselte immer wieder das Brems- mit dem Gaspedal. Wie ein Paddleball prallte mein Kopf ständig gegen die Kopfstütze. »Zehn Cent an einem Pfund Schweinefleisch, fünfundzwanzig Cent an zehn Pfund Reis. Und diese Frau will fünfhundert Dollar von mir. Verstehst du jetzt, dass wir um jeden Penny kämpfen müssen?«

»M-hmm«, machte ich. Schweißtropfen liefen mir die Achseln hinunter. In der Rückschau, Jahrzehnte später, frage ich mich, ob sie übertrieb oder ob ich jetzt übertreibe, wenn ich versuche mich zu erinnern, wie unser Leben damals gewesen ist. Ich weiß noch genau, dass ich das Fenster herunterkurbelte, meine Hand hinaus in den Wind streckte und meine Mutter sagte: »Wenn jetzt ein Bus kommt, reißt er dir den Arm ab.« Ich zog meinen Arm zurück und seufzte. Ich sehnte mich nach der Frau auf der alten Fotografie, aus einer Zeit, als meine Schwester und ich noch nicht geboren waren und von Krieg noch nichts zu spüren war, als meiner Mutter und meinem Vater noch die Zukunft gehörte. Manchmal versuchte ich sie mir noch jünger vorzustellen, mit neun, aber ich schaffte es nicht. Ohne Foto existierte meine Mutter nirgendwo als kleines Mädchen, vielleicht nicht einmal mehr in ihrem eigenen Kopf. Noch trauriger als der Gedanke an all die Menschen, die wegen der Hungersnot starben, machte es mich, dass meine Mutter sich nicht daran erinnern konnte, wie sie als kleines Mädchen ausgesehen hatte.

Mrs. Hoa bog von der Story Road in eine Seitenstraße ein, in ein Viertel mit einstöckigen Häusern, deren Fenster für die Wände zu klein waren. Auf den Rasenflächen davor standen heruntergekommene Ford-Pick-ups und tiefergelegte Chrysler mit Chromfelgen. Der Vorgarten von Mrs. Hoas Haus war zugepflastert. Neben ihrem gelben Datsun standen ein weißer Corolla mit eingedrückter Stoßstange und ein grüner Honda Civic, bei dem eine Radkappe fehlte. Nachdem Mrs. Hoa im Haus verschwunden war, rollte meine

Mutter langsam daran vorbei und nahm es genau in Augenschein. Es war erst kürzlich mit billiger Farbe in einem grellen Türkis gestrichen worden, die Garage war in einen Laden mit Glasschiebetüren und der neonroten Aufschrift NHA MAY verwandelt worden. Die Jalousien der Schneiderei waren heruntergelassen, und die Vorhänge im Wohnzimmer waren zugezogen und zeigten uns ihre weißen Kehrseiten. Der Mann, der in unser Haus eingedrungen war, musste uns auf die gleiche Art gefolgt sein, was meiner Mutter aber nicht aufzufallen schien. Stattdessen strotzte ihre Stimme vor Genugtuung, als sie den Fuß von der Bremse nahm und sagte: »Jetzt wissen wir, wo sie wohnt.«

Als Mrs. Hoa am Mittwoch der nächsten Woche in den New Saigon Market kam, war ich gerade auf dem Dachboden, den mein Vater im hinteren Teil des Ladens über den Küchengeräten zusammengezimmert hatte. Mit dem langkörnigen Reis, der in zehn, zwanzig und fünfzig Pfund fassenden Jutesäcken auf dem Dachboden lagerte, hätte man ein ganzes Dorf versorgen können. Der Duft von Jasminreis, der an den Geruch von sauberem Teppich erinnerte, erfüllte die Luft. Ich saß mit einem Buch über die Reconstruction-Ära rittlings auf einem Damm aus Reissäcken und las gerade über die Scalawags und Carpetbagger, die nach dem Bürgerkrieg aus dem Norden gekommen waren, um die Menschen im Süden beim Wiederaufbau zu unterstützen oder vielleicht auch zu betrügen, als ich vor dem Eingang Mrs. Hoa sah, die die gleiche weiße Kleidung trug wie bei ihrem ersten Besuch.

Als ich sah, wie meine Mutter während der Unterhaltung mit Mrs. Hoa ihre Registrierkasse wie ein von Wellen geschütteltes Kanu umklammerte, wusste ich, dass Ärger anstand.

Ich kletterte die Leiter hinunter, zog den Kopf ein, um den Fliegenfängerstreifen, die gelb und klebrig unter der Decke hingen, auszuweichen, ging zwischen Regalen mit Kondensmilch und Glasnudeln, Krabbenchips und getrocknetem Tintenfisch, Litschis und grünen Mangos hindurch und erreichte die Vorderseite des Ladens in dem Augenblick, als meine Mutter sagte: »Von mir kriegen Sie kein Geld.« In ihrem Make-up hatte sich ein Riss aufgetan, der von der Nase bis zum Kieferknochen verlief. »Ich arbeite hart für mein Geld. Und was tun Sie? Sie sind nichts weiter als eine Diebin und Erpresserin, die den Menschen vorgaukelt, dass sie den Krieg noch immer gewinnen können.«

Ich stand hinter einer Schlange Kunden, von denen einer die gleiche Kopie las, die Mrs. Hoa mir in der Kirche gegeben hatte. Ihr Gesicht war inzwischen so weiß wie ihre Kleidung, und roter Lippenstift war über ihre ockerfarbenen, vor Zorn gefletschten Zähne verschmiert. Sie schaute die Kunden wütend an und sagte: »Sie haben das alle gehört, oder? Sie weigert sich zu helfen. Vielleicht ist sie keine Kommunistin, aber sie ist genauso schlimm wie eine Kommunistin. Wenn Sie hier einkaufen, dann unterstützen Sie die Kommunisten.«

Mrs. Hoa knallte einen Stapel ihrer Kopien auf die Theke neben der Kasse und verließ den Laden. Meine Mutter und mein Vater, der an der Kasse gegenüber saß, schauten sich wortlos an, während draußen stotternd der Motor des Datsun ansprang. Die Kunden vor mir traten unruhig von einem Fuß auf den anderen. Binnen einer Stunde würden sie alle an ihren Telefonen hängen und die Geschichte all ihren Freunden erzählen, die sie wiederum allen ihren Freunden weitererzählen und die es noch mehr Leuten erzählen würden, bis jeder in der Gemeinde Bescheid wüsste. Das Gesicht, mit dem sich meine Mutter den Kunden zuwandte, war so gefasst wie die Briefe, die sie an ihre Verwandtschaft schickte. Es zeigte keinerlei Beunruhigung, als sie sagte: »Der Nächste bitte.«

Bis Ladenschluss erwähnte meine Mutter Mrs. Hoa mit keinem Wort mehr, und ich dachte, sie würde den Vorfall einfach ignorieren und hoffen, dass sie nicht wieder auftauchte. Doch in dem Augenblick, als wir in den Wagen stiegen, begann meine Mutter von ihrem Gegenschlag zu reden, und ich erkannte, dass es stundenlang in ihr gebrodelt haben musste und sie nur wegen der Kunden stillgehalten hatte. Sie würde zu Mrs. Hoa fahren und eine Entschuldigung verlangen, da ihre Vorwürfe angesichts des tief sitzenden, inbrünstigen Antikommunismus in der vietnamesischen Gemeinde meine Mutter den Ruf und das Geschäft kosten könnten. Sie würde Mrs. Hoa eine Schande nennen und sie ohrfeigen, sollte sie ihr die Entschuldigung verweigern. Sie würde auf die Aussichtslosigkeit und den Selbstbetrug von Mrs. Hoas Sache verweisen und sie mit Argumenten zum Weinen bringen. Während meine Mutter ihre Planungen durchging, schwiegen mein Vater und ich. Wir hüteten uns davor, ihr zu widersprechen. Zu Hause angekommen, ging mein Vater wortlos ins Haus, um weisungsgemäß das Abendessen vorzubereiten. Meine Mutter fuhr weiter zu Mrs. Hoas Haus. Mich nahm sie mit. »Wenn du dabei bist, wird sie schon nichts Verrücktes anstellen.«

Um halb neun parkte meine Mutter hinter dem Datsun in Mrs. Hoas Einfahrt. Als sie uns öffnete, trug sie ein orangefarbenes Tank Top und Shorts mit rosa Blümchenmuster. Das Haar hatte sie zurückgebunden; ohne Mascara, Lippenstift oder Make-up sah ihr Gesicht zerfurcht, vernarbt und rissig aus – es gehörte einer um Jahre älteren Frau. Ihre kleinen Brüste waren nicht größer als die von Emmy Tsuchida, und ein verzweigtes Netz aus Krampfadern führte über dünne Oberschenkel und Schienbeine hinunter zu gelblichen Fußnägeln, auf denen Reste roten, gesplitterten Nagellacks zu sehen waren.

»Was wollen Sie?«, sagte Mrs. Hoa.

»Mit Ihnen sprechen«, sagte meine Mutter. »Wollen Sie uns nicht hereinbitten?«

Mrs. Hoa schaute mürrisch, zögerte, dann trat sie einen Schritt beiseite. Wir zogen unsere Schuhe aus und stiegen über das Durcheinander aus Slippern, Turnschuhen, Pumps und Flipflops. Garderobenständer auf Rollen, an denen dicht an dicht Mädchenkleider hingen, verdeckten das Wohnzimmerfenster, an zwei Wänden stand je ein Etagenbett, auf einem langen Klapptisch in der Mitte stapelten sich Notiz- und Schulbücher.

»Wir essen gerade«, sagte Mrs. Hoa. Aus dem Esszimmer waren Stimmen zu hören. In der Luft hingen fettiger Dampf und der Geruch von gekochtem Reis, der an warme, nasse Socken erinnerte. »Haben Sie schon gegessen?«

»Ja.« Sollte meine Mutter von Mrs. Hoas Höflichkeit überrascht gewesen sein, so ließ sie es sich jedenfalls nicht anmerken. »Ich würde gerne unter vier Augen mit Ihnen sprechen.«

Mrs. Hoa zuckte mit den Achseln und führte uns durch das Esszimmer. Am Tisch saßen dicht gedrängt acht oder neun Menschen, die uns alle anschauten. Kleine Mädchen mit Topfschnitt, ein Großelternquartett sowie ein Mann und eine Frau, etwa so alt wie meine Mutter, mit so tiefen Ringen unter den Augen, als hätte man immer wieder auf sie eingeschlagen. In Mrs. Hoas Zimmer, dem ersten im Gang, war es genauso voll. Der beherrschende Gegenstand in der Mitte des Raums war ein Arbeitstisch aus Stahlrohren mit einer darauf festgeschraubten Nähmaschine. Vor dem Fenster stand ein Etagenbett, an dem das *Ao dai* und die weiße Jacke und Hose hingen. Mrs. Hoa setzte sich hinter die Nähmaschine auf den einzigen Stuhl und sagte: »Was wollen Sie?«

Meine Mutter schaute zu dem Wandschrank, dessen Türen abmontiert waren, sodass man die selbst gebauten, mit Seiden- und Baumwollballen bepackten Kieferregalbretter sehen konnte. An einem der zwei Kleiderständer hinter Mrs. Hoa hing Alltagskleidung: Hosen und Blusen für Frauen, Anzüge und Hemden für Männer. An dem anderen hingen Uniformen, olivgrüne Arbeitsanzüge sowie Tarnkleidung mit braunen, schwarzen und grünen Flecken in verschiedenen Schattierungen, wie sie erst vor Kurzem die Marines bei der Befreiung von Grenada getragen hatten.

»Sie schneidern Uniformen für die Soldaten?«, fragte meine Mutter.

»Die amerikanischen Uniformen sind zu groß für vietnamesische Männer, und die Proportionen stimmen nicht. Außerdem wollen die Männer, dass ihre Namen, der Rang und die Einheit aufgenäht werden.« Mrs. Hoa griff unter den Nähtisch und holte eine Pappschachtel hervor. Wir beugten uns über den Tisch und sahen Zellophanbrotbeutel voller Winkelstreifen und bunter Abzeichen vietnamesischer Einheiten. »Einige von diesen Uniformen sind für die Guerillatruppe in Thailand, andere für die Männer hier.«

Ich fragte mich, ob sie damit die Geheimfront meinte, über die gemunkelt wurde, oder die Männer im Alter meines Vaters oder jünger, die ich an den Tet-Feiertagen sah, Veteranen der besiegten südvietnamesischen Armee, die in ihren Uniformen das neue Jahr willkommen hießen und auf den Festplätzen, wo die Feiern stattfanden, die Eintrittskarten kontrollierten.

»Ist Ihr Mann Soldat?«, fragte meine Mutter.

»Er gehört zu einer Kommandotruppe. Die CIA hat ihn 1963 mit dem Fallschirm im Norden abgesetzt. Seitdem habe ich nichts mehr von ihm gehört.« Mrs. Hoa drückte sich die Schachtel an die Brust und sprach weiter, ohne dass sich ihr Tonfall veränderte. »1972 haben die Amerikaner die Division meines jüngsten Sohnes nach Laos geschickt. Er ist nie zurückgekommen. Mein Ältester war auch in der Armee. Die Kommunisten haben ihn umgebracht. Ich habe ihn 1969 in Bien Hoa begraben. Meine Tochter hat mir geschrieben, dass die Kommunisten seine Augen auf dem Foto auf seinem Grab weggekratzt haben.«

Meine Mutter nestelte schweigend an einer Tarnjacke herum, die an dem Kleiderständer hing. Schließlich sagte sie: »Es tut mir sehr leid wegen Ihres Mannes und Ihrer Söhne.«

»Was tut Ihnen leid?« Mrs. Hoas Stimme war schrill. »Wer hat gesagt, dass mein Mann tot ist? Niemand hat gesehen, dass er gestorben ist. Oder dass mein jüngster Sohn gestorben ist. Sie leben. Und von Ihnen lasse ich mir schon gar nicht sagen, dass sie tot sind.«

Ich betrachtete das Muster des beigefarbenen Teppichbodens. Die Umrisse eines Froschs und eines Baums waren zu erkennen, und er verbreitete einen Geruch von Knoblauch und Sesam, Schweiß und Feuchtigkeitscreme. Meine Mutter durchbrach die Stille, indem sie ihre Handtasche öffnete und hineingriff. Am Knistern des Papiers erkannte ich, dass sie den Umschlag mit den Tageseinnahmen öffnete. Sie zog zwei Hundertdollarscheine heraus, legte sie vor Mrs. Hoa auf den Nähtisch und strich auf beiden Benjamin Franklins Gesicht glatt, so wie sie immer meine Haare glatt strich, bevor ich die Kirche betrat.

»So«, sagte meine Mutter. »Das ist alles, was ich habe.«

Ich überschlug die Anzahl der Konserven, der Reissäcke und der Arbeitsstunden, die diese zweihundert Dollar erwirtschaftet hatten, und war erstaunt, dass meine Mutter das Geld herausgerückt hatte. Während Mrs. Hoa es betrachtete, dachte ich, dass sie möglicherweise die fünfhundert Dollar einfordern würde, die sie ursprünglich verlangt hatte, aber sie nahm die Scheine, faltete sie zusammen und legte sie in die Pappschachtel auf ihrem Schoß. Als sich die beiden nun anschauten, musste ich daran denken, wie meine Mutter vor Jahren die Frau eines Generals mit einer Unze Gold bestochen hatte, um meinen Vater vor der Einberufung zu bewahren. Meine Mutter hatte die Begebenheit eines Abends gegenüber meinem Vater erwähnt, als sie gerade eine weitere Unze gekauft hatten, und er hatte mit einem Seitenblick auf mich gesagt: »Das gehört jetzt nicht hierher.« Die Begebenheit mit Mrs. Hoa würden sie genauso ablegen, unter der Kategorie für Dinge, die besser unerwähnt blieben.

»Wir finden alleine hinaus«, sagte meine Mutter.

»Verstehen Sie? Den Kommunisten hat es nicht gereicht, meinen Sohn einmal zu töten.« Mrs. Hoa richtete ihren Blick auf mich. »Als sie sein Grab schändeten, töteten sie ihn ein zweites Mal. Sie achten niemanden, nicht einmal die Toten.«

Sie sprach mit eindringlicher Stimme, und als sie sich plötzlich vorbeugte, fürchtete ich, sie würde über die Nähmaschine hinweg nach meiner Hand greifen. Ich musste mich zusammenreißen, um nicht vor ihren Fingern zurückzuweichen, von denen zwei bandagiert waren, als habe sie sich beim Nähen gestochen. Ich spürte, dass ich etwas sagen musste, und so sagte ich: »Es tut mir leid.« Ich meinte damit alles, was geschehen war, nicht nur das, was ihr, sondern auch das, was meiner Mutter zugestoßen war, die Ansammlung all dessen, woran ich nichts ändern konnte. Meine Entschuldigung änderte nicht das Geringste, aber Mrs. Hoa nickte ernsthaft, so als verstehe sie meine Absicht. Mit gedämpfter Stimme sagte sie: »Ich weiß.«

Das waren die letzten Worte, die sie zu mir sagte. Sie verabschiedete sich nicht, als wir das Zimmer verließen, sah uns nicht einmal an, denn als meine Mutter die Zimmertür schloss, schaute Mrs. Hoa nach unten in ihre Pappschachtel. Auf ihrem gesenkten Kopf war eine Linie weißer Haarwurzeln zu erkennen, an die das schwarze Färbemittel nicht mehr heranreichte. Ein banales Geheimnis, aber eins, an das ich mich so lebhaft erinnere wie an den Gedanken, dass manche Menschen von den Toten verfolgt werden und andere von den Lebenden.

Als meine Mutter den Freeway verließ, überraschte sie mich ein zweites Mal. Sie fuhr auf den Parkplatz des 7-Eleven gleich hinter der Ausfahrt, der zwei Straßen von unserem Haus entfernt war, und sagte: »Du warst ein guter Junge. Kauf dir was Leckeres.« Ich wusste nicht, was ich sagen sollte. Meine Eltern gaben mir nicht einmal Taschengeld. Als ich in der vierten Klasse einmal danach gefragt hatte, hatte mein Vater die Stirn gerunzelt und gesagt: »Darüber muss ich nachdenken.« Am nächsten Abend übergab er mir eine detaillierte Aufstellung, die die Ausgaben für meine Geburt, für Essen, Schule und Kleidung auflistete und eine Summe von vierundzwanzigtausenddreihundertsechsundsiebzig Dollar ergab. »Und da sind der emotionale Ärger, der Zinseszins oder zukünftige Ausgaben noch nicht einmal miteingerechnet«, sagte mein Vater. »Was meinst du, ab wann kannst *du* mir Taschengeld zahlen?«

Meine Mutter blieb im grellen Licht vor der Tür des 7-Eleven stehen, zog einen frischen Fünfdollarschein aus ihrer Handtasche und gab ihn mir. »Los, kauf dir was«, sagte sie auf Englisch und zeigte zum Eingang. Wenn sie Englisch sprach, wurde ihre Stimme merklich schriller, als kämen die Worte nicht aus ihrem Innern, sondern befänden sich außerhalb ihres Körpers und würden ihr auf die Kehle drücken. »Was du willst.«

Ich ließ sie auf dem Gehweg zurück und ging hinein. Der Fünfdollarschein fühlte sich so glatt an wie Wachs und erinnerte mich an die Lippenbewegungen meiner Mutter, wenn sie im Kopf rechnete und dabei mit den Fingern der einen Hand die der anderen abzählte. Abgesehen von den beiden Sikhs, die an den Kassen saßen, mich gelangweilt anschauten und dann ihre Unterhaltung fortsetzten, war der 7-Eleven leer. Es roch nach Desinfektionsmitteln. Ich ging an den Arcade Videospielautomaten und den Regalen mit den Comics vorbei, obwohl das elektronische *Pac-Man*-Surren und *Superman* und *Iron Man* mich lockten. Nach den Reinigungsmitteln und Dosensuppen kam der Gang mit den Chips, Keksen und Süßigkeiten. Mein Blick wanderte den Gang entlang, ich sah einen Schokoriegel mit glitzernder Goldfolie und erstarrte. Vorn schwatzten die Angestellten in einer Sprache, die ich nicht verstand. Unschlüssig stand ich da. Am liebsten hätte ich alles mit nach Hause genommen, aber ich konnte mich nicht entscheiden.

DIE TRANSPLANTATION

Arthur Arellano hatte viele Überraschungen erlebt, und die Umwandlung seiner bescheidenen Garage in ein Warenlager, in dem sich Pappkartons voller Fälscherware stapelten, war bei Weitem nicht die größte. Beschriftet waren die Kartons mit Namen wie Chanel, Versace und Givenchy, Designer von Luxusartikeln, die für Arthur und seine Frau Norma unerschwinglich waren. Die Kartons machten Arthur nervös, und so kam es, dass er sich in der Woche, nachdem Louis Vu den unerwarteten Reichtum bei den Arellanos abgeliefert hatte, zu den merkwürdigsten Zeiten aus seinem gemieteten Haus schlich, in der Kieseinfahrt an seinem Chevy Nova vorbeidrückte und die Garage öffnete, um über die Waren nachzugrübeln, mit denen er jetzt aufs Engste zusammenlebte.

Selbst im Schutz der Nacht widerstand Arthur der Versuchung, eine Prada-Brieftasche oder ein Paar Yves-Saint-Laurent-Manschettenknöpfe einzustecken, obwohl Louis fast jeden seiner Anrufe mit den Worten beendete: »Greif ruhig zu.« Aber Arthur konnte nicht zugreifen, denn ihn quälten ein nachhaltiges Unrechtsbewusstsein und die Angst vor dem Gesetz; Beklemmungen, die Louis während ihres wöchentlichen Lunchs bei Brodard's ansprach, wo Arthur unter Louis' Anleitung eine Begeisterung für die vietnamesische Küche entwickelt hatte. Laut Louis war das Brodard's das Beste, was diese Küche im Little Saigon von Orange County zu bieten hatte. Während Arthur bei ihrem jüngsten Besuch den ersten Gang aß, einen saftigen Salat aus papierdünn geschnittenem, in Zitronensaft und Ingwergrasöl mariniertem Rindfleisch, ein Cousin des von ihm so geliebten Ceviche, fragte er sich, wie das gleiche Gericht wohl in Vietnam schmecken würde. Normalerweise ließ Louis sich darüber aus, dass das Essen bei Brodard's sogar noch besser schmeckte als in der Heimat, aber als der Kellner den Teller abräumte, entschied sich Louis für ein anderes Thema: warum sein Geschäft mehr nütze als schade.

»Das ist wie mit den Schönen und den Hässlichen«, sagte Louis. »Die Schönen können nicht zugeben, dass sie die Hässlichen brauchen. Denn ohne die Hässlichen wären die Schönen nur halb so schön. Hab ich recht? Sag mir, dass ich recht habe.«

Arthur begutachtete den nächsten Gang, den der Kellner auf ihren Tisch gleiten ließ, sechs geröstete Täubchen, bezaubernd angerichtet auf einem Bett aus Römersalat. »Schätze, du hast recht«, sagte Arthur, dessen Kenntnisse über den Kapitalismus bestenfalls dürftig waren.

»Die Moral der Geschichte ist folgende«, sagte Louis und nahm sich einen Vogel. »Je mehr Fälschungen es gibt, desto mehr wollen sie die Menschen, die sich das Original nicht leisten können. Und je mehr Menschen Fälschungen kaufen, desto wertvoller wird das Original. Jeder gewinnt.«

»So siehst *du* das«, sagte Arthur und hob das kleine schlanke Bein eines Täubchens hoch. »Aber meinst du nicht, das redest du dir nur ein?«

»Klar rede ich mir das ein.« In gespielter Verzweiflung schüttelte Louis den Kopf, die Augen hinter den Gläsern seiner skulpturalen Brille von Dolce & Gabbana weit aufgerissen. »Reden wir uns nicht alle etwas ein? Der Punkt, Arthur, ist der: Willst *du* hören, was ich mir einrede?«

Tatsächlich hatte Arthur die vielen rhetorischen Fragen hören wollen, die Louis ihm in den letzten paar Monaten gestellt hatte. Über seine Brille hatte Louis zum Beispiel gesagt, dass sie in derselben Fabrik hergestellt worden sei wie die echten Gestelle von D & G, aber erst nach Feierabend, von Schwarzarbeitern, deren Schattenproduktion eine Brille hervorbrachte, die zweihundert Dollar billiger war. Wiege das Recht eines Menschen mit begrenztem Einkommen, wenigstens ein bisschen italienischen Stil zu besitzen, nicht schwerer als ein etwaiger Verlust für Dolce & Gabbana? Oder denk an Montblanc, fuhr Louis fort. Arthur hatte nie an Montblanc gedacht und wusste nicht, dass es sich dabei um einen Hersteller von Schreibgeräten handelte, bis Louis ihm davon erzählte. Wer litte mehr darunter, fragte Louis, die Firma oder deren Arbeiter im chinesischen Wengang, wenn diese ihre Repliken sehr teurer Originale nicht mehr herstellen könnten? Obwohl Arthur keine Ahnung hatte, wie es in Wengang aussah, so konnte er sich doch ein verschwommenes Bild von dem weit entfernt lebenden Chinesen machen, dunkelhaarig, schmaläugig und flink, ein bisschen wie Louis selbst.

»Ich hab's verstanden«, sagte Arthur und beobachtete Louis, der sein Täubchen zwischen Zeigefingern und Daumen hielt und dabei die kleinen Finger nach oben abspreizte. »Sonst würden sich ja deine Sachen nicht in unserer Garage stapeln.«

»Hoffentlich hast du mich auch richtig verstanden«, sagte Louis. »Das bringt Geld, Arthur. Gutes Geld.«

Aber trotz allen Geredes über Profite hatten Arthur und Norma die zehn Prozent Provision abgelehnt, die Louis ihnen angeboten hatte. Sie hatten Louis' Einzimmerhöhle gesehen, die gleichzeitig als Warenlager diente, und betrachteten es als einen Akt des Mitgefühls, ihm ihre Garage zu überlassen. So konnten sie sich auch Louis' Vater gegenüber erkenntlich zeigen, der Arthur im letzten Jahr – wenn auch unabsichtlich – das Leben gerettet hatte. Während Louis an seinem Täubchen nagte, dachte Arthur einmal mehr voller Rührung an Men Vu, einen Mann, den er nie kennengelernt hatte.

»Du kannst deine Kartons in unserer Garage lassen«, sagte Arthur. »Wie gesagt, eine Aufmerksamkeit unsererseits.«

Bevor Louis antworten konnte, summte Arthurs Handy. Die SMS war von Norma: *Bring die Wäsche von der Reinigung mit.* Louis beugte sich vor, las die Nachricht und stupste Arthur gegen die Schulter. »Du solltest Norma auch ein paar Blumen mitbringen.« Arthur wollte fragen, welche Blumen er ihr denn zusammen mit der Wäsche mitbringen solle, aber die Ankunft der flambierten Bananen, Arthurs Lieblingsdessert, lenkte ihn ab. Obwohl ihn den ganzen Nachmittag über das nagende Gefühl nicht losließ, noch irgendetwas erledigen zu müssen, wollte ihm nicht einfallen, was das war. Alles, was vor seinem geistigen Auge erschien, war der Kellner, der den Rum in dem fingerhutgroßen Kännchen entzündete und die brennende Flüssigkeit über die Bananen goss, ein Schauspiel, dessen verführerische Wirkung auf ihn nie nachließ.

Die größte Überraschung, die Arthur Arellano je erlebt hatte, das schicksalhafte Ereignis, das ihn mit Louis Vu zusammenbrachte, war das Versagen seiner Leber gewesen, ein Organ, über das sich Arthur weit weniger Gedanken gemacht hatte als über seine Nase, seinen großen Zeh oder sogar seine rechte Hand, Gliedmaßen, ohne die er hätte leben können, wenn auch unbequem. Deshalb war Arthur, als seine Leber vor etwa achtzehn Monaten einen vorzeitigen Tod zu sterben drohte, in jeder Hinsicht unvorbereitet, mit Ausnahme der Krankenversicherung, die er seinem jüngeren Bruder und Arbeitgeber Martín zu verdanken hatte. Die Versicherung kam für seinen Besuch bei Dr. P. K. Viswanathan auf, der Arthur erläuterte, dass seine Leber das ahnungslose Opfer einer Krankheit sei, die Arthur nur in Teilen verstand: Auto, immun, Hepatitis. Während er ständig auf seinem Drehstuhl herumrollte, sagte der Doktor: »Autoimmunhepatitis heißt, dass der Körper die Leber nicht mehr als Teil von sich erkennt. Wenn das geschieht, dann stößt Ihr Körper Ihre Leber ab.«

»Das kann mein Körper?«

»Ihr Körper ist ein komplexer Organismus, Mr. Arellano.« Der Doktor hörte auf herumzurollen, beugte sich vor und stützte die Ellbogen auf die lederne Schreibunterlage seines Schreibtischs. »Er kann so ziemlich alles machen, was er will.«

Arthur verließ Dr. Viswanathans Praxis im festen Glauben, sein Tod würde kurz bevorstehen. Die Menschen benötigten weit mehr Organe, als verfügbar waren, und niemals in seinem Leben hatte Arthur etwas Lohnendes gewonnen. Er war ein chronischer Verlierer bei allen Wetten, ob große oder kleine, ob bei den Galoppern in Santa Anita oder an den Pai-Gow-Spieltischen im Commerce Casino. Den Höhepunkt seiner unauffälligen Laufbahn als Glücksspieler erreichte er mit dem Verlust des einige Meilen vom Strand entfernten rosa Bungalows in Huntington Beach, in den er und

Norma siebzehn Jahre lang Hypothekenraten investiert hatten. Nachdem die Bank den Bungalow im neunundzwanzigsten Jahr ihrer Ehe wieder in Besitz genommen hatte, verließ Norma ihren Mann und zog mit einer ihrer Töchter zusammen, während Arthur in Martíns Haus in Irvine unterkam. Im dortigen Universitätskrankenhaus erfuhr er kurze Zeit später von seiner Diagnose, die erklärte, dass seine Probleme lediglich die Symptome einer viel tiefer sitzenden Fäulnis waren – die Gelenkschmerzen, die Müdigkeit, das Jucken und die Hautausschläge, die Übelkeit und Kotzerei, die Appetitlosigkeit, alles, was Arthur in den vergangenen Jahren auf den Stress mit seinen Spielschulden zurückgeführt hatte. Aber das, was Normas Aufmerksamkeit erregte, als sie ihn nach der Diagnose in Martíns Haus besuchte, war die Gelbsucht, die schaurige Verfärbung seiner Haut, die sie zu dem Ausruf veranlasste: »Warum hast du nicht besser auf dich achtgegeben, Art?«

In Martíns sonnendurchflutetem Wohnzimmer erniedrigte sich Arthur in der folgenden Stunde zweimal: das erste Mal, als er Normas Hand nahm und ohne Vorwarnung in Tränen ausbrach, und das zweite Mal, als er ihr gestand, dass er sich seine Lebensversicherung hatte auszahlen lassen. Norma fragte nicht, wofür er das Geld ausgegeben hatte, und Arthur hatte nicht den Mumm, ihr von Pechanga zu erzählen, dem indianischen Casino in Temecula, wo er neben sieben Tagen seines Lebens auch sein ganzes Geld verloren hatte. Norma sagte lange kein Wort, aber als sie sich schließlich setzte, wusste Arthur, dass sie sich damit abgefunden hatte, ihm in seiner Krankheit beizustehen. Als sie eine Hand auf sein Knie legte und die andere an seine Wange, begriff er auch, dass Gott sie mit der Autoimmunhepatitis auf ganz durchtriebene Art wieder zusammenbringen wollte. Das war der einzige Vorteil dessen, was ansonsten eine Katastrophe war. Vor Angst lag er nachts wach, starrte hinaus in die Dunkelheit und fragte sich, was ihn, wenn überhaupt, erwartete. Es war das erste Mal, dass er Angst um sein Leben gehabt hatte.

Seine einzige Chance war eine Transplantation. Er fantasierte darüber so wie früher über einen Lottogewinn. Er stellte sich vor, wie er zu einem neuen Menschen würde, freundlicher, verlässlicher, fleißiger, jemand, der Norma stolz machen konnte. Wenn er über das Organ nachdachte, das sein Leben retten würde, dachte er unweigerlich auch darüber nach, wer der Spender sein könnte. In den Monaten des Wartens auf eine Leber sprachen er und Norma oft darüber, ob sie – wenn er überhaupt das Glück hätte – nach der Identität des Spenders fragen sollten. Manchmal, so Dr. Viswanathan, verzichteten Spender oder ihre Familien auf das Recht, anonym zu bleiben. Schließlich jedoch entschieden sich Arthur und Norma dafür, der modernen Medizin ihre Aura des Rätselhaften und Wundersamen zu lassen. Es war also Zufall, nicht Absicht, dass sie ein Jahr nach der Operation erfuhren, wer der Spender gewesen war. Arthur arbeitete wieder als Buchhalter für Martín bei Arellano & Sons, der Landschaftsgärtnerei, die Arthurs Vater Arturo, allseits bekannt als Big Art, gegründet hatte. Die Enthüllung kam in einem braunen Umschlag vom Krankenhaus und lag im Briefkasten des im spanischen Stil gebauten Häuschens, das Martín Arthur und Norma zu beträchtlich reduzierter Miete überlassen hatte. In dem Umschlag befand sich ein Fragebogen zur Lebensqualität, und auf dem stand neben Arthurs Namen der des Spenders, was dem Softwarefehler eines Krankenhauscomputers zu verdanken war, wie Arthur und Norma und mehrere Dutzend andere Betroffene schließlich erfuhren, als der Skandal Schlagzeilen machte. Als er den Namen sah, meinte er, ein Beben erschüttere seine Leber. Erst dachte er, das sei eine Wahnvorstellung, aber als er den Fragebogen an Norma weiterreichte, sah auch sie den Namen.

»Was ist das? Koreanisch? Wie die Parks?«, fragte sie und meinte Mr. und Mrs. Parks von der Reinigung, wo sie ihre Wäsche hinbrachten, Einwanderer aus Incheon, die über Buenos Aires gekommen waren und besser Spanisch sprachen als die Arellanos. »Wenn nicht koreanisch, dann vielleicht japanisch.«

Arthur jedenfalls hatte keine Ahnung. Er tat sich schwer, die verschiedenen asiatischen Namen auseinanderzuhalten. Außerdem litt er an einer damit verwandten Krankheit, nämlich an der weitverbreiteten Hornhautverkrümmung, weswegen für ihn alle Asiaten gleich aussahen. Bei ihrer ersten Begegnung hatte er die Parks nicht für Koreaner gehalten, nicht einmal für Japaner. Stattdessen war er wie immer, wenn er sich einem verwirrenden Identifizierungsproblem bezüglich Asiaten gegenübersah, auf seine Standardwahl verfallen. »Gibt jede Menge Chinesen in der Gegend«, sagte Arthur. »Ich wette, der Bursche ist Chinese.«

Tatsächlich war Men Vu Vietnamese, ein Witwer und Großvater, der bei einem Unfall mit Fahrerflucht umgekommen war, wie Norma über eine Onlinerecherche herausfand. Arthur sah sich also doch noch mit einem echten Menschen und einem echten Namen konfrontiert und kam deshalb widerstrebend zu dem Schluss, dass er nicht weiter so tun könne, als wisse er nichts über die Herkunft seines Spenderorgans. Solange der Spender anonym gewesen war, war Arthur ihm gegenüber zu nichts verpflichtet gewesen. Aber jetzt hatte er einen Namen, und Arthur glaubte, es sei nur recht und billig, irgendwen aus Men Vus Verwandtschaft ausfindig zu machen, bei dem er sich für sein Leben bedanken konnte. Diese Person zu finden erwies sich allerdings als komplizierter, als Arthur erwartet hatte. Im Telefonbuch stand kein Men Vu, weshalb Arthur nichts anderes übrig blieb, als jeden in Orange County gemeldeten Vu anzurufen, und von denen gab es Hunderte. Arthur geriet an Vus, die kein Englisch konnten, an Vus, die sofort auflegten, und an Vus, die ihn mit irgendeiner Grobheit in einer fremden Sprache bedachten, und stieß schließlich auf Louis Vu, der ihn ohne Unterbrechung anhörte und dann ohne den Hauch eines Akzents sagte: »Ich bin der, den Sie suchen, Mr. Arellano.«

Louis sprach seinen Vornamen »Louie« aus oder, so sagte er selbst, »wie die Franzosen«. Für ihr Treffen nannte er eine nur zehn Autominuten entfernte Adresse in Fountain Valley, einem freundlichen Vorort mit Reihenhäusern sowie ausgedehnten Anlagen mit Eigentums- und Mietwohnungen. Arthur hatte Fountain Valley schon immer sehr geschätzt für sein direktes und schlichtes Motto, das alles verkörperte, was Arthur sich für Norma, die Kinder und sich selbst gewünscht hatte. Ein Steinquader, der auf einem Mittelstreifen an der Stadtgrenze stand, begrüßte alle Besucher mit den bescheidenen Worten: »Ein schöner Ort zum Leben.«

Erst später am Abend, als er nach einem langen Nachmittag über den Büchern von Arellano & Sons im Wohnzimmer saß und Norma gerade die Haustür aufschloss, fiel es Arthur plötzlich wieder ein. Er schaltete den Fernseher mit der Übertragung der World Series of Poker aus und sagte zu Norma, dass er vergessen habe, noch in der Reinigung in der Park Avenue vorbeizuschauen. Ihr Missfallen erkannte er daran, dass sie ohne ihn anzuschauen mit einem brummenden »Hmm« reagierte, einem tief unten in ihrem Hals vibrierenden Geräusch. Als er sie fragte, was es zum Abendessen gebe, bekam er ebenfalls nur ein »Hmm« zu hören, und auch, als er sie später beim Abwasch fragte, was es morgen zu essen gebe, erhielt er die gleiche Antwort. Erst als er im Dunkeln im Bett ihren Rücken streichelte, sagte sie schließlich noch etwas anderes.

»Damit das klar ist, Arthur.« Das Kopfkissen dämpfte ihre Stimme. »Fass mich nicht an und komm mir nicht zu nahe.«

»Aber ...«

»Würde es dir etwas ausmachen, wenn du einmal im Leben an mich denken würdest? Wenn du einmal etwas für mich tun würdest? Nur um zu sehen, wie sich das anfühlt?«

»Das ist die Leber«, sagte er, eine Ausrede, die ihm seit einem Jahr gute Dienste leistete. »Ich hab mich immer noch nicht daran gewöhnt.«

»Ach was. Du bist wieder vollkommen gesund, so gut wie neu. Das ist ja das Problem.« Sie hatte ihm immer noch den Rücken zugewandt. Sie atmete schwer, wie sie es auch tat, wenn sie mehr als zwei Treppen steigen musste. »Art, du bist fünfzig Jahre alt und führst dich auf wie ein Fünfzehnjähriger. Jetzt lass mich in Ruhe und schlaf.«

Arthur legte sein Kinn auf ihre Schulter und flüsterte: »Sagst du nicht immer, dass wir mehr miteinander reden sollen?«

»Arthur Arellano.« Norma schüttelte sein Kinn ab. »Entweder du schläfst im Wohnzimmer oder ich.«

Körper mittleren Alters wie der von Arthur waren nicht gemacht für Sofas, und so rief er am nächsten Morgen in einem Moment der Schwäche seinen Bruder an und bat um Asyl. Elvira Catalina Franco, die guatemaltekische Haushälterin seines Bruders, hob ab und sagte, wie Martíns Frau Carla es ihr beigebracht hatte: »Hier bei Arellano, was kann ich für Sie tun?« Aber als sein Bruder sich meldete, war Arthur klar, dass er sich nicht weiter erniedrigen konnte. Er sah schon jetzt Martíns Gesicht mit den angespannten Muskeln vor sich, Augen und Lippen missbilligend zusammengekniffen.

»Ich rufe bloß an, um dir einen guten Morgen zu wünschen«, sagte Arthur und wich Normas Blick aus, als diese die Küche betrat. »Guten Morgen.«

Martín seufzte. »Wir sind nicht mehr in der Highschool, Artie«, sagte er. »Du bist zu alt für Telefonstreiche.«

Auch als Martín schon aufgelegt hatte, tat Arthur so, als unterhielten sie sich noch, denn Norma benahm sich, als sei außer ihr niemand in der Küche. Sie steckte zwei Scheiben Weizenbrot in den Toaster, schenkte sich eine Tasse Yuban-Kaffee ein, las die Schlagzeilen im *Register* und kicherte über die Witzchen des KDAY-DJs im Radio. Arthur stand unschlüssig in der Ecke und fühlte sich wie ein Phantom, ein Toter, von Norma nur noch wahrgenommen, als sie sich beim Verlassen des Hauses an ihm vorbeidrückte und über die Schulter hinweg zu ihm sagte: »Vergiss deine Pillen nicht.«

Die durchsichtigen orangefarbenen Medizinfläschchen und das Glas mit gefiltertem Wasser standen an ihrem üblichen Platz auf der Schlafzimmerkommode. Zuerst schluckte er das Diuretikum, nahm einen kleinen Schluck Wasser und seufzte. Die meisten Medikamente nahm er nur widerwillig ein, auch wenn das zweite, der Blutdrucksenker, so unabdingbar notwendig war wie das dritte, das Immunsuppressivum, das dafür sorgte, dass sein alternder Körper sich mit der Leber eines noch älteren Jahrgangs vertrug. Dr. Viswanathan hatte gesagt, das Risiko der Abstoßung bestünde immer, und das daraus resultierende Gefühl des Unbehagens belastete Arthur. Die Pillen erinnerten ihn täglich in vierfacher Form an das Fremde in seinem Innern, sogar das vierte und letzte Medikament, das er eigentlich genoss, das Antidepressivum. Obwohl es die scharfen Kanten seiner Emotionen abschliff, empfand er seine Wirkung nicht als so befriedigend wie die des Schmerzmittels, das er in den ersten Monaten nach der Transplantation eingenommen hatte – magische Kügelchen, mit denen sich die Haut unter seinen Fingern anfühlte wie Baumwolle. Das Antidepressivum stellte in ihm nur das Gefühl von Normalität wieder her, aber warum, fragte sich Arthur, brauchte er dafür eine Pille?

Martíns Verhalten im Büro an jenem Morgen bestätigte Arthur, dass es richtig gewesen war, ihn nicht um Hilfe zu bitten. Das Büro befand sich in Martíns Gästehaus, einem Schindelhäuschen, das vom Haupthaus durch einen Swimmingpool getrennt war. Ein Roboter, der aussah wie ein Stachelrochen, hielt das Wasser saphirblau. Arthur hatte gerade den Computer angeschaltet und begonnen, sich in sein morgendliches Blackjack-Spiel zu vertiefen, als Martín hereinkam, sich auf die Kante von Arthurs Schreibtisch setzte, auf dem sich unbearbeitete Quittungen und Rechnungen stapelten, und anfing, minutiös vom letzten Wochenendurlaub seiner Familie in Lake Arrowhead zu berichten. »Jetski«, sagte Martín. »Champagner-Brunch. Filet Mignon. Rosa Sonnenuntergänge.« Das war zumindest das, was Arthur mitbekam. Das Büro selbst schlug ihm aufs Gehör. Alles, von den kupfernen Büroklammern bis zu den Art-déco-Wandleuchtern, erinnerte ihn daran, was seinem Bruder gehörte und ihm nicht; Arellano & Sons, von Big Art nur Martín vermacht, nachdem ihr Vater über Arthurs schlechte Angewohnheiten nicht mehr hinwegsehen konnte.

»Und, wie war dein Wochenende?«, fragte Martín. »Wie läuft es bei dir und Norma?«

»Bestens.« Arthur hielt den Blick auf den Bildschirm gerichtet, wo ihm angeboten wurde, seinen Einsatz auf ein Pärchen Zehner zu verdoppeln. »Alles bestens.«

»Wollte nur mal fragen.« Als Martín die Platinuhr an seinem Handgelenk hin und her drehte, sah Arthur die schwarzen Ränder unter den Fingernägeln seines Bruders. Arthur argwöhnte, Martín mache sich die Nägel absichtlich nicht sauber, weil er allen zeigen wolle, dass er einmal die Woche mit seiner Gärtnertruppe zum Heckenstutzen ausrückte. Ein weiteres Zeichen von Martíns frommer Gesinnung, die ihn auch dazu gebracht hatte, Arthur die Buchhaltung anzu-vertrauen – oder vielleicht auch, um ihn damit zu quälen. »Weißt ja, wie das läuft. Norma redet mit ihrer Fußpflegerin, die redet mit Elaine, die redet mit ihrer Mutter, und die redet mit mir. Ich laufe nicht mit gespitzten Ohren durch die Gegend. Ich höre nur, was da draußen rumschwirrt.«

»Ich weiß deine Anteilnahme zu schätzen.« Arthur verdoppelte und zog einen König und ein Ass. Wenn er in den Casinos Blackjack spielte, hatte er nie so ein Glück. »Aber vielleicht hat die Fußpflegerin etwas anderes zu Elaine gesagt, die etwas ein bisschen anderes zu Carla gesagt hat, die etwas ein bisschen anderes zu dir gesagt hat, bis du am Ende etwas vollkommen anderes gehört hast als das, was wirklich los ist.«

Martín seufzte, hustete und schaute auf seine Uhr. »Wir sind Brüder, Artie«, sagte er und erhob sich vom Schreibtisch, der erleichtert knarzte. An der Tür blieb Martín kurz stehen, als ob er noch etwas sagen wolle, ging dann aber doch. Die Abwesenheit seiner umfangreichen Statur war spürbar, eine imaginäre Aussparung, die Arthur nun mit seinem eigenen Körper ausfüllen konnte. Laut Dr. Viswanathan war der Spender etwa so groß und so schwer wie Arthur gewesen, und bevor er von Men Vu erfahren und Louis getroffen hatte, hatte Arthur sich ihn als jemanden ausgemalt, der ihm vielleicht auch sonst ähnelte: mittleres Alter; ergrauend; mexikanische Abstammung, der man sich nur noch verschwommen erinnert, durch mündliche Überlieferung von steinalten Großeltern mit Gesichtern wie die der Osterinselstatuen; anfällig für die Verlockungen von All-you-can-eat-China-Imbissen für sieben Dollar und glasierten Donuts, gefüllt mit triefender Himbeerkonfitüre. Ein Profil, das auch auf Martín passte. Hätte Martín Arthur eines seiner eigenen Organe gespendet? Sagen wir, eine Niere? Oder Knochenmark? Hätte Arthur das Gleiche für Martín getan? Die Fragen hatten Arthur den ganzen Tag beschäftigt, und später am Abend in Louis' Wohnung beantwortete er seinem Freund diese Frage so ehrlich er konnte.

»Ich glaube schon«, sagte Arthur. »Ja, das glaube ich wirklich. Ich würde das tun.«

Die Knochen, die Reste und die welke Garnierung des Essens, das jeden Abend von einem Teenager an Louis' Haustür geliefert wurde, lagen in den Styroporbehältern auf dem Couchtisch. Der Junge war der Sohn einer Witwe, die für zwei Dutzend Junggesellen kochte. Am vierflammigen Herd in ihrer eigenen Küche schuf sie Gerichte, die laut Louis kleine Meisterwerke waren: aromatischer, in einem Tontopf karamellisierter Seewolf; zartes, mit Zitronengras und Chili gedünstetes Huhn; in einer tiefen Form gebackenes

Omelette mit Champignons und Frühlingszwiebeln; im Wok gebratener Wasserspinat, gespickt mit Knoblauchscheiben. Und das alles zum Eintunken in eine scharfe Soße, dem Herzblut der vietnamesischen Küche, eine aus Fisch destillierte Essenz mit der Farbe der Morgendämmerung, besprenkelt mit rotem Chilipfeffer. Satt und dankbar sagte Louis: »Das ist, wie wenn auf einen geschossen wird. Niemand kann wirklich sagen, wie er reagieren würde, bis es so weit ist.«

»Doch, ehrlich, ich würde es tun«, sagte Arthur. »Auch wenn ich ihn nicht ausstehen kann, er ist immer noch mein Bruder.«

»Man hat leicht reden, wenn man weiß, dass es einen nie treffen wird.«

Richtig, Arthur würde es nie treffen. Nachdem er Dr. Viswanathan heldenhaft verkündet hatte, seine Organe auch spenden zu wollen, hatte der Doktor ihm erklärt, dass das Ciclosporin und die Kortikoide, die eine Abstoßung der Leber verhindern sollen, seinen Körper schädigten und er für eine Spende nicht mehr infrage komme. Insgeheim freute sich Arthur darüber, denn seine Entscheidung zu spenden, bevor er das gewusst hatte, hatte ihn in eine moralisch überlegene Position gebracht, der Art von guter Lage, die laut Louis unbezahlbar war. Mit dem Wert einer guten Position kannte Louis sich aus, schließlich besaß er zwei Häuser und eine Wohnung in Perris, einem bezahlbaren Vorort in den fernöstlichen Ausläufern des Inland Empire, das er das *andere Paris* zu nennen pflegte. Sogar jetzt machte Louis seine Hausaufgaben. Er saß vor dem Fernseher und schaute sich eine Sendung an, in der es darum ging, mit einfachen und preiswerten Renovierungsideen, die das Abklappern von

Secondhandläden und die Schatzsuche auf Dachböden erforderten, den Wiederverkaufswert von Häusern zu steigern.

»Die Küche da«, sagte Louis. »Ich liebe diese Bodenfliesenaufkleber. Von hier kann man nicht mal sehen, dass das kein echter Marmor ist.«

»Warum lebst du nicht selbst in einem deiner Häuser?«, fragte Arthur. Louis' Wohnung war jetzt noch trostloser als vorher. Nach dem Umzug des Warenlagers verstellte nichts den Blick auf die zusammengewürfelten Möbel und die grauen Wände, die einmal weiß gewesen waren. »Du solltest dein Leben genießen. Wenn ich was gelernt habe in diesem Jahr, dann das.«

»Aber ich genieße mein Leben.« Louis streckte sich auf der Couch aus, die sich später in ein Doppelbett für Arthur verwandeln würde. »Ich denke daran, wie meine Mieter meine Hypothek abzahlen und wie ich von diesen Häusern in ein paar Jahren profitieren werde. Ich mache mir bewusst, wie ich mit guten statt mit originalen Produkten den Markt beherrschen werde, der größer ist als der für Dinge, die sich die meisten Leute gar nicht leisten können.«

Das, erkannte Arthur, war der Unterschied zwischen ihnen. Arthur dachte daran, was er getan hatte, was er gerade tat oder was er hätte tun sollen, aber Louis machte sich nur das bewusst, was er tun würde. Zum Beispiel fand Louis sich nicht damit ab, »Fälschung« oder »Billigkopie« zu sagen, er sagte »besser als das Original«. Und er betonte immer, dass seine Waren im Sinne von viel, viel billiger tatsächlich besser waren. Warum ein Original kaufen, sagte er gern, wenn man zum gleichen Preis ein Dutzend, zwei Dutzend oder sogar mehrere Dutzend von einer besseren als der Originalversion bekommen konnte?

»Geld ist nicht alles, Louis«, sagte Arthur. »Was ist mit einer Frau? Einer Familie?«

»Du meinst Liebe?« Louis zeigte auf den goldenen Ring an Arthurs Finger. »Willst du etwa sagen, Arthur, das hätte dich glücklich gemacht?«

»Die Liebe an sich kann nichts dafür, dass es mit mir und Norma nicht geklappt hat.«

»Ich habe die Liebe probiert«, sagte Louis, als handele es sich um einen weichen, übel riechenden französischen Käse. »Ist schon okay, aber das Problem ist die andere Person, die darin verwickelt ist. Sie hat einen eigenen Kopf. Von Dingen kann man das nicht sagen.«

Arthur suchte in Louis' Gesicht nach einem Anzeichen von Ironie, aber das leichte Stirnrunzeln deutete an, dass es ihm ernst war. »Erzähl mir von ihr«, sagte Arthur. »Oder gab es da mehr als eine?«

»Das ist alles Vergangenheit«, sagte Louis und machte eine wegwerfende Handbewegung über die Schulter. »Und ich denke nie über die Vergangenheit nach. Jeden Morgen, wenn ich aufwache, bin ich ein neuer Mensch.«

Arthur hatte schon früher versucht, Louis etwas über seine eigene Person zu entlocken, allerdings ohne jeden Erfolg, und so wechselte er das Thema. »Danke, dass ich bei dir übernachten darf«, sagte Arthur. »Nett von dir.«

»Du bist mein Freund«, sagte Louis.

Arthur deutete die Antwort so, dass er Louis' einziger Freund sei, denn Louis hatte nie zuvor jemand anders erwähnt.

»Du bist auch mein Freund«, sagte Arthur mit so viel Gefühl, wie ihm möglich war. Kurz schauten sie sich an und lächelten. Bevor die Situation emotional kompliziert werden konnte, entschuldigte sich Arthur und ging ins Bad um zu duschen.

Die erste Ahnung eines wenig verheißungsvollen Tages beschlich Arthur am nächsten Morgen, als sein Bürocomputer abstürzte und die buchhalterische Arbeit einer ganzen Woche der Vergessenheit anheimfiel. Trotz Arthurs Herumbastelei gab der Computer den ganzen Tag keinen Mucks mehr von sich, und so stieg nach Feierabend ein frustrierter Arthur in seinen Chevy Nova, drehte den Schlüssel im Zündschloss und hörte nichts weiter als ein mechanisches Kreischen, was ihn nötigte, Rubén um Starthilfe zu bitten. Rubén war der Gärtner von Arellano & Sons, der sich um Martíns Garten kümmerte und Arthur einmal anvertraut hatte, dass er *indocumentado* sei, ein Illegaler ohne Ausweispapiere, was, wie Arthur wusste, auf mehr als einen von Martíns Gärtnern zutraf. Als Arthur kurz zu Hause Station machte, um sich zu rasieren und frische Unterwäsche einzupacken, bevor er zu Louis weiterfuhr, fragte er sich, was wohl noch alles passieren würde. Norma war in der Küche, beobachtete ihr Fertiggericht in der Mikrowelle und deutete, als sie ihn sah, auf den Notizblock neben dem Telefon. »Da hat jemand für dich angerufen.«

Arthur war erleichtert, dass er etwas zu tun hatte und in seinem eigenen Haus nicht verstohlen herumschleichen musste. Der Anrufer hieß Minh Vu, und als Arthur die Nummer wählte, fragte er sich, ob die Person eine von denen war, die er vor Monaten angerufen hatte. Während Arthur damals den Akzent der Leute nicht als vietnamesisch erkannt hatte, konnte er ihn jetzt ziemlich klar identifizieren, obwohl Minh Vu in perfekt verständlichem Englisch sagte: »Ich glaube, Sie kennen meinen Vater.«

»Ach ja?«

»Er heißt Men Vu.«

»Ah, dann müssen Sie Louis' Bruder sein«, sagte Arthur. »Er hat mir nie erzählt, dass er einen Bruder hat, der Minh heißt.«

In der kurzen Pause konnte Arthur hören, dass eine Frau leise auf ein weinendes Baby einredete. Dann sagte Minh Vu: »Wer ist Louis?«

Das folgende Gespräch dauerte sechs Minuten. Arthur legte mit zitternder Hand den Hörer auf und berichtete Norma, dass Men Vu nicht vier, sondern acht Kinder gehabt habe und keines von ihnen Louis heiße. Einer von ihnen – Minh – habe den Entschuldigungsbrief des Krankenhauses erhalten, nachdem versehentlich den Empfängern der Spenderorgane die Identität ihres Vaters mitgeteilt worden war. Nicht nur dessen Leber, sondern auch seine Haut, die Hornhaut seiner Augen, seine Bänder, seine Bauchspeicheldrüse, die Lungen und das Herz hätte jemand erhalten, insgesamt sieben Fremde, die nun alle den Namen ihres Vaters wüssten. Seit der Entschuldigung des Krankenhauses vor ein paar Monaten hätte der Vu-Klan darüber debattiert, ob er Kontakt zu den sieben Fremden aufnehmen sollte, und hätte sich gerade erst dafür entschieden. Anfangs hatte sich Arthur gefragt, ob er Louis glauben solle oder Minh Vu, der außer sich geriet, als Arthur ihn fragte: »Woher soll ich wissen, dass Sie der sind, für den Sie sich ausgeben?« Aber Arthur begann Minh Vu zu glauben, als er ohne zu zögern eine Telefonnummer und Adresse nannte und ihn in das Haus seines Vaters in Stanton einlud, wo Arthur, so Minh Vu, Fotografien, Unterlagen des Krankenhauses, Röntgenbilder und die Asche vorfinden würde. Solange er Norma die Geschichte erzählt hatte, war er ruhig geblieben, aber jetzt verspürte Arthur plötzlich das Bedürfnis nach einem Drink. Unter der Küchenspüle fand er die letzte

Flasche Wild Turkey, die er in seinem Leben gekauft hatte, halb voll und seit seiner Diagnose unberührt.

»O mein Gott.« Der erste Schluck trieb ihm die Tränen in die Augen. »Ich kann nicht glauben, dass das gerade passiert.«

»Wir müssen zu ihm fahren, Art«, sagte Norma, die ihr Essen in der Mikrowelle vergessen hatte. »Louis muss uns sagen, was da los ist.«

»Nein, das geht nur ihn und mich was an.« Der Whiskey hatte die Ränder seiner Panik weggebrannt, und Arthur trank noch ein paar Schluck direkt aus der Flasche. »Nur uns beide.«

»Du bist ein Idiot.« Norma sprach jedes Wort deutlich aus und klang dabei so angespannt, wie sie das ganze Jahr über gewesen war, als sie auf das Organ gewartet hatten. »Was, wenn er gewalttätig wird? Wir wissen ja nicht mal, wozu er fähig ist. Er hat uns die ganze Zeit angelogen. Wir wissen nicht, was er von uns will. Wir wissen nicht mal, wer er überhaupt ist.«

Aber Arthur hörte nicht zu. Nach dem dritten Schluck Whiskey, der ihm wie ein Stromstoß von der Kehle in die Eingeweide und hinunter in die Zehen fuhr, sprang er auf und stürmte trotz Normas Flehen hinaus zu seinem Chevy Nova. Er wollte gerade den Motor anlassen, als in seinem Innern die Leber zu pochen begann, die so groß war wie ein Fötus in der zwölften Woche, zu ewigem Werden verurteilt, ohne je geboren zu werden. Sie verlangte nach seiner Anerkennung, Dankbarkeit und Liebe, wie sie es in den Wochen nach der Operation ständig getan hatte, und schnürte ihm den Atem ab, sodass er das Fenster herunterkurbeln und nach Luft schnappen musste. Durch einen Riss im Vorhang der Wolken schien der Mond, eine makellos runde Scheibe weißen Lichts, die Arthur daran erinnerte, was er beim Aufwachen nach der Operation als Erstes gesehen hatte, einen in der Dunkelheit schwebenden, leuchtenden Himmelskörper, den er schemenhaft als ein himmlisches Leuchtfeuer begriff, das ihm sagte, dass er auf die Seite Gottes hinübergewechselt war. Die Kugel wuchs beständig, und die Ränder fransten dunstig aus, bis er nichts als eine weiße Fläche sah, eine Leinwand, hinter der etwas Metallisches klapperte und undeutliche Worte gemurmelt wurden. Jemand sagte seinen Namen, ein Mensch, nicht Gott, wie er zuerst geglaubt hatte, denn Arthur lebte, was ihm erstens das schmerzhafte Stechen in seiner Seite, das ihn ins Bett drückte, bewies, und zweitens die Stimme, die er als Normas erkannte und die ihn dorthin zurückrief, wo er hingehörte.

Als ihm der atemlose Arthur von seinem Telefonat mit Minh Vu berichtete, öffnete Louis ihm keine Türen zu jeder Menge alternativer Zukunftsvorstellungen und Paralleluniversen, in denen er der Sohn des Mannes war, der Arthurs Leben gerettet hatte. Stattdessen seufzte er nur und zuckte mit den Schultern. Er kniete auf dem Boden seines Wohnzimmers und kontrollierte den Inhalt einer frischen Warenlieferung. Die an den Wänden aufgestapelten Kartons trugen Aufschriften wie Donna Karan, Calvin Klein und Vera Wang. Als Arthur sich auf die Couch fallen ließ, stand Louis auf und hob kapitulierend die Hände. »Schätze, das musste ja mal rauskommen, oder?«, sagte er. »Tut mir leid, Arthur. Ich wollte dir nicht wehtun.«

Arthur schloss die Augen und massierte sich die Schläfen. Zu dem Schmerz, der sich wie ein Korkenzieher in seine Eingeweide bohrte, gesellte sich ein Kopfschmerz, der ihm den Schädel aufzumeißeln schien. Jetzt ergab es auch einen Sinn, dass Louis immer ausweichend reagiert hatte, wenn Arthur Men Vus Grab besuchen wollte. Louis hatte darauf verwiesen, dass er keine gute Beziehung zu seinem Vater gehabt hätte, aber in Wahrheit hatte es nie eine Beziehung zwischen ihnen gegeben.

»Wenn du nicht Louis Vu bist«, sagte Arthur, »wer bist du dann?«

»Wer sagt, dass ich nicht Louis Vu bin?«

»Das hast du in dem Moment erfunden, als ich dich damals angerufen habe«, sagte Arthur. »Louis Vuitton ist dein Idol. Und Vu ist ein sehr geläufiger vietnamesischer Name.«

»Ich heiße wirklich Louis Vu«, sagte Louis. »Und ich bin Chinese.«

»Oh, Mann«, stieß Arthur keuchend hervor. »Ich wusste es. Ich wusste, dass du Chinese bist.«

»Aber ich bin in Vietnam geboren, und ich bin nie in China gewesen.« Louis setzte sich neben Arthur auf die Couch. »Ich kann kaum ein Wort Chinesisch. Also, was bin ich jetzt? Chinese oder Vietnamese? Oder beides? Oder keins von beiden?«

»Ich weiß nicht, ist mir auch egal.« Arthur rieb sich stöhnend die Schläfen. »Warum? Warum hast du das gemacht?«

»Versetz dich in meine Lage, Arthur.« Louis lehnte sich zurück und schlug die Beine übereinander. Seine Füße steckten in gefälschten Derby-Schuhen von Fendi. »Ich kriege einen Anruf und werde gefragt, ob ich mit einem Mann verwandt bin, der den gleichen Nachnamen hat wie ich. Die meisten Menschen würden in einer solchen Situation Nein sagen. Aber ich kriege nicht jeden Tag so einen Anruf, und wenn doch, muss ich einfach wissen, wo er mich hinführt. Also spiele ich mit. Das war schon immer meine Art voranzukommen.«

»Ich will, dass deine Sachen aus meiner Garage verschwinden.« Der Druck in Arthurs Kopf und der Bohrer in seinen Eingeweiden waren unerträglich. »Heute Abend.«

Louis schüttelte traurig den Kopf. »Fürchte, das geht nicht, Arthur.«

»Was soll das heißen, das geht nicht?«

»Versteh mich nicht falsch, Arthur. Das ist geschäftlich, nicht persönlich, okay? Ich mag dich sehr. Wir hatten unseren Spaß, oder? Wir sind doch Freunde, oder?«

»Wir sind keine Freunde«, sagte Arthur mit brüchiger Stimme, da er Louis wirklich für seinen Freund gehalten hatte.

»Wir sind keine Freunde?« Louis schien aufrichtig getroffen zu sein. Seine Unterlippe zitterte. »Wegen so was? Jetzt komm schon, Arthur!«

»Hol einfach heute Abend deine Sachen aus meiner Garage, okay?«

»Und wo soll ich damit hin?« Louis' Lippen hörten auf zu zittern, und ein Schleier der Schwermut legte sich über sein Gesicht und drückte die Spitzen seiner Augenbrauen und seine Mundwinkel nach unten. »Nein, die Sachen bleiben da, wo sie sind. Und denk erst gar nicht daran, zur Polizei zu gehen. Könnte schwierig werden zu erklären, warum deine Garage voller Miu-Miu- und Burberry-Imitate ist.«

»Dann mache ich es selbst«, schrie Arthur. »Ich fahre raus in die Wüste und schmeiße deinen Krempel in den Sand.«

»Wenn ich du wäre, Arthur, dann würde ich mir sehr genau überlegen, ob du meine Sachen anrührst.«

»Und was willst du dagegen machen?«

»Du hast was gegen mich in der Hand.« Louis begutachtete seine Fingerspitzen. »Aber ich habe auch was gegen deinen Bruder in der Hand.«

»Was?«

»Jetzt komm schon, Arthur!« Die Lautstärke von Louis' Stimme erschreckte Arthur. Noch nie hatte er ihn so laut werden hören oder erlebt, dass er sich vorbeugte wie jetzt und dicht vor seiner Nase mit den Fingern schnippte. »Wach auf! Was sind denn das für Leute, die dein Bruder für Hungerlöhne Rasen mähen und Hecken schneiden lässt?«

Das Gewicht seiner Naivität drückte Arthur tiefer in die Couch. Er dachte an Rubén, Gustavo, Vicente, Alberto und all die anderen Angestellten von Arellano & Sons, denen sein Bruder keine Fragen stellte, solange sie ihre Sozialversicherungskarten und Führerscheine vorlegten, egal ob die echt waren oder so gut gefälscht, dass man sie für echt halten konnte. An solche Papiere zu kommen war leicht, das hatte Louis Arthur eines Tages vor Augen geführt, als er auf seinem Couchtisch fünf Führerscheine ausgebreitet hatte, jeder mit Louis' Foto, aber unterschiedlichen Namen. Arthur schlug die Hände vors Gesicht und stellte sich die Razzia bei Arellano & Sons vor, die Festnahmen und Ausweisungen sowie Schimpf und Schande für Martín wie für Big Arts guten Namen nach sich ziehen würde.

»Ich glaube, du fährst jetzt besser nach Hause, Arthur«, sagte Louis und lehnte sich in seiner Ecke der Couch zurück. Seine Stimme klang müde, und sein Gesicht war blass. »Warum fährst du nicht einfach nach Hause?«

Im Schlafzimmer brannte Licht, als er in die Einfahrt einbog. Der Rest des Hauses lag im Dunkeln. Er hatte Angst vor dem, was Norma sagen würde, und so stahl er sich etwas Zeit und öffnete die Garagentür in der Hoffnung, das Wunder, für das er auf der Fahrt gebetet hatte, sei tatsächlich geschehen. War es nicht. Die Kartons waren immer noch da, flachsfarben im Mondlicht leuchtend, von Wand zu Wand, bis unter die Decke, bis zur Garageneinfahrt. Auf jedem von Louis beschlagnahmten Quadratzentimeter lagerten seine Waren: Füllfederhalter mit Plastikschaft; Sonnenbrillen ohne UV-Schutz; Uhren, die nur einen Tag lang die Zeit anzeigten; Designerjacken ohne Futter; Hosen, deren Saum leicht ausfranste; Raubkopien von Filmen, die heimlich in Kinos aufgenommen worden waren; perfekte Kopien von Microsoft-Software inklusive der Programmierfehler, die auch die Originalware verseuchten; Pseudopillen, die halfen oder schadeten oder keins von beidem – eine Garage voll mit Dingen, hergestellt von Menschen, die er nie kennenlernen würde, mit denen sich Arthur aber auf gewisse Weise verbunden fühlte, besonders wenn er sich die obskuren Orte vorstellte, wo sie herkommen mochten.

Auf Augenhöhe lachten Arthur die Namen Gucci, Jimmy Choo und Hedi Slimane an, schöne und exotische Namen, die mit blauen Markern auf die Kartons geschrieben waren. Arthur und Norma hatte es nach solchen Namen verlangt, als sie ihnen bei Bloomingdale's oder beim Schaufensterbummel auf dem Rodeo Drive begegnet waren. Aber die Angestellten nahmen sie gar nicht zur Kenntnis, und sie verstanden, dass sie unerwünscht waren.

»Arthur Arellano!«

Arthur drehte sich um. Norma stand barfüßig, in zerschlissenem Bademantel vor der Hintertür. »Ich kann das erklären«, sagte Arthur und breitete hoffnungsvoll die Arme aus. Aber Norma verschränkte die Arme vor der Brust und zog eine Augenbraue hoch, und da sah er sich selbst, wie sie ihn damals gesehen hatte, mit leeren Händen.

I'D LOVE YOU TO WANT ME

Das erste Mal, dass der Professor Mrs. Khanh mit dem falschen Namen ansprach, war bei einem Hochzeitsbankett, jener Art von überfüllter Veranstaltung, die sie oft besuchten – meist aus Pflichtgefühl. Als Braut und Bräutigam sich ihrem Tisch näherten, fiel Mrs. Khanh auf, dass der Professor auf seine Handinnenseite schaute, wo er seine Glückwünsche und die Namen der ihm unbekannten Frischvermählten notiert hatte. Sie beugte sich zu ihm vor, damit er sie trotz des Geplappers der vierhundert Gäste und des Lärms, den die Band veranstaltete, verstehen konnte, und ihr stieg der Wohlgeruch von zerlesenen Taschenbüchern und zerschlissenen Teppichen in die Nase, den ihr Mann verströmte. Es war der wohlig moderige Geruch, der sie an Antiquariate erinnerte.

»Keine Sorge«, sagte sie. »Du hast das schon tausendmal gemacht.«

»Ach ja?« Der Professor wischte sich an den Hosenbeinen die Hände ab. »Kann mich gar nicht erinnern.« Seine helle Haut war dünn wie Papier und von blauen Adern durchzogen. Vom exakt gescheitelten weißen Haar bis zu den glänzend braunen Oxford-Schuhen schien er der gleiche Mann zu sein, der schon so viele Studenten unterrichtet hatte, dass er sie nicht mehr zählen konnte. In den zwei Minuten, die die

Frischvermählten an ihrem Tisch verweilten, unterlief ihm nicht der geringste Lapsus, nannte er die richtigen Namen und sprach ihnen seine Glückwünsche aus, wie man es von ihm als dem ältesten der zehn an dem Tisch sitzenden Gäste erwartete. Doch während der Bräutigam am Kragen seiner Nehru-Jacke und die Braut an ihrem Empire-Abendkleid herumzupften, konnte Mrs. Khanh nur an den Abend der Diagnose denken, als der Professor ihr Angst einjagte, weil er zum ersten Mal in den vierzig Jahren ihres Zusammenlebens geweint hatte. Erst nachdem das junge Paar wieder gegangen war, konnte sie sich entspannen und atmete so tief ein, wie es ihr der strenge, einengende Schnitt des samtenen *Ao dai* erlaubte.

»Die Mutter des Mädchens sagt, dass sie die erste Woche der Flitterwochen in Paris verbringen werden.« Sie legte eine Hummerschere auf den Teller des Professors. »Die zweite Woche sind sie an der französischen Riviera.«

»Ach ja?« Ausgelöster Hummer in Tamarindensoße war Professor Khanhs Lieblingsessen, aber heute Abend schaute er die Schere, deren Spitze auf ihn zeigte, misstrauisch an. »Wie hieß Vung Tau bei den Franzosen?«

»Cap Saint Jacques.«

»Wir hatten eine schöne Zeit da, oder?«

»Da hast du endlich angefangen, mit mir zu reden.«

»Wen würde deine Gegenwart nicht einschüchtern?«, murmelte der Professor. Sie hatten vor vierzig Jahren, da war sie neunzehn und er dreiunddreißig gewesen, in einem Strandhotel am Kap ihre Flitterwochen verbracht. Es geschah auf dem Balkon, unter einem glänzenden Vollmond, als sie dem französischen Singen und Rufen auf ihrer Seite des Strands lauschten und der Professor plötzlich anfing zu reden. »Stell dir vor!«, sagte er und erzählte ihr voller Staunen, dass der Pazifik und der Mond das gleiche Volumen hätten. Dann sprach er über die fremdartigen Fische in den Tiefseeschluchten und danach über die Unerklärbarkeit von Monsterwellen. Nach einer Weile konnte sie ihm nicht mehr folgen, aber das spielte keine Rolle, denn da hatte der Klang seiner Stimme sie schon verführt, ihr bedächtiger Tonfall, der schon beruhigend auf sie wirkte, als sie sie zum ersten Mal gehört hatte. Da hatte sie ein Gespräch in der Küche belauscht, als er ihrem Vater seine Dissertation über die Thermodynamik der Kuroshio-Strömung erläuterte.

Jetzt schlichen sich die Erinnerungen des Professors nach und nach davon, und mit ihnen die langen Sätze, die er einst bevorzugt hatte. Als die Band »I'd love you to want me« zu spielen begann, löste er den dicken Windsor-Knoten seiner Krawatte und sagte: »Erinnerst du dich an den Song?«

»Was ist damit?«

»Wir haben ihn die ganze Zeit gehört. Vor der Geburt der Kinder.«

Obwohl der Song vor ihrer ersten Schwangerschaft noch gar nicht erschienen gewesen war, sagte Mrs. Khanh: »Ja, stimmt.«

»Lass uns tanzen.« Der Professor neigte sich zur Seite und legte einen Arm auf die Rückenlehne ihres Stuhls. Ein Fingerabdruck verschmierte eines seiner Brillengläser. »Immer wenn du diesen Song gehört hast, wolltest du unbedingt tanzen, Yen.«

»Hmm?« Mrs. Khanh nahm langsam einen Schluck Wasser und verbarg ihre Überraschung darüber, dass er sie mit einem fremden Namen ansprach. »Wann haben wir denn mal zusammen getanzt?«

Der Professor antwortete nicht, da er beim anschwellenden Refrain des Songs aufgestanden war. Er machte den ersten Schritt Richtung Tanzparkett, doch Mrs. Khanh erwischte ihn gerade noch am Saum seines grauen Nadelstreifenjacketts. »Bleib hier!«, sagte sie und zog ihn zurück. »Setz dich!«

Der Professor schaute sie gekränkt an, gehorchte aber. Mrs. Khanh war sich bewusst, dass die anderen Gäste an ihrem Tisch sie beide anschauten. Sie saß regungslos da und fand keine Erklärung dafür, wer Yen gewesen sein konnte. Vielleicht eine alte Bekannte, die dem Professor nie eine Erwähnung wert gewesen war, oder seine Großmutter mütterlicherseits, die Mrs. Khanh nie kennengelernt hatte und deren Name ihr entfallen war, oder eine Grundschullehrerin, in die er einmal verknallt gewesen war. Mrs. Khanh hatte begonnen, sich auf viele Dinge einzustellen, aber auf unbekannte Personen, die aus dem Gedächtnis des Professors auftauchten, war sie nicht vorbereitet.

»Der Song ist fast vorbei«, sagte der Professor.

»Wir tanzen dann zu Hause. Versprochen.«

Trotz seines Zustands, oder vielleicht gerade deswegen, bestand der Professor darauf zu fahren. Mrs. Khanh achtete angespannt auf seine Fahrweise, aber er fuhr langsam und vorsichtig wie immer. Er schwieg, bis er an der Golden West links anstatt rechts abbog. Die falsche Abzweigung führte sie am Community College vorbei, wo er im letzten Frühjahr seinen Abschied genommen hatte. Nach seiner Ankunft in Amerika hatte er keine Arbeit als Ozeanograf finden können und sich damit zufriedengegeben, Vietnamesisch zu unterrichten. In den letzten zwanzig Jahren hatte er unter Leuchtstoffröhren vor gelangweilten Studenten seine Vorlesungen gehalten. Als Mrs. Khanh sich fragte, ob vielleicht eine von den Studentinnen Yen sein könnte, bemerkte sie einen stechenden Schmerz, den sie zunächst mit Sodbrennen verwechselte. Erst bei näherem Nachspüren erkannte sie, dass es Eifersucht war.

Der Professor bremste plötzlich und hielt an. Mrs. Khanh stützte sich mit einer Hand am Armaturenbrett ab und wartete darauf, wieder mit diesem Namen angesprochen zu werden, aber der Professor sagte nichts. Stattdessen wendete er und fuhr jetzt auf dem richtigen Weg nach Hause. Mit vorwurfsvoller Stimme fragte er: »Warum hast du mir nicht gesagt, dass ich falsch abgebogen bin?« Während alle Ampeln, denen sie sich näherten, wie auf Kommando auf Grün umsprangen, erkannte Mrs. Khanh, dass sie auf die Frage keine gute Antwort hatte.

Am nächsten Morgen stand Mrs. Khanh am Herd und bereitete den Brunch für den Besuch ihres ältesten Sohnes vor, als der Professor frisch gebadet und rasiert in die Küche kam. Er setzte sich an die Küchentheke, nahm die Zeitung und las ihr einige der Schlagzeilen vor. Erst als er damit fertig war, erzählte sie ihm von den Ereignissen des vergangenen Abends. Er hatte sie gebeten, ihm jedes Mal Bescheid zu sagen, wenn er sich nicht mehr benahm wie er selbst, und sie war gerade an dem Punkt, als er die Tanzfläche stürmen wollte, da ließ der Anblick seiner herunterhängenden Schultern sie verstummen.

»Ist schon gut«, sagte sie beunruhigt. »Das ist nicht deine Schuld.«

»Allein die Vorstellung, ich auf der Tanzfläche, in meinem Alter.« Der Professor rollte die Zeitung zusammen und schlug damit hart auf die Küchentheke. »In meinem Zustand.«

Er zog ein kleines blaues Notizbuch aus der Brusttasche seines Hemds und zog sich auf die Veranda zurück, um seine Fehltritte aufzuschreiben, als Vinh eintraf. Er kam direkt von seiner Nachtschicht im County Hospital und trug noch den grünen OP-Kittel, der, so unförmig er war, seinen Körperbau nicht verbergen konnte. Wenn er seine Eltern nur so oft besuchen würde wie das Fitnessstudio, dachte Mrs. Khanh. Ihre Handkante hätte leicht in die tiefe Spalte seines Brustkorbs gepasst, und ihre Oberschenkel waren nicht ganz so umfangreich wie seine Bizepse. Unter einem Arm klemmte ein sperriges, in braunes Papier eingewickeltes Paket, das er hinter seinen Vater ans Spalier lehnte.

Der Professor steckte das Notizbuch weg und zeigte mit dem Stift auf das Paket. »Eine Überraschung?«, fragte er. Während Mrs. Khanh die Eier Benedict nach draußen brachte, riss Vinh das Packpapier ab und enthüllte ein Gemälde mit einem schweren, an das Europa des neunzehnten Jahrhunderts erinnernden Goldrahmen. »Hab auf der Dong Khoi hundert Dollar dafür bezahlt«, sagte er. Vinh hatte im letzten Monat Urlaub in Saigon gemacht. »Die Galerien da kopieren dir alles. Den Rahmen habe ich hier machen lassen, ist bequemer.«

Der Professor beugte sich vor und betrachtete das Gemälde mit zusammengekniffenen Augen. »Früher hieß die Straße Tu Do«, sagte er wehmütig. »Und davor Rue Catinat.«

»Ich hatte gehofft, dass du dich erinnerst«, sagte Vinh und setzte sich neben seine Mutter an den Gartentisch. Mrs. Khanh konnte erkennen, dass das Bild eine Frau darstellte, deren linkes Auge grün und rechtes Auge rot war, was allerdings bei Weitem nicht so kurios wirkte wie ihre Arme und ihr Torso, die ganz flach aussahen. Die Frau erinnerte weniger an einen echten Menschen als an eine Kinderpuppe, wie aus Papier

ausgeschnitten und auf einen dreidimensionalen Stuhl geklebt.
»Eine neue Studie besagt, dass Picassos Gemälde Menschen wie Ba stimulieren können.«

»Ach, tatsächlich?« Der Professor putzte mit einer Serviette seine Brille. Hinter ihm bot sich Mrs. Khanh ein Anblick, an den sie sich inzwischen gewöhnt hatte: die Auffahrt, die sich über ihren Garten erhob und auf den Freeway führte, der Vinh von ihrem Haus in Westminster zu seinem Haus ins eine Stunde nördlich gelegene Los Angeles bringen würde. Früher hatten ihre Jungen an den Nachmittagen wie Ornithologen, die zwischen Winterammer und Sperling zu unterscheiden versuchten, Fabrikat und Modell der vorbeifahrenden Autos bestimmt. Aber das war schon sehr lange her, dachte sie, und Vinh war jetzt ein Kurier, der sie im Auftrag ihrer anderen fünf Kinder besuchte.

»Wir sind der Meinung, Ma, du solltest den Job in der Bücherei aufgeben.« Vinh hielt Messer und Gabel in den Händen. »Wir können euch jeden Monat genug Geld für alle Ausgaben schicken. Du könntest dir eine Hilfe für den Haushalt nehmen. Und einen Gärtner.«

Mrs. Khanh hatte nie Hilfe für den Garten benötigt, den sie ausschließlich selbst angelegt hatte. Ein hufeisenförmiges Rasenstück trennte die Dattelpflaumenbäume an der Grundstücksgrenze vom Zentrum des Gartens, wo in den von ihr angelegten Beeten blassgrüner Koriander, spitzblätteriges Basilikum und Thai-Chilis im Überfluss wuchsen. Sie würzte ihre Eier Benedict mit drei Prisen Pfeffer, und als sie sicher war, dass sie sprechen konnte, ohne ihre Verärgerung zu zeigen, sagte sie: »Ich arbeite gern im Garten.«

»Mexikanische Gärtner sind billig, Ma. Außerdem nimmst du besser jede Hilfe an, die du kriegen kannst. Du musst auf das Schlimmste vorbereitet sein.«

»Wir haben schon viel Schlimmeres erlebt als du«, blaffte der Professor ihn an. »Wir sind auf alles vorbereitet.«

»Und für die Rente bin ich noch nicht alt genug«, sagte Mrs. Khanh.

»Seid doch vernünftig.« Vinh klang überhaupt nicht wie der Junge, der sich als Teenager in jemanden verwandelt hatte, den seine Eltern nicht kannten, der sich nachts aus dem Haus schlich, um seine Freundin zu treffen, eine Amerikanerin mit schwarz lackierten Nägeln und lila gefärbten Haaren. Der Professor behob diesen Missstand, indem er die Fenster zunagelte. Vinh löste das Problem, indem er nach Abschluss der Bolsa Grande Highschool von zu Hause ausriss. »Ich bin verliebt«, hatte er geschrien, als er seine Mutter aus Las Vegas angerufen hatte. »Aber davon hast du ja keine Ahnung, oder?« Manchmal bedauerte es Mrs. Khanh, ihm nie erzählt zu haben, dass ihre Ehe von ihrem Vater arrangiert worden war.

»Du brauchst das Geld von dem Job nicht«, sagte Vinh. »Aber Ba braucht dich hier zu Hause.«

Mrs. Khanh schob ihren Teller mit den kaum angerührten Eiern zur Seite. Von jemandem, dessen Ehe gerade einmal drei Jahre gehalten hatte, würde sie keinen Rat annehmen. »Es geht nicht ums Geld, Kevin.«

Vinh seufzte. Den amerikanischen Namen benutzte seine Mutter nur, wenn sie sich über ihn ärgerte. »Vielleicht solltest du Ba helfen«, sagte er und deutete auf seinen Vater, auf dessen Poloshirt ein Spritzer Sauce hollandaise gelandet war.

»Schau dir das an«, sagte der Professor und rieb an dem Fleck auf seiner Brust herum. »So was passiert nur, weil du mich so aufregst.« Vinh seufzte erneut. Ohne ihn eines Blickes zu würdigen, tunkte Mrs. Khanh eine Serviette in ihr

Wasserglas. Sie fragte sich, ob er sich an ihre Flucht aus Vung Tau drei Jahre nach Kriegsende erinnerte, an den klapprigen, mit seinen fünf Geschwistern und sechzig Fremden überladenen Fischtrawler. Nach vier Tagen auf See schrien er und die anderen Kinder, deren Haar von der Sonne ausgebleicht war, nach Wasser. Aber es gab kein Trinkwasser mehr, nur Meerwasser. Trotzdem hatte sie ihren Kindern jeden Morgen das Gesicht gewaschen und die Haare gekämmt – mit Spucke und Salzwasser. Sie sagte ihnen, auch jetzt sei anständiges Aussehen wichtig. Ihre Angst konnte sie nicht davon abhalten, ihre Kinder zu lieben.

»Keine Sorge«, sagte sie, »das geht wieder raus.« Als sie sich vorbeugte, um den Fleck aus dem Poloshirt zu rubbeln, hatte sie einen guten Blick auf das Gemälde. Ihr gefiel weder das Bild noch der vergoldete Rahmen. Er war zu verschnörkelt für ihren Geschmack und erschien ihr zu antiquiert für das Gemälde. Das Missverhältnis zwischen Bild und Rahmen hob nur das am meisten verstörende Merkmal des Gemäldes hervor, dass nämlich die Augen der Frau aus einer Gesichtshälfte herausragten. Der Anblick dieser Augen war Mrs. Khanh so unangenehm, dass sie das Bild später, als Vinh schon nach Hause gefahren war, mit der Vorderseite zur Wand in die Bibliothek des Professors stellte.

Kurz nach dem Besuch ihres Sohnes hörte der Professor auf, die Sonntagsmesse zu besuchen. Auch Mrs. Khanh blieb zu Hause, und nach und nach trafen sie ihre Freunde immer seltener. Sie verließ das Haus nur, um einkaufen oder zur Arbeit in die Garden-Grove-Bücherei zu fahren, wo ihre Kollegen nichts von der Krankheit des Professors wussten. Der Teilzeitjob machte ihr Spaß. Sie bestellte und katalogisierte die inzwischen zu einer stattlichen Sammlung angewachsenen vietnamesischen Bücher und Filme, die für die Bewohner des nahen Little Saigon angeschafft worden waren. Wenn die Leute mit einer Frage in die Bücherei kamen, wurden sie zu Mrs. Khanhs Platz an der Buchausgabe geschickt. Während sie ihre Fragen beantwortete, spürte Mrs. Khanh immer die Befriedigung, die ihre Arbeit erstrebenswert machte, und genoss das Vergnügen, gebraucht zu werden, wenn auch nur für eine kurze Zeitspanne.

Wenn um Mittag ihre Schicht endete und sie ihre Sachen einpackte, graute ihr davor, nach Hause zu fahren. Sie schämte sich dafür und versuchte das wiedergutzumachen, indem sie sich von den Kollegen besonders überschwänglich verabschiedete und zu Hause mit großer Energie Vorbereitungen für alle Notfälle traf, als ob sie das Unausweichliche durch harte Arbeit abwenden könne. Sie markierte den Weg vom Schlafzimmer ins Bad mit leuchtend gelbem Klebeband, damit der Professor sich nachts nicht verirrte, und an die Wand über der Toilette klebte sie auf Augenhöhe ein Schild mit dem Wort SPÜLEN. An den neuralgischen Punkten überall im Haus brachte sie Listen an, die den Professor daran erinnern sollten, in welcher Reihenfolge er seine Kleidung anzuziehen hatte, was er einstecken musste, bevor er das Haus verließ, und zu welchen Tageszeiten er essen sollte. Aber es war der Professor, der einen Handwerker bestellte und an den Fenstern Eisengitter anbringen ließ. »Du willst doch nicht, dass ich mich bei Nacht aus dem Haus schleiche«, sagte der Professor schicksalsergeben und lehnte die Stirn gegen das Gitter. »Und ich auch nicht.«

Problematischer war für Mrs. Khanh, wenn der Professor als Fremder nach Hause kam. Während ihr Ehemann nie romantisch gewesen war, kehrte dieser Fremde von einem seiner nachmittäglichen Spaziergänge, die er unbedingt allein machen wollte, mit einer roten Rose in einem Plastikzylinder zurück. Er hatte noch nie Blumen gekauft, welche auch immer. Er zog es vor, sie ab und zu mit beständigeren Geschenken zu überraschen, mit Büchern wie *Wie gewinnt man Freunde: die Kunst, beliebt und einflussreich zu werden,* oder *Wie mache ich meine Einkommenssteuererklärung?* Einmal hatte er sie mit Belletristik überrascht, einer Kurzgeschichtensammlung von einem Autor, dessen Namen sie noch nie gehört hatte. Aber selbst damit lag er knapp daneben, denn sie bevorzugte Romane. Sie warf nie mehr als einen Blick auf die Titelseiten seiner Buchpräsente, sie war zufrieden, wenn sie unter dem Namen des Autors ihren eigenen in der eleganten Handschrift des Professors sah. Auch wenn der Professor sich sein Leben lang in der Kunst der Kalligrafie geübt hatte, so hatte er doch nie einen Gedanken daran verschwendet, Rosen zu verschenken. Als er sich verbeugte und die Rose überreichte, sah er aus, als plage ihn ein Magenkrampf.

»Für wen ist die?«, fragte sie.

»Ist sonst noch jemand hier?« Der Professor schüttelte nachdrücklich die Rose, wobei ein am Rand schon braunes Blütenblatt herunterfiel. »Sie ist für dich.«

»Sie ist sehr schön.« Mrs. Khanh nahm zögernd die Rose. »Wo hast du die her?«

»Von Mr. Esteban. Er wollte mir auch noch Orangen verkaufen, aber ich habe ihm gesagt, die hätten wir selbst.«

»Und wer bin ich?«, fragte sie. »Wie ist mein Name?«

Er kniff die Augen zusammen. »Yen natürlich.«

»Natürlich.« Sie biss sich auf die Lippen und unterdrückte das Verlangen, der Rose den Kopf abzureißen. Dem Professor zuliebe stellte sie die Blume in einer Vase auf den Esstisch, aber als sie eine Stunde später das Abendessen auftrug, hatte er schon vergessen, dass er sie gekauft hatte. Während er schwarze, an Spießen gegrillte Tigershrimps und Tofu in schwarzer Bohnensoße aß, redete er stattdessen angeregt über die Ansichtskarte, die sie am Nachmittag von ihrer ältesten Tochter bekommen hatten, die in München bei American Express arbeitete. Mrs. Khanh betrachtete das Foto vom Marienplatz, drehte dann die Karte um und las den Gruß vor, in dem ihre Tochter auf die seltsame Abwesenheit von Tauben hinwies.

»Die kleinen Dinge auf Reisen, die vergisst man nicht«, sagte der Professor und schnupperte am dritten Gang, einer Bittermelonensuppe. Ihre Kinder hatten sich nie damit anfreunden können, aber den Professor und Mrs. Khanh erinnerte sie an ihre Kindheit.

»Zum Beispiel?«

»Was Zigaretten kosten«, sagte der Professor. »Als ich nach dem Studium nach Saigon zurückgekehrt war, konnte ich mir nicht mehr jeden Tag meine Gauloises kaufen. Ich konnte mir den Importpreis nicht leisten.«

Sie stellte die Ansichtskarte an die Vase, wo sie ihr als Memento für den Plan dienen würde, den sie beide einst gehabt hatten. Sie wollten im Ruhestand alle großen Städte der Welt besuchen. Das einzige Transportmittel, das Mrs. Khanh ausgeschlossen hatte, war das Schiff. Beim Anblick ausgedehnter Wasserflächen befiel sie die Angst zu ertrinken, eine Phobie, die so stark war, dass sie nicht mehr baden konnte und selbst beim Duschen dem Wasserstrahl den Rücken zuwandte.

»Warum hast du sie gekauft?«, fragte der Professor.
»Was, die Ansichtskarte?«
»Nein, die Rose.«

»Ich habe sie nicht gekauft.« Mrs. Khanh wählte ihre Worte mit Bedacht. Sie wollte den Professor nicht zu sehr beunruhigen, wollte ihm aber dennoch mitteilen, was er getan hatte. »Du hast sie gekauft.«

»Ich?« Der Professor war erstaunt. »Bist du sicher?«

»Absolut sicher«, sagte sie und war überrascht über die Genugtuung, die in ihrer Stimme lag.

Dem Professor fiel das nicht auf. Er seufzte nur und zog sein blaues Notizbuch aus der Brusttasche. »Hoffentlich passiert das nicht noch mal«, brummte er.

»Ich denke nicht«, sagte sie und stand auf, um das Geschirr abzuräumen. Sie war davon überzeugt, dass der Professor die Rose dieser anderen Frau zugedacht hatte, hoffte aber, er würde ihr die Verärgerung nicht ansehen. Sie hatte vier Teller, die Suppenschüssel und zwei Gläser in Händen, als ihr beim Betreten der Küche die schwankende Last plötzlich zu schwer wurde. Das Silberzeug schlug klappernd auf den Fliesen auf, und das Porzellan zersplitterte. Der Professor rief aus dem Esszimmer: »Was ist passiert?«

Mrs. Khanh starrte auf die Überreste der Suppenschüssel. Drei durchweichte, mit Schweinefleisch gefüllte grüne Scheiben Bittermelone lagen zwischen den Scherben. »Nichts«, sagte sie. »Ich kümmere mich schon darum.«

Als er später am Abend eingeschlafen war, ging sie in seine Bibliothek. Das Gemälde lehnte mit der Vorderseite nach außen am Schreibtisch. Sie seufzte. Wenn er es immer wieder umdrehte, müsste sie zumindest einen moderneren, passenderen Rahmen anfertigen lassen. Sie setzte sich an den Schreibtisch, der zu beiden Seiten von Bücherregalen flankiert war, in denen mehrere Hundert vietnamesische, französische und englische Bücher standen. Er hatte den Ehrgeiz, mehr Bücher zu besitzen, als er jemals würde lesen können, ein Wunsch, der darauf zurückzuführen war, dass er bei ihrer Flucht aus Vietnam alle seine Bücher hatte zurücklassen müssen. Auf dem Schreibtisch türmten sich Dutzende Taschenbücher, die sie beiseiteschieben musste, um zu den Notizbüchern vorzudringen, in denen er die Fehltritte der letzten Monate protokolliert hatte. Er hatte Salz in den Kaffee und Zucker in die Suppe geschüttet; einem Telefonverkäufer hatte er Fünfjahresabos für *Guns & Ammo* und *Cosmopolitan* abgenommen; und einmal hatte er seine Brieftasche ins Gefrierfach gelegt und damit auch seine Geldscheine in Hartgeld verwandelt – so hatte er Mrs. Khanh gegenüber gewitzelt, als sie das Malheur entdeckt hatte. Aber nirgendwo ein Wort über Yen. Sie zögerte kurz, dann schrieb sie unter seinen letzten Eintrag: »Heute habe ich meine Frau Yen genannt.« Sie kopierte sorgfältig die schöne Handschrift des Professors und sagte sich, dass das nur zu seinem Besten geschehe. »Dieser Fehler darf sich nicht wiederholen.«

Am nächsten Morgen hob der Professor seine Kaffeetasse hoch und sagte: »Gib mir mal bitte den Zucker, Yen.« Einen weiteren Tag später, als sie ihm im Bad die Haare schnitt, fragte er: »Was gibt es heute Abend im Fernsehen, Yen?« Da er sie in den folgenden Wochen immer wieder mit dem Namen der anderen Frau ansprach, konnte sie von morgens bis abends an nichts anderes mehr denken als daran, wer diese Frau war. Vielleicht ein Schwarm aus seiner Kindheit oder eine Kommilitonin aus seiner Studienzeit in Marseille oder vielleicht sogar eine zweite Frau in Saigon, die er auf dem Nachhauseweg von der Uni besucht hatte, während dieser langen Stunden am frühen Abend, in denen sie dachte, er würde in seinem Büro auf dem Campus Klausuren korrigieren. Sie vermerkte jede Verwechslung in seinem Notizbuch, und am nächsten Morgen las er ihr ungerührt ihre Fälschungen vor, und es dauerte nicht lang, da nannte er sie wieder Yen, bis sie fürchtete, in Tränen auszubrechen, sollte er noch einmal diesen Namen aussprechen.

Höchstwahrscheinlich war die Frau ein Hirngespinst, das des Professors streunender Geist erschaffen hatte. Jedenfalls glaubte sie das, nachdem sie ihn von der Hüfte abwärts nackt über die Badewanne gebeugt erwischt hatte, während er unter heißem Wasser wie wild seine Hose und Unterhose schrubbte. Der Professor hatte sich umgeschaut und wütend »Raus hier!« geschrien. Sie war erschrocken zurückgewichen und hatte in ihrer Hast die Badezimmertür zugeschlagen. Nie zuvor hatte der Professor so die Kontrolle über sich verloren oder sie angeschrien, nicht einmal in jenen ersten Tagen in Südkalifornien, als sie sich mit Lebensmittelmarken und Wohngeld durchgeschlagen hatten und in abgetragenen Secondhandklamotten der Gemeindemitglieder von St. Albans herumliefen. Das war wahre Liebe, dachte sie, nicht Rosen geschenkt zu bekommen, sondern jeden Tag in die Arbeit zu gehen, ohne sich darüber zu beklagen, dass man Einwanderer und Flüchtlinge, sogenannte Minderheitenschüler, in Vietnamesisch unterrichten musste, eine Sprache, die sie schon konnten und die ihnen deshalb eine leicht verdiente Note garantierte.

Nicht einmal in der schrecklichsten Zeit ihres Lebens, als sie verloren auf der azurblauen, endlos bis zum Horizont wogenden Meeresebene trieben, hatte der Professor seine Stimme erhoben. Am Abend des fünften Tages waren die einzigen Geräusche neben den an den Schiffsrumpf klatschenden

Wellen das Wimmern der Kinder und das Beten der Erwachsenen zu Gott, Buddha und ihren Vorfahren gewesen. Der Professor hatte nicht gebetet. Stattdessen hatte er im Bug gestanden wie an seinem Katheder und den Kindern, die sich auf der Suche nach Schutz vor dem Abendwind an seine Knie drängten, Lügen erzählt. »Das könnt ihr auch bei Tag nicht sehen«, hatte er gesagt. »Aber die Strömung treibt uns direkt auf die Philippinen zu, das macht sie schon seit Urzeiten so.« Er erzählte diese Geschichte so oft, dass selbst Mrs. Khanh sie fast geglaubt hätte, bis sie am Nachmittag des siebten Tages das felsige Ufer einer fremden Küste sahen, an die sich die anscheinend aus Zweigen und Seegras errichteten und von einem Saum aus Mangrovenbäumen überwölbten Hütten eines Fischerdorfs schmiegten. Beim Anblick von Land hatte sie sich in die Arme des Professors geworfen und ihm dabei fast die Brille vom Gesicht gerissen. Zum ersten Mal hatte sie vor ihren erschrockenen Kindern offen geschluchzt. Die Ekstase über die Gewissheit, dass sie alle überleben würden, überwältigte sie derart, dass ihr ein »Ich liebe dich« herausrutschte. Das hatte sie in der Öffentlichkeit noch nie gesagt und auch kaum jemals unter vier Augen. Der Professor hatte angesichts des Gekichers ihrer Kinder nur verlegen gelächelt und seine Brille wieder gerade gerückt. Noch peinlicher berührt war er allerdings, als sie an Land gingen und die Einheimischen ihn darüber informierten, dass sie sich im Norden der Ostküste von Malaysia befanden.

Aus irgendeinem Grund sprach der Professor nie über die Zeit auf dem Meer, obwohl er über viele andere gemeinsame Erlebnisse aus der Vergangenheit schon redete, einschließlich solcher, an die sie keine Erinnerung hatte. Je länger sie ihm zuhörte, desto größer wurde ihre Angst, ihr eigenes

Gedächtnis lasse nach. Vielleicht hatten sie tatsächlich einmal in Rattansesseln auf der Terrasse einer Teeplantage im Zentralen Hochland gesessen und Eiscreme mit Stinkfruchtgeschmack gegessen. Und war es denkbar, dass sie im Saigoner Zoo zahme Hirsche mit Bambussprossen gefüttert hatten? Oder gemeinsam einen Taschendieb – einen abgerissenen Flüchtling aus der zerbombten Provinz, der sich auf dem Markt in Ben Thanh an sie herangemacht hatte – verscheucht hatten?

Während die Tage länger wurden und der Frühling in den Sommer überging, ging sie immer seltener ans Telefon und stellte schließlich den Klingelton ganz aus, sodass auch der Professor keine Anrufe mehr entgegennehmen konnte. Sie hatte Angst, dass er, sollte jemand sie sprechen wollen, fragen würde: »Wen?« Noch beunruhigender war die Vorstellung, dass er bei ihren Freunden oder Kindern von Yen sprechen würde. Als ihre Tochter aus München anrief, sagte sie: »Deinem Vater geht es nicht so gut.« Über die Einzelheiten ließ sie sich nicht weiter aus. Bei Vinh war sie mitteilsamer, weil sie wusste, dass er alles, was sie ihm erzählte, per E-Mail an seine Geschwister weitergab. Wann immer er ihr eine Nachricht hinterließ, hörte sie zischendes Fett in der Pfanne oder das Geplapper eines Nachrichtensprechers oder hupende Autos im Hintergrund. Rief er sie vom Handy aus an, dann nur, wenn er gleichzeitig mit etwas anderem beschäftigt war. Sie gestand sich ein, dass sie ihren Sohn nicht mochte, sosehr sie ihn auch liebte, ein Eingeständnis, das sie traurig machte, bis zu dem Tag, als sie ihn zurückrief und er fragte: »Hast du dich entschieden? Kündigst du jetzt?«

»Zum letzten Mal«, sagte sie und wickelte die Telefonschnur fest um ihren Zeigefinger. »Ich kündige nicht.«

Nachdem sie aufgelegt hatte, ging sie zurück ins Schlafzimmer und wechselte weiter die Bettwäsche, die der Professor am Abend zuvor eingenässt hatte. Der Kopf tat ihr weh vom Schlafmangel, der Rücken war steif von der Hausarbeit und der Nacken verspannt vor Sorgen. Wenn sie ins Bett ging, konnte sie nicht schlafen, weil der Professor ihr von Le Panier erzählte, wo er während seiner Jahre in Marseille eine Kellerwohnung gemietet und ihn der böige Mistral von einer Seite der engen Straßen auf die andere geweht hatte, oder von dem hypnotisierenden Geräusch von den Hunderten von Schreibfedern, die bei Klausuren über das Papier kratzten. Wenn er redete, betrachtete sie das trübe Licht, das von den Straßenlampen ins Schlafzimmer fiel, und erinnerte sich an den Mond über dem Südchinesischen Meer. Er war so hell gewesen, dass sie sogar noch um Mitternacht in den Gesichtern ihrer Kinder die Angst hatte sehen können. Sie zählte die vorbeifahrenden Autos, lauschte auf die Motorengeräusche und sehnte sich nach Schlaf, als plötzlich der Professor im Dunkeln ihre Hand berührte. »Wenn du die Augen schließt«, sagte er sanft, »dann hörst du vielleicht das Meer.«

Mrs. Khanh schloss die Augen.

Der September kam und ging. Der Oktober ging, und die Santa-Ana-Winde kamen. Sie rauschten mit der Wucht der Autos auf dem Freeway in östlicher Richtung von den Bergen herunter und knickten die Halme des Papyrus um, den Mrs. Khanh in Keramiktöpfe neben dem Spalier gepflanzt hatte. Sie erlaubte dem Professor jetzt nicht mehr, seine nachmittäglichen Spaziergänge alleine zu unternehmen. Stattdessen folgte sie ihm diskret im Abstand von fünf, sechs Metern, wobei sie sich wegen des Windes den Hut auf den Kopf drückte. Wenn der Santa Ana sich gelegt hatte, saßen sie zusammen auf der Veranda und lasen. In den letzten Monaten hatte es sich der Professor angewöhnt, langsam und laut zu lesen. Es kam ihr vor, als lese er mit jedem Tag lauter und langsamer. Dann, eines Nachmittags im November, hielt er mitten im Satz so lange inne, dass die Stille Mrs. Khanh aus der Lektüre des neuesten Liebesromans von Quynh Dao riss.

»Was ist?«, fragte sie und klappte ihr Buch zu.

»Ich versuche seit fünf Minuten, diesen Satz zu lesen«, sagte der Professor und starrte auf die Seite. Als er aufschaute, sah sie Tränen in seinen Augen. »Ich verliere den Verstand, oder?«

Von da an las sie ihm vor, wann immer sie Zeit hatte, aus Büchern zu wissenschaftlichen Themen, die sie nicht im Geringsten interessierten. Sie hörte auf zu lesen, wenn er sich an etwas erinnerte und zu erzählen begann – von seiner Angst beim ersten Treffen mit ihrem Vater, während sie in der Küche darauf wartete, ihm vorgestellt zu werden; von ihrem Hochzeitstag, als er wegen der Hitze und der engen Krawatte fast ohnmächtig geworden wäre; oder von dem Tag vor drei Jahren, als sie nach Saigon gereist waren, um ihr altes Haus in der Straße Phan Thanh Gian zu besuchen, die sie zunächst nicht hatten finden können, weil die Straße in Dien Bien Phu umbenannt worden war. Mit den neuen Herrschern hatte auch Saigon einen neuen Namen bekommen, aber der Professor und Mrs. Khanh konnten sich nicht überwinden, es Ho-Chi-Minh-Stadt zu nennen. Dem Taxifahrer, der sie vom Hotel zu ihrem alten Haus fuhr, erging es genauso, obwohl er zu jung war, um sich noch an die Zeit zu erinnern, als die Stadt offiziell Saigon geheißen hatte.

Sie parkten zwei Häuser vor ihrem alten Haus und blieben im Taxi sitzen, um nicht den revolutionären Kadern aus dem Norden zu begegnen, die nach der kommunistischen Machtübernahme dort eingezogen waren. Sie wurden von Trauer und Zorn fast überwältigt und fragten sich, wer diese Fremden waren, die ihr Haus so verwahrlosen ließen. Die einzige Laterne in der Gasse beleuchtete die Rostschlieren an den Wänden, die der Monsunregen vom Eisengitter der Veranda heruntergespült hatte. Die Wischerblätter des Taxis quietschten über die Windschutzscheibe, und ein Masseur, der zu einem späten Hausbesuch unterwegs war, fuhr auf dem Fahrrad vorbei und tat seine Profession kund, indem er eine mit Kieselsteinen gefüllte Glasflasche schüttelte.

»Das ist das einsamste Geräusch auf der Welt«, sagte der Professor. »Hast du mal zu mir gesagt.«

Bevor er anfing zu reden, hatte sie ihm aus einer Charles-de-Gaulle-Biografie vorgelesen, und ihr Finger lag immer noch auf dem Wort, das sie als letztes gelesen hatte. Sie dachte nicht gern über ihr verlorenes Zuhause nach, und sie konnte sich nicht erinnern, etwas in der Art geäußert zu haben. »Die Scheibenwischer oder die Glasflasche?«, fragte sie.

»Die Flasche.«

»Das kam mir eben damals so vor«, log sie. »Ich hatte dieses Geräusch seit Jahren nicht mehr gehört.«

»Wir haben es oft gehört. In Da Lat.« Der Professor nahm die Brille ab und putzte sie mit seinem Taschentuch. Er war einmal allein zu einer Konferenz in einem Ferienort in den Bergen von Da Lat gefahren. Sie war schwanger gewesen und in Saigon geblieben. »Abends wolltest du deine Eiscreme immer im Freien essen«, fuhr der Professor fort. »Ist aber ziemlich schwierig, in den Tropen Eis zu essen, Yen. Es bleibt einem keine Zeit, es zu genießen. Außer man hat eine Klimaanlage und bleibt im Haus.«

»Von Milchprodukten bekommst du Verdauungsstörungen.«

»Wenn man Eis aus einer Schale isst, zerfließt es schnell zu Suppe. Und aus der Waffel läuft einem das Eis über die Hand.« Als er sich lächelnd zu ihr umdrehte, entdeckte sie gallertartige Schleimpfropfen in seinen Augenwinkeln. »Du hast sie geliebt, diese braunen Zuckerwaffeln, Yen. Du hast darauf bestanden, dass ich deine Waffel halte, damit deine Hand nicht klebrig wird.«

Eine Brise strich durch die Bougainvilleen. Möglicherweise ein erstes Anzeichen für den wieder auffrischenden Santa-Ana-Wind. Sie erschrak vor dem Klang ihrer eigenen Stimme genauso wie vor dem Anblick des Professors, der sie mit offenem Mund anstarrte, als sie sagte: »Das ist nicht mein Name. Wer auch immer sie ist, ich bin nicht diese Frau. Falls sie überhaupt existiert.«

»Oh?« Der Professor schloss langsam den Mund und setzte sich die Brille wieder auf. »Du heißt nicht Yen?«

»Nein«, sagte sie.

»Wie dann?«

Mit dieser Frage hatte sie nicht gerechnet. Sie hatte bloß Angst davor gehabt, von ihm mit dem falschen Namen angesprochen zu werden. Sie benutzten nur selten ihre richtigen Namen und zogen Zärtlichkeiten wie *Anh* für ihn oder *Em* für sie vor, und wenn sie vor den Kindern miteinander sprachen, dann sagten sie Ba und Ma. Normalerweise hörte sie ihren Vornamen nur aus dem Mund von Freunden, Verwandten oder Beamten oder wenn sie sich jemand Fremden vorstellte – was sie in gewissem Sinn ja jetzt auch tat.

»Mein Name ist Sa«, sagte sie. »Ich bin deine Frau.«

»Richtig.« Der Professor leckte sich die Lippen und zog sein Notizbuch hervor.

An jenem Abend im Bett wartete sie, bis er gleichmäßig atmete, knipste dann die Nachttischlampe an und griff über seinen Körper hinweg zu dem Notizbuch, das neben dem Wecker lag. Seine Handschrift war zu einem solchen Gekritzel verkümmert, dass sie sich zweimal durch die gezackten, spitzen Buchstaben lesen musste, bis sie schließlich am eselsohrigen Seitenende das Folgende entzifferte: *Lage verschlimmert sich. Hat heute behauptet, dass ich sie mit einem anderen Namen anspreche. Muss sie genauer im Auge behalten* – an dieser Stelle leckte sie sich den Finger und blätterte um – *möglicherweise weiß sie nicht mehr weiß, wer sie ist.* Sie schlug das Buch unvermittelt zu, aber der zusammengerollt auf der Seite liegende Professor rührte sich nicht. Schweiß- und Schwefelgeruch drangen unter der Bettdecke hervor. Wären nicht der ruhige Atem und die Wärme seines Körpers gewesen, hätte er auch tot sein können. Einen Augenblick lang, so flüchtig wie ein Déjà-vu-Erlebnis, wünschte sie, er wäre es wirklich.

Am Ende blieb ihr keine Wahl. An ihrem letzten Arbeitstag richteten ihr die Kollegen in der Bücherei eine Abschiedsparty aus, komplett mit Kuchen und in Geschenkpapier eingewickeltem Präsent, das einen Satz Fremdenführer für die Urlaubsreisen enthielt, die sie, wie allgemein bekannt, immer hatte machen wollen. Sie streichelte die Bücher eine Zeit lang und blätterte ein bisschen darin, und als sie fast zu weinen anfing, glaubten ihre Kollegen, sie sei gerührt. Den Karton mit den Reiseführern legte sie auf den Rücksitz neben die Packung Erwachsenenwindeln, die sie am Morgen im

Sav-On gekauft hatte. Auf der Heimfahrt kämpfte sie gegen die Einsicht an, dass sich das Buch ihres Lebens langsam schloss.

Als sie die Haustür öffnete und seinen Namen rief, hörte sie nur das Blubbern des Aquariums. Nachdem sie ihn in keinem der Schlaf- oder Badezimmer finden konnte, brachte sie die Windeln und den Bücherkarton in seine Bibliothek.

Auf seinem Lehnstuhl im Wohnzimmer lag eine aufgeschlagene *Sports Illustrated*, und auf der Küchentheke stand ein halb leer gegessenes Glas Apfelmus. Auf der Veranda lag auf dem Boden die Chenille-Decke, die er sich bei kühlem Wetter um die Hüften schlang, und in seiner Teetasse auf dem Tisch tänzelte das gekräuselte Blütenblatt einer Bougainvillea.

Sie geriet in Panik und hätte fast die Polizei gerufen. Aber so früh würden sie noch nichts unternehmen, sie würden ihr sagen, sie solle wieder anrufen, wenn sie ihn in ein oder zwei Tagen immer noch vermisse. Vinh schied aus, weil sie seinen Kommentar – »Ich hab's dir gesagt« – nicht hören wollte. Reue überkam sie, eine Welle aus Schuldgefühlen, weil sie so selbstsüchtig gewesen war. Mit dem Instinkt der Bibliothekarin für Problemlösungen und systematische Recherche hielt sie der Last der Reue stand, ging entschlossen zum Wagen zurück und machte sich auf die Suche. Mit heruntergekurbelten Seitenfenstern fuhr sie erst um ihren Block herum und erweiterte den Kreis dann immer mehr. Der Park des Viertels, wo sie und der Professor oft spazieren gingen, war bis auf ein paar Eichhörnchen, die sich abwechselnd über die Zweige einer Eiche jagten, verlassen. Auf den Gehwegen entdeckte sie weder Fußgänger noch Jogger. Nur ein ausgezehrter Mann in kariertem Hemd und mit unter einer speckigen Baseballkappe verborgenen Augen stand an einer Ecke und verkaufte Rosen aus Plastikeimern und Orangen aus Holzkisten. Als sie ihn mit Mr. Esteban ansprach, machte er große Augen. Als sie ihn fragte, ob er den Professor gesehen habe, lächelte er entschuldigend und sagte: »No hablo inglés. Lo siento.«

Sie kehrte um und fuhr ein zweites Mal über jeden Weg, durch jede Straße und jede Sackgasse. Sie steckte den Kopf aus dem Fenster und rief seinen Namen, erst leise und schüchtern, weil sie kein Aufsehen erregen wollte, dann laut. »Anh Khanh!«, schrie sie. »Anh Khanh!« Hinter Fenstern bewegten sich ein paar Vorhänge, einige Autofahrer bremsten ab und schauten sie neugierig an. Aber er sprang hinter keiner Hecke hervor und tauchte auch aus keiner fremden Haustür auf.

Erst als es dunkel wurde, fuhr sie zurück. In der Sekunde, als sie die Haustür öffnete, roch sie das Gas. Auf dem Herd stand ein Wasserkessel, aber darunter brannte keine Flamme. Ihre Füße und ihr Pulsschlag beschleunigten von Schritt zu Sprint. Nachdem sie das Gas abgedreht hatte, sah sie, dass die Glastür zur Veranda, die sie vor ihrer Suchaktion geschlossen hatte, nur angelehnt war. Sie nahm eine schwere, lange Taschenlampe aus einer Küchenschublade. Das Gewicht des Aluminiumschafts in ihrer Hand beruhigte sie, während sie langsam auf die Glastüren zuging. Sie ließ den Lichtstrahl über die Veranda und den Garten gleiten, sah aber nur ihre Dattelpflaumenbäume und rot glänzende Chilis.

Sie ging in die Diele und bemerkte, dass in der Bibliothek des Professors Licht brannte. Sie lugte um den Türpfosten und sah ihn mit dem Rücken zur Tür vor ihrem Bücherkarton und dem für sie reservierten Regal stehen. Dort bewahrte sie ihre Zeitschriften und die Bücher auf, die er ihr im Laufe der Jahre geschenkt hatte. Der Professor setzte ein Knie auf den Boden, nahm ein Buch aus dem Karton, richtete sich wieder auf und stellte es ins Regal. Diesen Bewegungsablauf wiederholte er bei jedem Buch. *Unbekanntes Tahiti und Französisch-Polynesien. Frommer's Hawaii. National Geographic Reiseführer. Die Karibik.* Bei jedem Buch murmelte er etwas, das sie nicht verstehen konnte. Vielleicht versuchte er die Titel auf den Buchrücken zu lesen. *Alles über die griechischen Inseln. Jerusalem und das Heilige Land. Kulturen der Welt: Japan. Romantisches Italien.* Er berührte den Umschlag jedes einzelnen Buches mit großer Behutsamkeit, zärtlich, und sie verstand – nicht zum ersten Mal –, dass sie nicht die Liebe seines Lebens war.

Der Professor räumte das letzte Buch ein und drehte sich dann um. Der Ausdruck auf seinem Gesicht war der gleiche wie bei ihrer ersten Begegnung vor vierzig Jahren, als sie das elterliche Wohnzimmer betreten und ihn blass vor Nervosität und mit vor gespannter Erwartung blinzelnden Augen dort sitzen gesehen hatte. »Wer sind Sie?«, schrie er und hob eine Hand, als wolle er einen Schlag abwehren. Ihr Herz pochte, und ihr Atem ging schwer. Sie schluckte. Ihr Mund war trocken, aber ihre Handrücken überzog ein feuchter Film. Und dann kam ihr der Gedanke, dass sie sich genauso fühlte wie damals, als sie ihn das erste Mal gesehen hatte – in seinem weißen, von der Luftfeuchtigkeit zerknitterten Leinenanzug, den Strohhut zwischen Hand und Oberschenkel geklemmt.

»Ich bin's nur«, sagte sie. »Yen.«

»Oh«, sagte der Professor und ließ die Hand sinken. Als er sich schwerfällig in seinen Lehnstuhl setzte, sah sie, dass an seinen Oxford-Schuhen Dreck klebte. Sie ging über den Teppich auf das Bücherregal zu, und seine Augen folgten ihr mit verschleiertem, erschöpftem Blick. Für ihre Abendlektüre wollte sie gerade *Les Petites Rues de Paris* aus dem

Regal nehmen, da bemerkte sie, wie er die Augen schloss und sich im Sessel zurücklehnte. Es war klar, dass er nirgendwohin mehr reisen würde. Und sie auch nicht. Die Reiseführer kamen also nicht mehr infrage, und ebenso entschied sie sich gegen die Selbsthilfebücher und Ratgeber. Dann sah sie den schmalen, makellosen Buchrücken einer Kurzgeschichtensammlung.

Eine Kurzgeschichte, dachte sie, hätte gerade die richtige Länge.

Sie setzte sich neben seinen Lehnstuhl auf den Teppich. Dem Gemälde mit der Frau, die beide Augen auf derselben Gesichtshälfte hatte, wandte sie den Rücken zu und sagte sich, dass sie das Bild morgen neu rahmen lassen würde. Als sie das Buch öffnete, spürte sie, wie die Frau auf dem Bild ihr über die Schulter auf ihren Namen schaute, den der Professor mit seiner präzisen Handschrift unter den des Autors geschrieben hatte. Sie fragte sich, was sie selbst, wenn überhaupt, über die Liebe wusste. Vielleicht nicht viel, aber doch genug, um zu wissen, dass sie das, was sie jetzt für ihn tun würde, morgen und übermorgen und überübermorgen wieder tun würde. Sie würde vorne anfangen, und sie würde in gemessenem Tempo atmen und bis ganz zum Schluss lesen. Sie würde lesen, als zählte jeder Buchstabe, Seite um Seite und Wort um Wort.

DIE AMERIKANER

Wenn seine Tochter und seine Frau nicht gewesen wären, hätte sich James Carver nie nach Vietnam gewagt, in ein Land, über das er so gut wie nichts wusste, außer wie es aus zwölftausend Metern Höhe aussah. Aber nach Claires Einladung hatte Michiko darauf bestanden. Ihre E-Mail war zwar an *Mom und Dad* adressiert, aber eigentlich für ihre Mutter bestimmt gewesen. Michiko war es, die Vietnam sehen wollte, nachdem Verwandte ihr erzählt hatten, dass es sie an Japans bukolische Vergangenheit erinnert habe, bevor General MacArthur beim Wiederaufbau Hand angelegt und die japanischen Züge mit dem Make-up des Westens beschmiert hatte. Carver hingegen interessierte sich nur wenig für pastorale Fantasien. Er hatte seine Kindheit in einem Nest im ländlichen Alabama verbracht, wo jegliche Hoffnung schon lange vor seiner Geburt ausgemerzt worden war. Er hatte sich geweigert mitzufahren, bis Michiko ihm entgegenkam und vorschlug, in Vietnam nur kurz zu verweilen, mit Angkor Wat als Auftakt und Thailands Stränden und Tempeln als Schlussakkord der Reise.

Und so fand sich Carver im September in Hue wieder und spazierte mit Michiko, Claire und ihrem Freund Khoi Legaspi durch die Anlage einer kaiserlichen Grabstätte. Legaspis Optimismus und Gelassenheit ärgerten Carver genauso wie das

Missverhältnis zwischen Legaspis asiatischem Aussehen und dem Nachnamen, den ihm seine Adoptiveltern beschert hatten. Der junge Mann, der diese Ambivalenz vielleicht spürte, hatte sich während des gesamten Besuchs sehr um ihn bemüht, was Carver allerdings eher als herablassend denn hilfreich empfunden hatte.

Zum Beispiel wollte Legaspi, bevor sie an jenem Morgen zu den kaiserlichen Gräbern aufgebrochen waren, sein Mitgefühl für Carver ausdrücken, indem er erwähnte, dass auch sein Vater nicht ohne Stock gehen könne. »Seine Lage ist aber schlimmer als Ihre«, sagte Legaspi. Der Kommentar ärgerte Carver, weil er ihm unterstellte, er würde sich darüber beklagen, dass er vor drei Jahren die Treppe hinuntergefallen war und sich die Hüfte gebrochen hatte. Jetzt war er achtundsechzig, humpelte und war fest entschlossen, sich von Legaspi, ihrem Fremdenführer, nicht abhängen zu lassen. Die Tour führte sie durch eine Grabanlage, die mehr einem Sommerpalast ähnelte und deren Pavillon über einen Wassergraben mit Lotusblumen hinwegblickte.

»Vielleicht gehe ich zurück und schließe meine Promotion ab«, antwortete Legaspi auf eine Frage Michikos. Fit und schlank in Kakihose und dunkelorangefarbenem Poloshirt ähnelte er den Studenten vom Bowdoin College, die Carver immer auf den Gehwegen herumlungern sah, wenn er in die Stadt fuhr. »Vielleicht aber auch nicht. Irgendwie hat mir nach einer Weile die Forschung allein nicht mehr gereicht. Ich wollte das, was ich erforscht hatte, auch anwenden.«

»Ich würde deinen Roboter gern in Aktion sehen«, sagte Michiko und fuhr mit der Hand über eine moosbewachsene, tausend Jahre alte Mauer, die die Jahrhunderte geschwärzt hatten. Die damit verbundene königliche Vergangenheit war nicht annähernd so glamourös wie die des Buckingham Palace oder von Versailles. Als Pan-Am-Pilot auf den europäischen Strecken hatte Carver sich beide Paläste bei Zwischenlandungen angeschaut. Aber das Grab hatte seinen eigenen schwermütigen Charme. »Und den Mungo.«

»Wie wäre es übermorgen?«, sagte Legaspi. »Ich kann eine Vorführung arrangieren.«

»Was meinst du, Dad?« Carver fielen einmal mehr die Krähenfüße um Claires Augen auf, die seit ihrer Abreise nach Vietnam vor zwei Jahren wieder tiefer geworden waren. Sie war erst sechsundzwanzig. »Das ist sicher sehr lehrreich.«

»Angkor Wat war auch ziemlich lehrreich.« Im Urlaub wollte Carver nicht belehrt werden. »Außerdem haben wir uns schon dieses grässliche Kriegsmuseum in Saigon angeschaut. Ich bin wirklich nicht in der Stimmung für noch mehr Gräuel.«

»Das ist die Zukunft der Minenräumung«, sagte Claire. »Keine Menschen auf allen vieren, die mit den Händen Minen ausgraben.«

»Aber der Roboter, der macht diese Menschen arbeitslos, oder nicht?«

»Das ist keine Arbeit, die Menschen erledigen sollten«, sagte Legaspi. »Die Roboter wurden erfunden, um die Menschen von Gefahren und von Sklaverei zu befreien.«

Carvers Augen zuckten. »Du hast gesagt, das Verteidigungsministerium finanziert die Forschung deines Doktorvaters am MIT. Warum genau, meinst du, interessiert sich das Verteidigungsministerium für diese Roboter?«

»Dad«, sagte Claire.

»Wir müssen nehmen, was wir kriegen können«, sagte Legaspi. »Die Welt ist nun mal kein Ponyhof.«

»Berühmte letzte Worte.«

»Jimmy«, sagte Michiko.

»Ich will ja nur sagen, unterschätzt mir nicht den militärisch-industriellen Komplex.«

»Du musst es ja wissen«, sagte Claire.

»Wie wär's mit einem Foto?«, sagte Legaspi. Carver stöhnte lautlos. Er hasste das Fotografieren, aber Michiko wollte am liebsten jedes Ereignis verewigen, ob wichtig oder trivial. Ihr zuliebe nahm er gehorsam seinen Platz zwischen seiner Frau und seiner Tochter ein, denen ihrerseits zwei graue Steinmandarine mit Spitzbart und geschulterten Säbeln zur Seite standen. Sie waren sogar kleiner als Michiko und Claire, und Carver nahm an, dass das die Originalgröße aus der Zeit dieses Herrschers war, dessen Name ihm plötzlich, als Legaspi die Kamera auf sie richtete, nicht mehr einfallen wollte. Das war jetzt zwar schon das dritte Grab am Parfümfluss, das sie sich anschauten, trotzdem störte es Carver, dass er sich nicht an den Namen erinnern konnte, den Legaspi bereits mehrere Male erwähnt hatte.

Verblödung war eine Konsequenz des Alters, auf die er nicht vorbereitet war. Mit dem Alter einhergehen sollte Weisheit, aber er war sich nicht sicher, wie Weisheit sich definierte, wohingegen er wusste, dass Intelligenz dauerfeuernde Synapsen und das Gehirn ein fleißiges sechsläufiges Gatling-Geschütz waren. Im Moment schossen seine Gedanken nur durch ein oder zwei Läufe. Seit den Monaten nach Claires und Williams Geburt, deren nächtliche Bedürfnisse ihm den Schlaf geraubt hatten, war er nicht mehr so schwerfällig gewesen. Sein Sohn war jetzt achtundzwanzig, und Carver datierte den Beginn seines Verfalls auf den Tag vor sechs Jahren, als William seinen Abschluss an der Air Force Academy gemacht hatte. Es war einer der stolzesten Augenblicke in Carvers Leben gewesen. William war auch Pilot geworden, aber unzufrieden, weil er mit einer KC-135 die Bomber und Kampfflugzeuge zu betanken hatte, die über dem Irak und Afghanistan ihre Patrouillenflüge absolvierten. »Es ist so langweilig, Dad«, hatte William gesagt, als sie das letzte Mal telefoniert hatten. »Ich bin ein Lastwagenfahrer.«

»Lastwagen fahren ist gut«, hatte Carver gesagt. »Lastwagenfahrer ist ein achtbarer Job.«

Das Wichtigste aber war, dass William in einem Tankflugzeug sicher war, anders als Carver in seinen Pilotenjahren beim Militär. Er hatte eine B-52 geflogen, ein plumper blauer Wal von einem Flugzeug, für das er eine tiefe Liebe empfunden hatte, die in ihm anhielt wie ein ungestillter Hunger. Bei verschiedenen Einsätzen in den späten Sechzigern und frühen Siebzigern, die er von Guam, Okinawa und Thailand aus geflogen war, hatte er sich nie freier gefühlt als in dem engen Cockpit. Ihm war eine majestätische Maschine anvertraut, die in ihrem Bauch dreißig Tonnen Freifallbomben trug und trotzdem so verwundbar war wie ein griechischer Halbgott. Zwei Bomber seines Geschwaders waren über dem Südchinesischen Meer kollidiert, die Leichen ihrer Besatzungen waren nie gefunden worden. Eine andere B-52 aus seiner Formation stürzte in dunkler Nacht als flammendes Kreuz vom Himmel. Eine Boden-Luft-Rakete hatte ihr das Heck weggeschossen, und die zwei Überlebenden saßen die nächsten vier Jahre im Hanoi Hilton. Besser auf Nummer sicher, wollte Carver zu William sagen, ließ es aber bleiben. William hätte die Lüge sofort entlarvt. Als Flieger wusste William, dass sein Vater, könnte er sein Leben noch einmal leben, ohne zu zögern wieder durch den engen Hintern der B-52 in ihren fettbäuchigen Rumpf kriechen würde – nie war es vorgekommen, dass er beim Einsteigen nicht erwartungsvoll gezittert hätte.

Am nächsten Morgen mietete Claire einen Van, um mit ihren Eltern ins zwei Stunden entfernte Quang Tri zu fahren, wo sie lebte und sich Legaspis Minenräum-Unternehmung befand. Als Claire ihnen ihre Einzimmerwohnung zeigte, stellte Carver erleichtert fest, dass sich unter dem Moskitonetz nur ein Einzelbett befand. Für die Belüftung sorgten ein Fenster und oben an den hohen Wänden angebrachte, schmale waagerechte Schlitze. Die Luft wurde von einem Deckenventilator umgewälzt, der sich so langsam drehte wie ein Hähnchen am Spieß. Die Küche bestand aus einem tragbaren, hitzevernarbten Gasofen mit zwei Flammen, der auf einer gefliesten Arbeitsplatte stand, deren Fugen von schwarzen Adern durchzogen waren. Im Bad gab es keine Duschkabine, sondern neben der Toilette einen Abfluss im Boden und einen Schlauch mit Duschkopf. Oberhalb des Regals aus Betonsteinen und Holzbrettern, in dem Claire ihre Kleidung verstaut hatte, waren die Wände mit Postern von Rockbands wie Dengue Fever, Death Cab for Cutie und Hot Hot Heat beklebt.

»Konntest du nichts Besseres finden, Liebling?« Michiko fächelte sich mit ihrem Sonnenhut Luft zu. »Nicht mal eine Klimaanlage.«

»Das hier ist besser, als was die meisten Menschen haben. Und wer sich das leisten kann, würde seine ganze Familie hier unterbringen.«

»Du bist keine Einheimische«, sagte Carver. »Du bist Amerikanerin.«

»Das ist ein Problem, das ich gerade zu lösen versuche.«

Carver erinnerte sich an eine Stunde aus der Paartherapie, zu der Michiko ihn überredet hatte, und zählte rückwärts von zehn bis eins. Claire verschränkte die Arme und schaute so teilnahmslos wie als Kind, wenn er ihr den Hintern versohlt hatte, oder als Teenager, wenn er sie angebrüllt hatte, weil sie mal wieder irgendeine seiner Grenzen überschritten hatte.

»Es reicht, ihr zwei«, sagte Michiko. »Ohne seinen Morgenkaffee ist der Mensch immer ein bisschen launisch, hab ich recht?«

Claires Wohnung lag über einem Café. Carver saß auf einem Plastikhocker an einem Tisch auf dem Gehweg und nippte an einem schwarzen Kaffee mit Eis. Er beobachtete Michiko, die vier barfüßigen, staubdunklen Kindern für fünf Dollar Ansichtskarten und Feuerzeuge abkaufte. Das Quartett war in der Sekunde aufgetaucht, als sie Platz genommen hatten, und trat, nachdem der Handel abgeschlossen war, zwei Schritte zurück, blieb vor einer Reihe geparkter Motorräder stehen und schaute sie kichernd an.

»Haben die noch nie Touristen gesehen?«, sagte Carver.

»Nicht solche wie uns.« Claire riss eine Packung Zigaretten auf und steckte sich eine an. »Wir sind ein bunter Mischmasch.«

»Sie wissen nicht, wie sie uns einordnen sollen, oder?«, fragte Michiko.

»Ich bin schon dran gewöhnt, aber ihr noch nicht.«

»Ach ja, wie wär's mit einer Japanerin auf einem Luftwaffenstützpunkt in Michigan 1973?«

»Touché«, sagte Claire.

»Oder mit einem Schwarzen in Japan«, sagte Carver. »Oder Thailand.«

»Aber ihr hättet immer zurück nach Hause gehen können«, sagte Claire. »Da war immer noch irgendwo ein Platz für euch. Aber für mich nicht.«

Sie sagte das sachlich, ohne einen Hauch der pubertären Melodramatik von früher, wenn sie schluchzend von der Schule nach Hause kam, weil sie ein Mitschüler oder ein Fremder mit irgendeiner Variante der Frage *Was bist du überhaupt?* gekränkt hatte. Ihre Tränen quälten Carver, sie bereiteten ihm Schuldgefühle, weil er sie in eine Welt gesetzt hatte, die jedem seinen Platz zuweisen wollte. Am liebsten hätte er den Übeltäter, der seine Tochter verletzt hatte, ausfindig gemacht und dem Burschen ein bisschen Verstand in den Schädel geprügelt, aber er riss sich zusammen, so wie immer, wenn er Menschen in die Augen geschaut hatte und darin die Frage *Was machst du denn hier?* hatte aufblitzen sehen: in der nur aus einem Raum bestehenden Bücherei der kleinen Stadt, die fünf Meilen von dem Nest entfernt war, wo er lebte; auf der Penn State University, die er mit einem Stipendium der Armee besuchte; in der Flugschule auf der Randolph Air Force Base; in der Uniform eines Piloten; in seiner B-52 und später in seiner Boeing-Linienmaschine – nie war er da, wo er hätte sein sollen. Er hatte überlebt, weil er sich auf sein Ziel fokussierte, nämlich immer weiter aufzusteigen und die höhnischen und zweifelnden Blicke zu ignorieren, die er aus den Augenwinkeln wahrnahm.

Aber jetzt war er Rentner, humpelte dem Ende seines siebten Lebensjahrzehnts entgegen und wusste nicht, welches Ziel er sich noch stecken sollte. Er beneidete Claire um ihren Idealismus, Menschen Englisch beizubringen, die so arm waren wie die Kleinbauern und Farmpächter aus seiner Kindheit, deren Haut so braun und schrundig gewesen war wie die ausgedorrte Erde in den drückend heißen Sommermonaten und der Boden, den sie bestellten. Ihr Selbstvertrauen machte ihn glücklich – wenn sie ein Taxi heranwinkte, auf Vietnamesisch die Adresse der Englischschule nannte und die Schüler begrüßte, die sich im Innenhof im Schatten der Flammenbäume drängten. Als Claire auf Carver und Michiko deutete und etwas auf Vietnamesisch sagte, begrüßten die Schüler sie in makellosem Englisch. »Hallo!« »Wie geht's?« »Guten Morgen, Mr. und Mrs. Carver!« Carver lächelte und winkte ihnen zu. Verwandte anzulächeln führte zu gar nichts, aber Fremde und Bekannte anzulächeln manchmal schon.

Sie gingen in der Kolonnade des Innenhofs an ein paar Türen vorbei und betraten schließlich Claires Klassenzimmer, einen Raum mit einem Holzpult und einigen Reihen mit niedrigen Tischen und Bänken. Unter der an zahlreichen Stellen abblätternden gelben Wandfarbe schauten weiße Gipsnarben hervor. An die Tafel hinter dem Pult hatte jemand – wahrscheinlich Claire – in großen fetten Buchstaben »Passiv« geschrieben. Darunter stand: »Mein Fahrrad wurde gestohlen« und »Fehler wurden gemacht«.

»Wie viele Schüler hast du, Liebling?«, fragte Michiko.

»Vier Klassen à dreißig.«

»Das ist zu viel«, sagte Carver. »Dafür ist die Bezahlung zu schlecht.«

»Die wollen wirklich was lernen. Und ich will wirklich unterrichten.«

»Du bist jetzt zwei Jahre hier.« Carver stieß mit der Schuhspitze an eine lose Bodenfliese. »Wie lange willst du noch bleiben?«

»Bis auf Weiteres.«

»Was soll das heißen, bis auf Weiteres?«

»Mit gefällt es hier, Dad.«

»Aha, dir gefällt es hier«, sagte er. »Schau dich doch um.«

Claire ließ demonstrativ den Blick durch das Klassenzimmer schweifen. »Ich schaue mich um.«

»Dein Vater meint, wir wollen, dass du wieder nach Hause kommst, weil wir dich lieben.«

»Genau das meine ich.«

»Das hört sich vielleicht komisch an, Mom, aber hier bin ich zu Hause. Ich weiß nicht, wie ich es sagen soll, aber ich habe das Gefühl, das hier ist der Ort, wo ich hingehöre. Ich habe eine vietnamesische Seele.«

»Das ist das Dümmste, was ich je gehört habe«, sagte Carver mit erhobener Stimme.

»Das ist nicht dumm«, zischte Claire. »Warum sagst du das? Das sagst du immer.«

»Nenne mir drei Anlässe, zu denen ich das gesagt habe.«

»Als ich wegen der Uni aus Maine weggegangen bin.« Claire hielt drei Finger der rechten Hand hoch und bog beim Zählen langsam einen nach dem anderen nach unten, bis eine geballte Faust übrig blieb. »Als ich Frauenforschung als Hauptfach genommen habe. Als ich dir gesagt habe, ich gehe nach Vietnam, um zu unterrichten. Und das sind nur die aktuellsten, die mir gerade einfallen.«

»Aber das alles *ist* dumm.«

»O mein Gott, Gott, Gott!« Claire schlug sich mit der Faust gegen die Stirn. »Warum glaube ich bloß immer noch daran, dass das mal anders wird mit dir!«

»Herrgott noch mal«, brummte Carver. Er hörte Geflüster, drehte sich um und sah in der Tür eine Handvoll Schüler. Claire wischte sich die Tränen aus den Augen. »Jetzt hast du es geschafft. Jetzt habe ich vor ihnen mein Gesicht verloren.«

»Dein Gesicht verloren?«, sagte Carver. »Du glaubst also wirklich, dass du jetzt eine von denen wirst?«

»Halt den Mund, James.« Michiko schob ihn beiseite und gab Claire ein Papiertaschentuch. »Ich glaube, jetzt reicht's erst mal wieder mit Familienleben, einverstanden?«

Während Claire und Michiko zu einer Einkaufsexpedition in den einheimischen Textilhandel aufbrachen, war Carver gezwungen, sich selbst zu beschäftigen, was ein Problem darstellte, da Quang Tri dem ausländischen Besucher nichts anzubieten hatte außer der Nähe zur alten Entmilitarisierten Zone. Die Stadt war nur ein Provinzkaff, das durch den Krieg zerstört worden war und wo es nach allem, was man hörte, auch vor seiner Zerstörung nicht viel zu sehen gegeben hatte. Carver schlug die Zeit in einem Straßencafé tot und schaute ein paar einheimischen Jungen beim Fußballspielen auf einem Flecken Gras zu. Als schließlich am Nachmittag der Monsun kam, hatte er genug *33 Beer* getrunken, um zu wissen, dass es noch das gleiche war, das er vor über dreißig Jahren in Thailand getrunken hatte. Wenn du ein Land bombardierst, hatte sein Stubenkamerad in U-Tapao gesagt, solltest du wenigstens sein Bier trinken. Es war damals schal gewesen und war es auch heute noch, sodass er stattdessen eine Flasche *Hue* bestellte. Der Regen trieb in Fahnen durch die Straße, das Wasser strömte durch die Rinnsteine, und Carver sehnte sich nach seinem Schindelcottage am Ufer der Basin Cove, wo jetzt der Herbst seinen alles verwandelnden Zauberstab über dem Grün des Waldes schwang. Doch diese neue, nun purpurrot und golden glänzende Welt verflüchtigte sich vor seinem geistigen Auge, als die Frau, die nebenan den Markt betrieb, ihr Radio aufdrehte. Die schrille Stimme der Sängerin, die wimmernd ein Instrument begleitete, das sich nach einem Xylofon anhörte, übertönte sogar das erbarmungslose Prasseln des Regens. Die Musik triefte vor Trauer, obwohl es vielleicht Carver selbst war, der ein Wehklagen ausmachte, wo gar keins war.

Am nächsten Nachmittag fuhren sie zu der Minenräumstelle, die sich etwa eine halbe Stunde von ihrem Hotel in Quang Tri entfernt befand, weit jenseits des Stadtrands. Legaspi hatte versprochen, sie mit einem weißen Büffel abzuholen, und Carver hatte gefragt, ob er wirklich einen weißen Büffel meine, worauf Legaspi mit einem Zwinkern geantwortet hatte: »Warten Sie's ab.« Der weiße Büffel entpuppte sich als ein weißer, mit Rostpocken übersäter Toyota Land Cruiser mit dreihunderttausend Kilometern auf dem Tacho.

»Die Einheimischen nennen diese Kisten so, weil sie ebenso oft vorkommen wie weiße Büffel«, sagte Legaspi vom Fahrersitz aus. »Die Ausländer und die Leute von den NGOs und der UN lieben den Land Cruiser.«

»Spendengelder«, sagte Carver. »Alle Allradler, die man für Geld kriegen kann.«

»So ungefähr, Mr. Carver.«

Michiko und Claire saßen hinten, Carver vorn. Die Straße außerhalb von Quang Tri war gesäumt von ein- und zweistöckigen Häusern aus verblichenem Holz und verrostetem Blech. Dazwischen erhoben sich über ihre primitiven Nachbarn ein paar frisch gestrichene Minivillen, allesamt lang und schmal. Gelegentlich tauchte ein Friedhof oder ein Tempel auf, der mit einer Kruste filigraner, drachenartiger Verzierungen überzogen war, sowie die eine oder andere Kirche in asketisch schlichtem Weiß.

Auf den flachen Feldern hinter den Häusern gab es kaum Bäume und Schatten, auf einigen wuchs Reis, auf den anderen Pflanzen, die Carver nicht kannte und deren Farbe dem stumpfen, gedeckten Grün einer Algenblüte glich. Jedenfalls sah die Landschaft nicht annähernd so üppig grün aus wie die Thailands, die Carver aus dem Cockpit seiner B-52 gesehen hatte, wenn er über der Wasserfläche der Lagune Thale Sap Songkhla abhob und Kurs auf die feindlichen Städte im Norden oder die Ebene der Tonkrüge nahm. Es gab einen Grund, warum er das Fliegen liebte. Fast alles sah aus der Entfernung schöner aus, die Erde wurde umso perfekter, je weiter man aufstieg und die Welt mit den Augen Gottes sah. Die Hütten und Paläste der Menschen verschwanden, die Gipfel und Täler in der Landschaft verblassten zu farbigen Pinselstrichen auf einer göttlichen Kugel. Aber aus der Nähe betrachtet war das Leben auf dem Land so entbehrungsreich, dass die Armut weder pittoresk noch würdevoll war: Hütten mit Blechdächern und Fußböden aus Erde; ein Mann, der ein Hosenbein seiner Shorts hochzog und an eine Wand urinierte; Arbeiter, die Latschen trugen und Schubkarren voller Ziegelsteine schoben. Als Carver das Seitenfenster herunterkurbelte, stellte er fest, dass der Geruch auf dem Land genauso unerfreulich war. Rußwolken aus vorbeifahrenden Lastwagen, verwesender Büffeldung, die salzigen und Übelkeit erregenden Gärungsprozesse der einheimischen Küche. Alles, was er sah, hörte oder roch, dazu das unbarmherzige Schweigen, mit dem ihn Claire und Michiko seit gestern bedachten, deprimierten Carver.

Nur Legaspi war zuvorkommend. Er hatte *Giant Steps* in den CD-Player geschoben, und die Musik strömte aus den Lautsprechern durch seinen Gehörgang direkt in den Blutkreislauf. Sicher hatte ihm Claire von der Liebe ihres Vaters zum Bebop erzählt. Von allen Ländern, die Carver bereist hatte, mochte er Frankreich und Japan am liebsten, weil die Einheimischen dem Jazz eine begeisterte Wertschätzung und Bewunderung entgegenbrachten, die sie auf ihn übertrugen. Er betrachtete es als Fügung des Schicksals, dass er Michiko in einer Jazzbar in Roppongi kennengelernt hatte. Sie war noch ein Teenager und arbeitete als Kellnerin, er war zehn Jahre älter, auf Fronturlaub von Okinawa, und der Anblick von japanischen Musikern mit Pork Pie Hats und Soul Patches machte ihn sprachlos.

»Wie haben Sie geschlafen, Mr. Carver?«

»Nicht so gut.« Carver freute sich, dass überhaupt jemand fragte. »Ich bin immer wieder aufgewacht.«

»Schlecht geträumt?«

Carver zögerte. »Einfach unruhig geschlafen. Wirres Zeug geträumt.«

Niemand fragte, was er geträumt habe, also sagte er nichts weiter. Zehn Minuten später erreichten sie die Minenräumstelle. Sie bogen von der geteerten Hauptstraße ab und sahen nach einem halben Kilometer Feldweg ein kleines Haus und drei Hütten, die am Rand eines verdorrten Ackers standen. Als der Land Cruiser an dem etwa einen halben Hektar großen und mit Stacheldraht umzäunten Stück Land anhielt, sprangen zwei halbwüchsige Jungen aus ihren zwischen Jackfruchtbäumen aufgespannten Hängematten. Ihre Namen hatte Carver nach der Vorstellung sofort wieder vergessen. Sie trugen übergroße Shorts und absurde T-Shirts: Auf dem einen prangte das Logo der Edmonton Oilers, das andere erinnerte an eine Bryan-Adams-Tour von 1987. Die Armprothese des Größeren setzte am lebendigen Teil des Körpers in Höhe des Ellbogens an, die Beinprothese des Kleineren reichte bis zur Mitte des Oberschenkels hinauf. Carver gab beiden Spitznamen: Den Größeren nannte er Tom, den Kleineren Jerry. So hatten damals er und sein U-Tapao-Stubenkamerad, ein Schwede aus Minnesota, ihre beiden Hausboys getauft.

»Sie haben als Kinder mit Streubomben gespielt«, erläuterte Legaspi. Tom und Jerry lächelten schüchtern. Ihre Prothesen sahen aus wie Leihgaben von Schaufensterpuppen. Die Milchkaffeefarbe des Kunststoffs passte nicht genau zur Milchschokoladenfarbe ihrer Haut. Wovor Carver gruselte, war aber nicht die unpassende Farbe der abnehmbaren Gliedmaßen, sondern dass sie so völlig kahl waren. »Sie bewachen das Gelände und kümmern sich um die Mungos.«

Der Mungo, den Tom aus einer der Hütten holte, hieß Ricky, hatte die Größe einer Katze, aber ein dichteres Fell und den keilförmigen Kopf einer Maus. »Wir nehmen Mungos, weil sie nicht schwer genug sind, um eine Mine auszulösen«, sagte Legaspi. »Außerdem können sie mit ihrem scharfen Geruchssinn Sprengstoff aufspüren.«

Jerry holte aus der anderen Hütte zwei Roboter. Carver hatte glatte, makellos glänzende Stahlapparate erwartet, stattdessen waren die Roboter zusammengeflickt aus etwas, das aussah wie zwei blecherne Milchshakebecher, die oben an der Öffnung miteinander verbunden waren und aus deren Böden je zwei Gummischläuche als Beine herausschauten. Die beiden Roboter waren wie zwei Zugpferde Seite an Seite aneinandergespannt und vorne und hinten mit Eisenstangen verstärkt. An der vorderen Stange war eine blaue Scheibe von der Größe eines Frisbees angebracht, in die wiederum Ricky mittels einer Gummiweste eingespannt war. Das gesamte

Roboter-Mungo-Gespann war keinen Meter lang und etwa halb so breit.

»Mit dieser Fernbedienung steuere ich die beiden Roboter.« Legaspi hielt einen handtellergroßen schwarzen Kasten hoch, der aussah wie die Fernbedienungen, die William für seine Modellflugzeuge gehabt hatte. »Ricky schnüffelt nach den Minen. Die blaue Scheibe ist der Hindernissensor, der den Robotern signalisiert, wenn etwas den Weg versperrt. Dann lenken die Roboter Ricky um das Hindernis herum. Wenn Ricky eine Mine riecht – das kann er aus etwa drei Metern Entfernung –, dann setzt er sich auf.«

»Genial«, sagte Michiko.

»Mein Tutor hat das System entwickelt, um Minen in Sri Lanka aufzuspüren. Aber wir experimentieren auch hier damit.«

»Und was testet ihr noch?«, fragte Carver.

»Die Beine. Es ist sehr schwierig, die Bewegungen von Menschen- oder Tierbeinen nachzuahmen, besonders in unebenem Gelände. Wenn ein Roboter den Boden im Wohnzimmer saugt oder ein paar Treppenstufen hochklettert, dann ist das etwas völlig anderes, als wenn er es mit Sand, Gras oder Felsbrocken oder irgendeinem überraschenden Hindernis zu tun bekommt, das jeder Fünfjährige locker umkurven könnte.«

Überall auf dem Feld waren entschärfte Landminen vergraben. Legaspi stand mit Claire, Michiko und Carver unter einer Zeltplane am Rand des Feldes und steuerte von dort aus das Roboter-Mungo-Gespann. Tom und Jerry folgten dem über das Gelände trippelnden Mungo – Tom mit einem Metalldetektor auf dem Rücken, Jerry mit einem Köcher voller roter Fähnchen. Wann immer Ricky stehen blieb und sich auf seine Hinterbeine stellte, bestätigte Tom mit dem Metalldetektor die Existenz einer Mine und markierte Jerry die Stelle mit einem roten Fähnchen.

»Ein Team aus Menschen würde Monate brauchen, um diese Fläche zu säubern«, sagte Legaspi. Der Rücken seines Leinenhemds war mit Schweißflecken übersät. Die Luftfeuchtigkeit war hoch, der Himmel grau und bewölkt. »Man könnte einfach mit dem Bulldozer drübergehen, aber das würde den Mutterboden aufreißen und für die Landwirtschaft unbrauchbar machen. Wir räumen das Feld in ein paar Wochen für einen Bruchteil der Kosten.«

Während es im Philanthropenjargon über Kosteneffizienz, Bodenverbesserung, moralische Verpflichtung und Beschäftigung von einheimischen Technikern so weiterging, beobachtete Carver Legaspi und seine Tochter. Das Leuchten und die Entschlossenheit in Claires Augen, mit denen sie Legaspi anschaute, hatte er auch in Michikos Augen gesehen, als er ihr beim ersten Date erzählte, wie er vom State College nach New York City gefahren war, um sich im Five Spot Café am St. Mark's Place Thelonious Monk anzuhören. Dort habe er so dicht neben ihm gestanden, dass er über dem weißen Elfenbein die gelben Halbmonde von Monks Nagelhaut habe sehen können. Das Genie des großen Mannes hatte genügend Glanz auf ihn geworfen, um Michikos Blick zu fesseln. Und so war es auch mit Legaspi, der mit den Ideen eines anderen glänzte, was Claire genügte.

»Weißt du überhaupt, mit wem du es da zu tun hast? Hast du mal darüber nachgedacht, was das Verteidigungsministerium mit diesen Robotern anfangen könnte?«, fragte Carver. Im Blick von Legaspis Augen lag die Unschlüssigkeit, Furcht und Schwäche eines Menschen, der noch nicht so weit war, sich der brutalen Realität, der geballten Faust der Macht zu stellen. Legaspis Naivität regte Carver zutiefst auf. »Irgendein brillanter Kopf an einer Uni, der an einem Auftrag für das Verteidigungsministerium arbeitet, findet sicher eine Möglichkeit, auf so einem Roboter eine Landmine zu installieren. Und dann schickt das Pentagon das Teil in einen Tunnel, wo sich ein Terrorist versteckt.«

»Das ist das, was du machen würdest, Dad. Aber nicht jeder ist so wie du.«

»Ist schon gut«, sagte Legaspi. »So was höre ich dauernd.«

»Es ist nicht gut«, sagte Claire. »Er ist alt, wütend und verbittert, und das lässt er an jedem aus, der ihm über den Weg läuft.«

»Ich bin nicht wütend und verbittert. Weshalb sollte ich wütend sein? Oder verbittert? Weil mir ein junger Bursche Vorträge darüber hält, wie er mit einem Blechdosenroboter die Welt retten will? Weil ich eine Tochter habe, die sich für eine Vietnamesin hält?«

»Ich habe gesagt, dass ich eine vietnamesische Seele habe. Das ist eine Sprachfigur, eine Redensart. Sie bedeutet, dass ich glaube, einen Platz gefunden zu haben, wo ich etwas Gutes tun kann, wo ich ein paar von den Sachen, die du getan hast, wiedergutmachen kann.«

»Die ich getan habe? Was habe ich denn getan?«

»Du hast das Land bombardiert. Hast du je darüber nachgedacht, wie viele Menschen du getötet hast? Tausende? Zehntausende?«

»Das muss ich mir nicht anhören.«

»Als wenn du überhaupt mal jemandem zugehört hättest.«

»Du verstehst gar nichts. Wir haben dich verhätschelt, damit du dich nicht mit den Dingen herumquälen musstest, mit denen wir uns herumgequält haben. Stimmt das etwa nicht?«

Carver drehte sich zu Michiko um und erwartete Unterstützung von ihr. Aber seine Frau betrachtete das verwilderte Palmenwäldchen am anderen Ende des Testminengebiets, und Legaspi steuerte wieder mit der Fernbedienung Ricky über das Feld. Claire hatte die Arme über der Brust verschränkt und forderte ihn heraus, sich davonzumachen, so wie er sie herausgefordert hatte, als sie als Sechsjährige in einem Spielzeugladen ausgerastet war, weil sie eine blonde Barbiepuppe gewollt hatte. *Du kannst dich da auf den Boden setzen und Rotz und Wasser heulen, junge Dame.* Und sie hatte sich prompt in den Gang gesetzt und vor Schmerz und Zorn losgeheult, wie es nur ein Kind kann oder jemand, der in Todesgefahr ist. Er war dann aus dem Laden gegangen und hatte sie sitzen lassen, und ihm blieb auch jetzt keine andere Wahl, als wegzugehen und sie stehen zu lassen.

Als eine Viertelstunde später der Monsun zuschlug, befand sich Carver ein paar Hundert Meter von der Minenräumstelle entfernt, weiter hatte er es auf der zerfurchten Straße mit seiner kaputten Hüfte nicht geschafft. Empörung und Selbstmitleid hatten ihn bei jedem seiner Schritte angetrieben. Er hatte Claire nie erklärt, wie schwierig präzise Bombardements waren. Aus zwölftausend Metern Höhe auf Objekte von der Größe eines Footballfeldes zu zielen war so, als versuche man von einem Hausdach mit einem Golfball in eine Kaffeetasse zu treffen. Nach dem Ausklinken schlug die Tonnage weit hinter seiner B-52 ein, und so hatte er seine Sprengladung nie explodieren oder auch nur fallen sehen. Allerdings hatte er beobachtet, wie andere Flugzeuge seines Geschwaders ihre schwarze Saat in den Wind streuten. Er hatte sich vorstellen können, was er später in Filmen sah, die

Bombenexplosionen, wie Tritte eines unsichtbaren Riesen, der über die Erde stampft.

Claires Verstand war nicht vielschichtig genug, um zu erfassen, dass es notwendig war, den Feind aus großer Höhe zu treffen, um am Boden Amerikaner zu retten, geschweige denn seinen Glauben daran, dass Gott neben ihm im Cockpit saß. Sie war das genaue Gegenteil von ihm: In der Highschool war sie Amnesty International beigetreten, und am Vassar College demonstrierte sie gegen Desert Storm, als ob Protestieren irgendetwas änderte. Und wenn, dann nur zugunsten des Feindes. Obwohl sie Mitgefühl empfand für riesige Massen von Menschen, die sie gar nicht kannte, vollkommen Fremde, die sie selbst als Fremde betrachteten und im Zweifel töten würden, ohne zu zögern, brachte sie kein ähnlich geartetes Gefühl für ihn auf.

Diese Ungerechtigkeit hatte Carver so beschäftigt, dass er die aufziehenden Gewitterwolken erst bemerkte, als er das Grollen hörte. Einige Sekunden lang platschten vereinzelte Regentropfen auf seine Stirn, dann kam die Flut. Das Wasser klatschte ihm die Kleidung an den Körper, schoss ihm hinten in den Kragen und weichte ihn auf bis hinunter in die Wanderstiefel. Er blieb stehen, unschlüssig, ob er weiter bis zur Asphaltstraße oder wieder zurück zur Minenräumstelle gehen solle. Die Beschaffenheit des Feldwegs hatte inzwischen die von Erdnussbutter angenommen. Unter der fortgesetzten Attacke des Monsuns versank er Millimeter um Millimeter in der klebrigen Masse. Das war der Grund gewesen, warum er nicht hatte hierherkommen wollen, in ein Land, das von bösen Vorzeichen und Unglück geprägt war und das er höchstens vom Flugzeug aus sehen, aber ansonsten nichts damit zu tun haben wollte. Claire hatte ihn zurückgeholt auf diese rote

Erde, aber selbst wenn er gekonnt hätte, wäre er nicht zu ihr gerannt, um sie um Hilfe zu bitten. Er schleppte sich weiter Richtung Hauptstraße. Kein Mensch und kein Tier waren zu sehen, stumpfgrüne Felder säumten den Weg. Es war noch Nachmittag, aber die Gewitterwolken hatten die Landschaft bereits in Dämmerlicht getaucht.

Hinter ihm hupte in weiter Ferne ein Auto. Er senkte den Kopf und ging weiter. Der Wolkenbruch war so heftig, dass er zu ertrinken fürchtete, wenn er den Kopf heben und zum Himmel schauen würde. Der Wagen kam näher, und er konnte den alten Motor hören, der spuckte wie eine an einem Haarballen würgende Katze. Das Fernlicht spiegelte sich in den Regentropfen, die vor ihm zu Boden fielen, und anstatt sie zu ignorieren, hob er herausfordernd den Kopf. Er blieb stehen und drehte sich um, verlor bei diesem einfachen Manöver aber das Gleichgewicht. Mit dem rechten Fuß blieb er bis zum Knöchel im Matsch stecken, fuhr dann, obendrein geblendet vom Fernlicht, mit der Spitze des linken Schuhs in den Morast, worauf das Bein am Knie blockierte und er kopfüber vor das Auto stürzte. Der Schlamm drückte nass und kalt gegen Bauch und Gesicht. Geruch und Geschmack erinnerten ihn an den fernen Hinterhof seiner Kindheit, wo er beim Kriegspielen so oft mit dem Gesicht nach unten auf dem Boden gelegen hatte.

Legaspi half ihm auf die Beine und in den im Leerlauf brummenden Land Cruiser, während Claire einen Schirm über die beiden hielt. Sie setzten ihn auf die Rückbank, und er zitterte, als Michiko ihm mit dem Seidenschal, den sie gestern gekauft hatte, den Dreck aus Augen und Gesicht wischte.

»Wir dachten, du wolltest dich nur mal kurz in den Wagen setzen, Jimmy«, sagte sie. Legaspi fuhr weiter Richtung Hauptstraße. »Was ist bloß in dich gefahren?«

»Ich bin achtundsechzig, verdammt«, sagte Carver und nieste. »Ich bin alt, aber ich bin noch nicht tot.«

»Du bist neunundsechzig.«

Er wollte den Mund aufmachen, um Michiko, die ihm gerade den Dreck rund um die Ohren wegwischte, zu widersprechen. Aber dann wurde ihm klar, dass sie recht hatte. Sogar die Anzahl seiner eigenen Lebensjahre bekam er nicht mehr zu fassen. Die Zeit dünnte mitleidlos den einst dichten Bestand seiner Erinnerungen aus. Im Rückspiegel sah er die freundlichen, auf ihn gerichteten Augen Legaspis, der sagte: »Wohin wollten Sie eigentlich, Mr. Carver?« Dann schaltete er den CD-Spieler ein, und das Titelstück von *Giant Steps* ertönte. »Sie wissen nicht mal, wo Sie sind.«

Bis zum Abend hatte Carver das Fieber gepackt. Der Traum, den er Legaspi nicht erzählt hatte, fiel ihm im Krankenhausbett wieder ein. Er trieb auf dem Rücken in einem schwarzen Strom, aus dem sein Gesicht ab und an auftauchte und einen Blick erhaschte auf seine Mitpatienten in den drei anderen Betten, silberhaarige, alternde Männer, umsorgt von großen Mengen an Verwandten, die laut redeten und Schüsseln und andere in Handtücher eingewickelte Dinge herumtrugen. Der Geruch von Reisbrei, bitterer Arznei und nassem Hund, den sehr alte Menschen verströmen, stieg ihm in die Nase. Wenn er wieder in das schwarze Wasser eintauchte, huschten Bilder an ihm vorbei wie seltsam illuminierte Fische aus den Tiefen des Ozeans. Die einzigen, an die er sich später deutlich erinnern konnte, stammten aus einem Traum, in dem er in der dunklen Kabine eines Passagierflugzeugs aufwachte. Alle anderen Fluggäste schliefen, die Bullaugen waren geschlossen. Aus irgendeinem Grund wusste er, dass niemand das Flugzeug steuerte. Seine Kenntnisse waren gefordert, also stand er auf und ging nach vorne. Alle Passagiere waren Asiaten, darunter auch die Straßenkinder, Claires Schüler und Tom und Jerry. Sie hatten die Augen geschlossen. Auf dem Notsitz vor dem Cockpit saß angeschnallt ihr Reiseführer aus Angkor Wat, der ihnen eine Brücke gezeigt hatte, die mit kopflosen Statuen von Gottheiten gesäumt war, und in leicht anklagendem Ton gesagt hatte: »Die Köpfe haben Ausländer gestohlen.« Carver bekam es mit der Angst zu tun, aber als er die Cockpittür öffnete, sah er nur die Fenster, die hinaus in den sternenlosen Fluss der Nacht starrten, und den leeren Pilotensitz, der auf ihn wartete.

»Dad.«

In dem dunklen Raum kniete Claire neben seinem Bett.

»Dad, hast du was gesagt?«

»Durst.«

Sie riss die Kappe von einer versiegelten Wasserflasche, füllte einen Becher und hob ihn mit einer Hand an seine Lippen, während sie mit der anderen seinen Kopf stützte. Er trank so gierig, dass ihm das Wasser über die Unterlippe auf das Patientenhemd tropfte. Claire legte seinen Kopf zurück auf das Kissen und tupfte ihm mit einer Serviette das Kinn ab.

»Michiko?«

»Sie ist im Hotel«, sagte Claire leise. »Tagsüber ist sie immer da, aber über Nacht kann sie nicht bleiben. Zum Schlafen ist der Boden zu hart für sie.«

»Wie lange?«

»Drei Tage. Du hattest schlimmes Fieber. Du hast eine Lungenentzündung. Du musst dich ausruhen, okay?« Claire seufzte. »Du bist so stur. Warum bist du bloß alleine losmarschiert?«

Er verlagerte sein Gewicht, weil ein Klumpen Schaum in der Matratze gegen sein Kreuz drückte. »Ich bin ein ziemlicher Idiot, was?«

»Wohl wahr.«

»Claire.«

»Ja?«

»Ich muss aufs Klo.«

Er legte beide Arme um ihren Hals, und sie wuchtete ihn von der Matratze in die Höhe. Sie roch stark nach Seife und dem unparfümierten Zitronenshampoo, das aber den leichten Schweißgeruch nicht überdecken konnte. Als er mit abgewinkelten Beinen auf dem Bett saß, zog sie ihn ganz hoch. Claire hatte genau die richtige Größe, um sich an sie anzulehnen. Ihr Kopf überragte seine Schulter gerade so viel, dass er mit einem Arm bequem ihren Rücken umfassen konnte. Sie stieß mit dem Fuß eine Bambusmatte aus dem Weg und bugsierte ihn vorsichtig durch den schmalen Gang zwischen seinem und dem Bett daneben. »Vorsicht, Dad«, sagte Claire und führte ihn um einen auf dem Boden unter einer Decke zusammengerollten Körper herum, dessen Kopf in die andere Richtung deutete. »Das wird schon wieder. Du brauchst nur ein bisschen Ruhe.«

Was sie sagen wollte, es aber dann doch nicht aussprach, war, dass er keine Angst zu haben brauchte. Er würde nicht hier sterben. Aber er hatte Angst, mehr als er jemals erwartet hätte. Bevor Michiko und die Kinder Teil seines Lebens waren, hatte er geglaubt, in einem Flugzeug zu sterben oder am Steuer eines sehr schnellen Autos, irgendetwas, das mit hoher Geschwindigkeit zu tun hatte und ihm plötzlich und aufsehenerregend den Garaus machte. Jetzt wusste er, dass er wahrscheinlich von Panik erfüllt sterben würde, an einem

Ort, wo er nicht hingehörte, am falschen Ende der Welt. Er klammerte sich noch fester an Claire, die ihn mit ihrem Arm um seine Hüfte um den ersten Körper und dann um den nächsten, der am Fuß des Bettes neben der Tür lag, herumlotste. Als er auf den ausgestreckten Fuß dieses letzten Körpers trat, hob eine Frau mit kurz geschorenem Haar den Kopf und blaffte: »Troi oi, can than di!« Worauf Claire entschuldigend sagte: »Xin loi, co!«

Die Frau war wahrscheinlich eine Verwandte eines der Patienten oder vielleicht selbst eine Patientin. Claire hatte bestimmt auf der Bambusmatte neben seinem Bett geschlafen. Die Erkenntnis brannte sich durch den Dunst aus Benommenheit und Angst und rief ein so starkes Gefühl für seine Tochter in ihm hervor, dass es ihm wehtat. Er erinnerte sich an die Zeit, als sie noch ein Baby war und Michiko darauf bestand, dass Claire bei ihnen im Bett schlief, während er immer befürchtete, er könne sich auf sie legen, wenn er sich im Schlaf umdrehte. Unruhig lag er wach, bis er es nicht mehr aushielt, aufstand, sich auf den Teppich neben das Bett legte und dort schlief. Nur wenige Jahre später, sie konnte schon laufen, schlief aber immer noch bei ihnen und konnte noch nicht selbst aufs Töpfchen gehen, war sie einmal aus dem Bett auf seine Brust gefallen und hatte verlangt, dass er mit ihr aufs Klo gehe, weil sie sich allein in der Dunkelheit fürchte. Er seufzte, setzte sich auf und tapste mit ihr durch den Flur. Vorsichtig setzte sie einen Fuß vor den anderen und umklammerte mit der Hand einen seiner Finger.

»Dad«, sagte Claire. Vor ihnen glänzte die Tür der Toilette als ein blassgrünes Rechteck im blauen Mondlicht. »Dad, weinst du?«

»Nein, Baby«, sagte er und weinte.

JEMAND ANDERS

Die Freundin meines Vaters hatte eine Eigentumswohnung in einer Anlage, die einem Dorf nachempfunden war. Auf der flachen Rasenfläche, verstreut zwischen den Stuckbaracken, waren kleine Grillplätze. Hinter einer der Baracken heulte ein Laubbläser, während ich auf einem gewundenen Ziegelsteinweg meinem Vater folgte, vorbei an einem nach Chlor riechenden Swimmingpool und dann durch ein hallendes Treppenhaus. Im ersten Stock blieben wir stehen, und mein Vater öffnete mit einem Schlüssel, der an der Kette seines Schweizer Armeemessers hing, die Wohnungstür. Er rief ihren Namen – Mimi. Das war das erste Mal, dass ich ihn hörte.

Mimi saß auf einer weißen Ledercouch im Wohnzimmer und stellte mit der Fernbedienung den Ton des Fernsehers leiser, der in einer Ecke stand. Sie stand auf. Wenn sie überrascht war, mich zu sehen, so zeigte sie es nicht. Der pflaumenblaue Veloursjogginganzug passte ihrem schmalen Körper wie angegossen. Fotografien von meiner Mutter vor ihrer Heirat zeigen, dass sie auch einmal schlank gewesen war. Gegen Ende ihres Lebens jedoch war, bis auf die blassen Haare, alles an ihr dicker und schlaffer geworden. Als sie starb, trug sie eine Perücke aus echtem Menschenhaar, die ich ihr zum Geburtstag geschenkt hatte. Mimis Dauerwelle sah so ähnlich aus wie die Perücke, nur dass ihre Haare von natürlicher, üppiger Fülle waren, gewellte, goldbraune Haare, eine für eine Frau in den Fünfzigern typische Frisur.

»So lange will ich Sie schon kennenlernen«, sagte sie und umfasste meine Hände. Die Haut ihres Gesichts war beige und unnatürlich glatt, wie Nylon.

»Danke«, sagte ich. Im Fernsehen sang ein Mädchen mit gekräuselten Haaren, das ein schwarzes Vinylkorsett und einen roten Minirock aus Leder trug. Über dem Fernseher hing ein verblasstes Lackbild vom letzten Abendmahl, Jesus und die Jünger eingerahmt von einer rosa Neonröhre. Auf dem Weg zur Couch stieß mein Vater mich an, und ich sagte: »Ich habe schon viel von Ihnen gehört.«

Mein Vater drehte den Ton des Fernsehers wieder lauter und sagte: »Er muss aufs Klo.«

»Natürlich.« Unverdrossen lächelnd führte Mimi mich durch den Flur zum Bad, wo ich sie kurz angrinste und dann die Tür hinter mir schloss. Das Bad war makellos. Es duftete nach Potpourri, nicht wie in den Mietshäusern, in denen ich aufgewachsen war, wo es immer schwach nach verschimmeltem Plastikduschvorhang und Ammoniak gerochen hatte. Nach einer angemessenen Pause drückte ich die Spülung. Im Auto hatte ich zu meinem Vater gesagt, dass ich aufs Klo müsse. Nur so konnte ich mir ein Bild von der Frau machen und davon, wie sie lebte. Ich inspizierte das Arzneischränkchen, fand aber nur Aspirin, Schönheitscremes und verschiedene Nagellacksorten. Ich hatte mit einer Probepackung Viagra gerechnet, wie sie meine Ex-Frau Sam einmal im Kulturbeutel meines Vaters gefunden hatte, als er sie unvorsichtigerweise gebeten hatte, ihm seinen Nagelknipser zu holen.

Als ich das Wohnzimmer wieder betrat, war der Fernseher ausgeschaltet, und mein Vater saß auf der Couch und las Zeitung. Mimi stand an der Bar, die das Wohnzimmer von der Küche trennte, und machte Kaffee. Ein Oberlicht beleuchtete den Edelstahlofen und Elektroherd hinter ihr. Meine Mutter hatte einen altmodischen Gasherd mit Ofen gehabt, dessen Kontrolllämpchen immer wieder ausging, und als sie letztes Jahr mit dreiundfünfzig Jahren an einem Aneurysma starb, war sie in der Küche gewesen und hatte gekocht. Ich glaube, es war die Überraschung über ihren frühen Tod, die meinen Vater bei der Beerdigung übermannte, weniger der Kummer oder der Schock, als er sie auf dem Linoleumboden fand, während auf dem Herd noch ein Topf mit Hühnerknochen köchelte.

»Möchten Sie Milch in Ihren Kaffee?«, fragte Mimi.

»Tut mir leid«, sagte ich. »Aber ich muss jetzt wieder gehen.«

»Aber Sie sind doch gerade erst gekommen. Ich habe noch Biscotti und Croissants.«

»Ich wollte nur meinen Vater absetzen.« Über dem Kamin hing ein Schwarz-Weiß-Foto in einem Rosenholzrahmen. Es zeigte einen hageren Mann in den Sechzigern, der eine Brille und einen dunklen Anzug trug. »Jemand hat gestern Nacht seinen Wagen gestohlen.«

»Ja, ich weiß. Das kommt davon, wenn man in Los Angeles lebt.« Mimi fiel auf, dass ich das Foto anschaute. »Mein Mann, er ist vor fünf Jahren gestorben. Er war Senator.«

»Er muss los.« Mein Vater nahm die Zeitung herunter und stand auf. »Der Junge hat zwei Jobs.«

Ich war dreiunddreißig, aber für meinen Vater war man erst dann ein Mann, wenn man Kinder gezeugt hatte. Er und meine Mutter hatten fünf gehabt. Alle drei Söhne waren größer als er, aber die meisten Menschen neigten dazu, seine Körpergröße zu vergessen, mich eingeschlossen. Den Menschen fielen nur sein breiter Brustkasten und die muskulösen Unterarme auf, die noch so umfangreich waren wie damals, als ich als Kind an ihnen baumelte. Auch sein Körper war noch so schmal, dass er in die altmodische Fallschirmjägertarnuniform passte, die er im Krieg getragen hatte. Inzwischen holte er die Uniform nur noch alle paar Monate hervor, wenn er bei Paraden und Gedenkfeiern in Little Saigon in der Ehrengarde mitmarschierte. Dabei setzte er den stechenden Blick auf, an den Sam sich noch von ihrer ersten Begegnung her erinnerte, als sie ihn einfach immer anschauen musste – wie ein wildes Tier, das von den starrenden Augen eines noch wilderen Tiers hypnotisiert wird.

Vielleicht erging es Mimi genauso. Ihre Augen fixierten meinen Vater, als sie zu mir sagte: »Sie können jederzeit zum Abendessen vorbeikommen.« Einen Augenblick lang glaubte ich, sie meine das ernst.

Mein Vater brachte mich zur Tür und zeigte mit einem Finger auf seine Kompassuhr. Das Zifferblatt hatte die Größe eines Silberdollars, Gehäuse und Armband waren zwar zerkratzt, aber immer noch so robust wie an dem Tag im Jahr 1958, als er sie in der Fallschirmspringerschule in Fort Benning bekommen hatte. »Morgen früh musst du mich wieder zurückfahren«, sagte er. Dann machte er vor meiner Nase die Tür zu.

»Natürlich«, sagte ich. »Kein Problem.«

Er war schon immer ein sparsamer Mensch gewesen, egal ob es um Worte, Besitz oder die Ausstattung seines 82er Honda Schrägheck ging. Als er vor sechs Wochen in meiner

Wohnung aufgetaucht war, befanden sich all seine Habseligkeiten in dem Auto, in dem noch alles original war, sogar das Druckknopfradio, das nur verrauschte Mittelwellensender empfangen konnte. Ich wollte ihm behilflich sein, also griff ich nach seinem Koffer. In dem Moment, als ich ihn hochheben wollte, wusste ich, dass das ein Fehler war. Im Koffer mussten seine Hanteln sein. Stumm tickten die Sekunden herunter, während ich versuchte, ihn mit beiden Händen aus dem Kofferraum zu hieven. Als ich ihn schließlich auf den Gehweg gestellt hatte, seufzte mein Vater, hob ihn mit einer Hand hoch und stützte ihn auf seinem Oberschenkel ab. Dann warf er sich seinen Dufflecoat über die andere Schulter und drehte sich zur Treppe um. Mit Unterstützung seines Beins hievte er den Koffer von Stufe zu Stufe nach oben und überließ mir die Kleidersäcke. Im Monat zuvor war er dreiundsechzig geworden, und jeder Grunzlaut unterstrich, was ich schon hätte wissen müssen. Das Leben mit ihm würde jetzt härter werden, als es in meiner Kindheit je gewesen war.

Den ganzen Vormittag über, während ich Reklamationen bearbeitete und dabei meinen Kundenbetreuern zuhörte, stellte ich mir meinen Vater und Mimi vor, wie sie auf der weißen Ledercouch saßen und vietnamesisches Fernsehen schauten. Mimi war die erste von den Geliebten und Freundinnen meines Vaters, die ich zu Gesicht bekam, jenen mysteriösen Frauen, derentwegen meine Mutter meinen Vater hinter verschlossener Schlafzimmertür angeschrien hatte, als meine Brüder und Schwestern und ich noch kleiner gewesen waren. Jetzt hatte ich ein Gesicht und einen Namen für die Frau, die unter den Augen ihres Ehemanns neben meinem Vater saß. Mein Vater hatte nicht einmal, wie es Brauch gewesen wäre, neben den Fotos von seinen toten Eltern ein Bild meiner Mutter auf die Kommode gestellt.

Es tröstete mich, wenn ich in der Mittagspause bei Sam zu Hause anrief und ihrem Anrufbeantworter lauschte. »Hallo, Fremder«, sagte sie. »Du weißt ja, was zu tun ist.« Als Geometrielehrerin für Zehntklässler hatte sie gelernt, sich einfühlsam und freundlich auszudrücken. Sam war beliebt bei ihren Schülern, wie auch mein Vater bei seinen. Er war Vertrauenslehrer in einer Highschool, und immer an Weihnachten schickten Ehemalige dem Mann, den sie liebevoll Mr. P nannten, Dutzende von Grußkarten und brachten ihn auf den neuesten Karriere- und Familienstand. Ich bezweifelte, ob den Schülern von Mr. P jemals der Gedanke gekommen war, dass er Geliebte gehabt hatte oder in der Vergangenheit aus Flugzeugen gesprungen war und ein Bataillon Fallschirmspringer befehligt hatte. Seinen Schülern hatte er nur gesagt, dass er früher einmal Soldat gewesen sei. Er war ein bescheidener Mann, der mit seinen Bekannten oder den eigenen Kindern so wenig über sein anderes Leben sprach wie ich mit meinen Kollegen darüber, dass ich nach Feierabend auf den Parkplatz eines kleinen Supermarkts fuhr und mich auf dem Vordersitz unter Verrenkungen in eine graue Hose und einen roten Polyesterblazer zwängte. Meine Kollegen kannten mich als Kundendienstmanager einer Firma in Burbank, die Hörgeräte, Sauerstoffflaschen und Elektrorollstühle verkaufte. Nachts aber war ich Wachmann in einem Luxushochhaus am Wilshire Corridor, in der Nähe der University of California, Los Angeles. Wie Sam letztes Jahr bei einer unserer Auseinandersetzungen eingeräumt hatte, konnte niemand behaupten, ich sei faul.

Weil ich nicht mehr schlafen konnte, nachdem Sam mich verlassen hatte und meine Mutter gestorben war, war das der perfekte Job. Die Nächte im Hochhaus waren ruhig und verlangten mir nicht viel ab. Gelegentlich drehte ich eine Runde durch die Flure, die Treppenhäuser und die Parkgarage im Keller, aber die meiste Zeit saß ich in der marmornen Lobby, von wo aus ich auf einer Reihe von Monitoren jeden Winkel des Gebäudes im Auge hatte. Wenn ich nicht in einer der vielen Zeitungen las, die ich mir mitbrachte, legte ich Patiencen. Zwischen den Spielen zog ich wahllos eine Karte aus dem Stapel, und wenn es das Pikass war, rief ich bei Sam an. Wenn sie abhob, sagte ich nichts und zählte mit, wie oft sie »Hallo?« sagte, bevor sie wieder auflegte.

Sie war eine geduldige Frau, aber letztes Jahr, an ihrem vierunddreißigsten Geburtstag, war sie mit ihrer Geduld am Ende gewesen. Zur Feier des Tages waren wir in das Palms Thai Restaurant auf dem Hollywood Boulevard gegangen. Sie war ein Fan des Thai-Elvis, der jeden Abend auf der Bühne in einem anderen Kostüm seine schimmernden Hüften schwang. An jenem Abend trug er einen Hosenanzug aus Goldlamé und sang eine passable Version von »(Let Me Be Your) Teddy Bear«, wobei er hin und wieder mit einem juwelenberingten Finger seine rosa getönte Sonnenbrille auf dem Nasenrücken hochschob.

»Ich möchte ein Kind, Thomas.« Fast schüchtern strich sich Sam eine lange Haarsträhne hinters Ohr. »Und ich möchte es mit dir.« Die Strähne war lila gefärbt, die restlichen Haare waren naturbrünett. Ein stecknadelkopfgroßer Diamantstecker glitzerte an ihrem rechten Nasenflügel, und auf das rechte Handgelenk hatte sie sich meine Initialen tätowieren lassen – damit sie immer an mich denkt, wenn sie auf die Uhr schaut, hatte sie gesagt. Aus irgendeinem Grund hatte ihre rebellische Art meinen Vater entzückt, und zwar so sehr, dass er nach der Scheidung mir die Schuld gab.

»Ich weiß nicht, ob ich dafür schon bereit bin«, sagte ich zu Sam. Das war nicht das erste Mal, dass wir darüber diskutierten. »Ich weiß nicht, ob ich mit Kindern umgehen kann.«

»Hör endlich auf damit, Thomas. Du wirst nicht wie dein Vater.«

Mein Vater war ein Mensch, der fast ein ganzes Jahrzehnt lang meinen Bruder und mich bei Tagesanbruch von unserer Schlafcouch scheuchte, um mit uns Gymnastik zu treiben. Wir machten Liegestützen, bei denen eine unserer Schwestern auf unseren Rücken saß, und Sit-ups, bei denen wir uns die ungekürzte Fassung des Webster's Dictionary auf die Brust drückten. Hinter dem Haus rannten wir über einen Hindernisparcours aus alten Autoreifen und plagten uns am Ast einer Eiche so lange ächzend mit Klimmzügen, bis wir herunterfielen. Wir machten Schießübungen mit einem Luftgewehr und zielten dabei auf mit Sand gefüllte Budweiser-Dosen. Und wir liefen Meile um Meile, bis einer von uns kotzen musste, was mein Vater als Beweis dafür nahm, dass er erfolgreich in seinem Bestreben war, richtige Männer aus uns zu machen.

»Er ist geistesgestört.« Ich hatte gedacht, Sam würde die Gefahr erkennen. »Hast du keine Angst, dass ich mir meine eigene Armee heranzüchte? Oder mir nebenbei eine Freundin halte?«

»Wie gesagt.« Sam schenkte sich aus dem Krug, der auf dem Tisch stand, ein Glas Wasser ein. »Du bist nicht dein Vater.«

Meine Schicht endete bei Morgengrauen. Von der Westside brauchte ich mit dem Wagen eine Dreiviertelstunde bis zu meiner Wohnung auf der Eastside. Sie lag in einer Seitenstraße des ansteigenden Abschnitts des Sunset Boulevard, nicht weit von der Stelle, wo der Sunset in die César Chávez Avenue überging. Hier im Echo Park, wohin ich nach der Scheidung gezogen war, gehörten Autodiebstahl und am Himmel schwebende Polizeihubschrauber zum Alltag. Als dann im Sommer meine Mutter starb, wusste ich schon, wie Einsamkeit sich anfühlte, und ich hatte den Verdacht, dass auch mein Vater einsam sein könnte, und so fragte ich ihn am Tag nach der Beerdigung, ob er bei mir einziehen wolle. Ich hatte nicht erwartet, dass er Ja sagen würde.

Heute war mein freier Tag von beiden Jobs, aber nach nur zwei Stunden Schlaf stand ich wieder auf, duschte, rasierte mich und zog mich an. Dafür brauchte ich eine Viertelstunde, und eine weitere halbe Stunde später war ich vom Echo Park in Mimis Viertel gefahren, dem Mekka der Chinesen auf dem Atlantic und dem Valley Boulevard. Sie trug einen rosa Veloursjogginganzug, als sie mir die Tür öffnete. Nach seinem Morgenlauf stand mein Vater gerade unter der Dusche, ich hörte ihn singen. Mimi bestand darauf, mir einen Kaffee zu machen. Sie kam mit einem Glas Eis in der einen Hand und einem Glas mit Kondensmilch in der anderen wieder. Auf dem Glas stand ein rostfreier Stahlfilter. Während wir darauf warteten, dass der schwarze Kaffee durchlief, sagte sie lächelnd: »Ihr Vater spricht in den höchsten Tönen von Ihnen.«

»Sicher nicht annähernd so, wie er von Ihnen spricht.«

»Er sagt, Sie arbeiten in der Medizinbranche.«

»Ich verkaufe Hörgeräte. Und nachts arbeite ich als Wachmann in einem Hochhaus.«

»Ich verstehe.« Wir hörten, dass der Kaffee zu tröpfeln aufgehört hatte.

»Es ist ein Hochhaus mit Luxuswohnungen«, sagte ich. »Die Frauen tragen Pelzmäntel, einfach weil sie es sich leisten können.«

Mimi lächelte wieder, und ich sah im hinteren Bereich ihres Mundes einen Goldzahn glänzen. »Für einen Jungen in Ihrem Alter ist es nicht gut, wenn er keine Frau hat«, sagte sie. »Ihr Vater sagt, dass Sie nicht mal mit jemandem ausgehen.«

»Ich komme gerade erst wieder zu Kräften.«

Mimi ging nicht darauf ein, sondern beschrieb mir die jungen Frauen aus ihrem Tempel und die aus ihrem alten Viertel in Can Tho, die alle nach Männern mit amerikanischem Pass Ausschau hielten. Vietnamesische Frauen, informierte sie mich, während sie sich vorbeugte und mir die Hand aufs Knie legte, seien viel bessere Partnerinnen als amerikanische Frauen, die seien launisch und anstrengend. Vietnamesische Frauen kümmerten sich um ihre Männer und liebten sie abgöttisch, und ebendiese Frauen wollten Männer wie mich, nicht zu amerikanisch und nicht zu vietnamesisch. Sie nickte meinem Vater zu, der gerade in der Tür erschien, fertig angezogen mit Buttondown-Hemd und knitterfreier Hose. Ohne sie zu beachten, schaute er mich an und sagte: »Heute mieten wir ein Auto.«

»Bist du bis zum Abend zurück?«, fragte Mimi.

»Morgen«, sagte er. »Los jetzt, beeil dich, trink deinen Kaffee aus, bevor das Eis schmilzt.«

Als ich ausgetrunken hatte, schob er mich sofort nach draußen. Im Auto rasselte er mit seinen Schlüsseln in der Jackentasche und sagte erst etwas, als wir an der Stelle, wo die Harbor und Hollywood Freeways sich kreuzten, im Stau stecken blieben. Über dem Freeway Richtung Downtown, dessen Türme hinter einem Vorhang aus Smog nur als geisterhafte Silhouetten erkennbar waren, kreiste ein Geschwader

Nachrichtenhubschrauber. Ich zündete mir eine Zigarette an, und mein Vater kurbelte sein Fenster herunter. Nach dem Tod meiner Mutter hatte er seine Angewohnheit, täglich eine Schachtel Zigaretten zu rauchen, aufgegeben, obwohl sie gegen das Passivrauchen nie protestiert hatte. Sie klagte nur über ihre Migräne, die sie zwang, sich im völlig abgedunkelten Schlafzimmer hinzulegen. »Mein Kopf«, stöhnte sie. »Mein Kopf.«

»Wann hast du zuletzt mit ihr gesprochen?«, fragte er.

»Mit wem?« Ich dachte, er meinte meine Mutter.

»Sam.«

»Ist schon Monate her.« Ich blies Rauch aus meinem Seitenfenster. »Sie hat angerufen, um mir ihr Beileid wegen Ma auszusprechen.«

»Wie willst du sie zurückkriegen, wenn du nicht mit ihr sprichst?«

»Das geht dich nichts an.«

»Du gibst zu schnell auf.« Das Gleiche hatte Sam auch gesagt, kurz nachdem wir uns im letzten Collegejahr kennengelernt hatten. »Schau dich doch an«, sagte er.

Ich schaute an mir hinunter. »Und, was ist mit mir?«

»Du hast zugenommen. Du bist nicht gekämmt.« Er zupfte an meiner Hose. »Und du hast deine Hose nicht gebügelt. Ein Mann muss immer seine Kleidung bügeln.«

»Ich dachte, Ma hätte deine Sachen gebügelt.«

»Der Punkt ist: Du siehst grauenhaft aus.« Um seiner Kritik Nachdruck zu verleihen, schlug er mit der Hand aufs Armaturenbrett. »Wie viele rauchst du am Tag?«

»Sechs oder sieben.«

»Mach sie aus.« Als ich nicht reagierte, riss er mir die Zigarette aus dem Mund, warf sie aus dem Fenster und kniff mir dann heftig in meinen Hüftspeck. »Du fühlst dich sogar an wie eine Frau.«

»Herrgott noch mal!« Ich stieß seine Hand weg. »Hör auf damit.«

»In dem Zustand kriegst du Sam nie zurück.«

»Wer sagt, dass ich das will?«

»Sei kein Idiot. Du warst nur ein halber Mann, bevor du sie kennengelernt hast, und das bist du jetzt wieder.«

In dem niedrigen Mitsubishi, der links neben uns stand, konnte ich auf den Minibildschirmen in den maßgefertigten Kopfstützen Bilder von einem überfüllten Highway sehen. Die Kamera zoomte auf ein Team Streifenpolizisten in hellbraunen Uniformen, die mit gezogenen Pistolen einen Wagen umringten. Eine Liveschaltung von unserem Freeway, aufgenommen von einem Nachrichtenhubschrauber.

»Und du?«, fragte ich. »Heiratest du die Frau? Und besorgst dir dann noch eine für nebenher?«

Hinter mir fing jemand an zu hupen, und schnell fielen überall auf dem Freeway auch andere in den Lärm ein. Ich erinnerte mich, dass meine Mutter mich einmal beiseitegenommen hatte, als ich elf oder zwölf war, und von mir wissen wollte, wohin mein Vater an den Freitagabenden verschwand. Ich hatte keine Ahnung. Aus irgendeinem Grund verängstigte mich ihre Frage mehr als der Vorfall, als er vor ihr ins Badezimmer geflüchtet war, sie mit einem Stuhl auf die verschlossene Tür eingeschlagen und mit den Stuhlbeinen faustgroße Löcher in die Wabentür gerissen hatte.

»Sam ist eine gute Frau.« Mein Vater streckte die Hand aus, drückte einmal, zweimal und noch einmal auf die Hupe. »Du hättest sie nie gehen lassen dürfen.«

Wie um ihm zu beweisen, was für eine Null ich sei, fing ich an zu weinen.

Mein Vater schaute starr geradeaus, und ich wusste, dass er an die Beerdigung dachte. Während der Messe hatten weder er noch ich eine Träne vergossen, aber als ich ihn von der Kirche zum Friedhof fuhr, zerbrach etwas in meinem Innern, und die Tränen strömten aus mir heraus. Auch damals war mein Vater verstummt. Ich glaube, er machte sich Sorgen, dass ich das Auto zu Schrott fahren würde. Erst als ich aufhörte zu weinen, sprach er weiter über die Totenwache. Doch heute, mit den lärmenden Hupen um uns herum, seufzte mein Vater und sagte: »Das reicht jetzt. Es wird Zeit, dass wir etwas unternehmen wegen dir.«

Die Autos setzten sich wieder in Bewegung. Das Hupen hörte auf, und mein Vater schaltete das Radio ein. Er drehte zu einem Softrock-Sender, wo gerade Paul McCartney und Stevie Wonder »Ebony and Ivory« sangen. Ich wusste nicht, was er mit »etwas unternehmen« meinte. Er hatte das immer gesagt, bevor er meinen Bruder oder mich bestraft hatte. Das Gleiche hatte er auch gesagt an dem Tag, als ich als Viertklässler aus der Schule nach Hause gekommen war und ihm erzählt hatte, dass ein Junge, der bei uns in der Straße wohnte, auf den Lunch aus Sardinen und Reis gespuckt hatte, den meine Mutter mir eingepackt hatte. Und dann hatte mich der Junge eine schlitzäugige Schwuchtel genannt.

Damals war mein Vater noch nicht Vertrauenslehrer an der Highschool. Er war Nachtwächter in einem Bürogebäude in der Innenstadt und Teilzeitstudent an der Cal State L.A. Ich musste ihm den Weg von unserer Wohnung zum Haus des anderen Jungen zeigen, wo ich auf dem Gehweg wartete, während mein Vater in seiner Nachtwächteruniform die Treppenstufen hinaufging und an die Haustür klopfte. Der Mann, der auf die Veranda trat, war fünfzehn bis zwanzig Zentimeter größer als mein Vater und trug einen Blaumann, dessen Reißverschluss bis über die Wampe heruntergezogen war. Krause braune Haare bedeckten seine Handrücken, quollen aus dem Kragensaum des T-Shirts und sprossen aus seinen Ohren – sie wuchsen überall, außer auf seinem Kopf.

Sie sprachen leise, es klang wütend, aber verstehen konnte ich nichts – bis der andere Vater sagte: »Einen Scheißdreck werde ich.« Ohne ein weiteres Wort trat ihm mein Vater zwischen die Beine, und dann, als der Mann sich krümmte, schlug er ihm auf die Kehle. Nachdem der Mann vornüber auf die Veranda gestürzt war, sah ich seinen Sohn, der mit weit aufgerissenen Augen hinter der Fliegengittertür stand. Ohne sich noch einmal umzuschauen, ging mein Vater auf mich zu. An seinem Gesichtsausdruck war weder Freude noch Aufregung abzulesen, als er mir die Hand auf die Schulter legte und ich einen Augenblick lang glaubte, er würde von mir verlangen, den Sohn des Mannes zum Kampf zu fordern. Aber er ließ die Hand auf meiner Schulter liegen und führte mich ohne ein Wort nach Hause, wobei er mir den ganzen Weg über die Schulter tätschelte.

Bei Enterprise Rent-A-Car in Los Feliz mieteten wir ein Auto, einen Ford, so groß wie ein Golfwagen und mit nur wenig mehr PS. Mein Vater fuhr mit mir zu seinem Friseur, der sein Geschäft in einer Seitengasse vom Broadway im alten Teil von Chinatown hatte. Der Mann, der orangefarbene Haare hatte und einen Nietengürtel trug, fuhr mir mit seiner Schere durchs Haar und erzählte dabei kichernd von den guten alten Zeiten mit den Zwanzigdollarnutten in Saigon.

Als er fertig war, war ich mir nicht sicher, was hässlicher war, der gemietete Ford oder mein Haarschnitt, der so kurz war, als hätte man mich gerade aus der Armee entlassen. Als wir an jenem Abend vor Sams Haustür in Baldwin Hills standen, konnte ich den Wind auf meiner Kopfhaut spüren. Sam war nach der Scheidung hierhergezogen, in ein Reihenhaus auf den Hügeln oberhalb des La Cienega Boulevard, von wo man die Bohrtürme eines alten Ölfelds sehen konnte.

»Das ist ein Fehler«, sagte ich.

Er klopfte an die Haustür. »Wir haben sie schon ewig nicht gesehen, wir reden einfach ein bisschen.«

Mein Vater hatte gesagt, wir seien im Vorteil, obwohl wir uns auf Sams Territorium befänden. Aber er wurde langsam alt, denn das war alles, was er als Plan, etwas wegen mir zu unternehmen, vorzuweisen hatte. Er hatte vergessen, ein Worst-Case-Szenario zu entwerfen. Aber selbst wenn er daran gedacht hätte, glaube ich nicht, dass er auf Sams Anblick vorbereitet gewesen wäre, als sie die Tür öffnete. Sie trug ein Umstandskleid mit Rüschen aus kreppartigem Material, das ihren geschwollenen Bauch wie eine Piñata aussehen ließ.

»Oh«, sagte sie. Ihr Haar war zu einem Pagenkopf geschnitten und blond gefärbt. Man konnte die braunen Wurzeln sehen. »Ihr seid die Letzten, die ich erwartet hätte.«

»Du bist schwanger«, sagte ich.

»Schön, dass dir das auffällt, Thomas. Hallo, Mr. P.«

»Schau einer an«, sagte mein Vater.

»Ich freu mich auch, dich zu sehen.«

Hinter ihr im Wohnzimmer lief der Fernseher, eine Stimme war zu hören. »Ich will ja nicht unhöflich sein, aber ihr hättet anrufen sollen.«

»Wir haben gerade eine kleine Spritztour gemacht«, sagte ich. »Da dachten wir, schauen wir mal vorbei.«

Sam wusste, dass mein Vater und ich nicht nur so zum Spaß zusammen durch die Gegend fuhren, aber sie bat uns trotzdem herein. Ich erwartete einen Mann, betrat vorsichtig das Wohnzimmer, schaute nach links und nach rechts. Nach Schulklassen geordnet ragten Stapel von Klausuren von einem avocadofarbenen Flauschteppich auf, der vor den Chromfüßen einer Couch aus schwarzem Lederimitat lag. Die hatten wir zusammen in einem der koreanischen Läden auf der Western Avenue gekauft. »Entschuldigt das Durcheinander«, sagte Sam und ließ sich behutsam auf der Couch nieder.

Mein Vater beschlagnahmte den Lehnsessel, sodass mir nur das eine Ende der Couch blieb. Ich stupste mit der Fußspitze gegen einen Klausurenstapel, auf dessen oberstem Blatt ein »C« stand. »Keine Überflieger, oder?«

»Ich glaube, ich lasse nach.«

Es heißt, schwangere Frauen leuchteten auf wunderschöne Weise vor Liebe und Erwartung. Ich hatte mir dieses Leuchten immer als eine Art Aura vorgestellt, aber auf Sams aufgedunsenem Gesicht leuchtete lediglich ein Öl- und Schweißfilm. »Wenn ich vor der Klasse stehe, habe ich nicht mehr so viel Energie wie früher«, fuhr sie fort. »Und das färbt auf die Schüler ab.«

»Ein Lehrer muss mit gutem Beispiel vorangehen«, stellte mein Vater fest.

»Das hast du schon immer gesagt, Mr. P.« Sie schloss kurz die Augen. Sie sah müde aus. »Wenn ihr ein Bier wollt, bedient euch. Ohne Kran komme ich schon fast nicht mehr hoch.«

»Du hast Bier?«, sagte ich.

»Für Besucher.«

Wir hätten aus Höflichkeit ablehnen sollen, aber mein Vater stand sofort auf und ging in die Küche. Sam legte die Hände auf ihren Bauch und schaute mich gleichmütig an. »Was machst du so, Thomas?«

»Arbeiten. Und schlafen.«

»Ich auch.«

»Mein Vater ist bei mir eingezogen.«

Sie lachte. »Das ist sicher interessant. Wer kocht?«

»Er natürlich.« Mein Vater kam mit zwei Bier, einer Schale Brezeln und einem Glas Wasser zurück. »Der Meister der Instantnudeln.«

»Danke, Mr. P«, sagte Sam, als mein Vater ihr das Glas Wasser gab. »Ich muss etwas abkühlen. Ich habe gerade eine Hitzewallung.«

Wir verstummten und schauten uns die Doku über die grausamen Praktiken der Fleischindustrie an. Als mein Vater schließlich das Schweigen brach und die Einrichtung des Hauses lobte, sagte Sam, dass das meiste davon ihrer Mitbewohnerin gehöre, auch eine Lehrerin, die heute Nacht außer Haus sei. Mein Vater deutete mit der Bierflasche zum Fernseher, auf dem eine aus Teak geschnitzte Pfeife stand, die einen Drachen mit einem Klumpen Opium im Maul darstellte. »Wo hast du die gekauft?«

»Hue.« Sie sprach den Namen korrekt aus, mit Betonung auf dem E. »Aber richtig rauchen kann man damit nicht.«

»Du warst in Vietnam?«, sagten mein Vater und ich unisono.

»Letztes Jahr. Ich habe die Sommerschule ausgelassen und bin stattdessen mit dem Rucksack losgezogen. Manchmal ...« Sie hielt kurz inne. »... braucht jedes Mädchen eine Auszeit.«

»Hast du an mich gedacht?«

Sam verlagerte schwerfällig ihr Gewicht, setzte das eine Bein auf den Boden und schlug das andere darüber. Die Knöchel und die Waden waren geschwollen. »Natürlich habe ich an dich gedacht.« Sie lächelte mich an, als sei ich einer ihrer Schüler. Dann schaute sie zu meinem Vater, der die Rauputzdecke begutachtete. »Und auch an dich, Mr. P.«

»Ich werde nie wieder zurückkehren.« Er klopfte mit der Bierflasche auf den Couchtisch. »Du kennst die Kommunisten nicht. Ich kenne sie.«

»Die sind nicht so übel. Die wollen auch nur leben.«

Mein Vater schüttelte energisch den Kopf. »Du bist Ausländerin. Du weißt nichts. Die nehmen dir dein Geld und schmieren dir Honig ums Maul.«

»Vielleicht solltest du mal hinfahren«, sagte Sam ruhig. »Dann kannst du Frieden machen mit dir selbst.«

»Nie mehr werde ich da hinfahren.« Mein Vater fuhr sich mit dem Zeigefinger quer über den Hals und machte ein kehliges Geräusch. »Wenn ich zurückgehe, verhaften sie mich als Kriegsverbrecher und stecken mich in ein Umerziehungslager. Du würdest nie mehr was von mir hören.«

Bevor mein Vater sich darüber auslassen konnte, was die Kommunisten angerichtet hatten oder anrichten würden, stemmte sich Sam von der Couch hoch. Die Geschichten konnten den ganzen Abend dauern. »Entschuldigt mich«, sagte sie. »Ich muss mal aufs Klo.«

Nachdem sie das Zimmer verlassen hatte, schaute mein Vater mich an, deutete zischend auf seinen Bauch und malte mit der Hand einen Halbkreis in die Luft. Ich reagierte nicht, sondern stand auf und suchte im Wohnzimmer nach Anzeichen für die Existenz eines Mannes. Aber ich entdeckte nur das Beiwerk unseres gemeinsamen Lebens. Bei der Scheidung hatte ich Sam bis auf die Hälfte des Geldes alles überlassen, allerdings hatte ich nicht erwartet, dass sie die Erinnerungsstücke ausstellen würde. Auf dem Kaminsims standen die Statuetten der Hula-Tänzerinnen von unserer Hochzeitsreise nach Hawaii, und im Bücherregal lagen die Delfinen nachempfundenen Kristallbriefbeschwerer, die wir in Puerto Vallarta gekauft hatten. Über der Heizung hing der Druck von Robert Doisneau, den ich ihr in ihrem Abschlussjahr gekauft hatte, das Schwarz-Weiß-Foto mit dem Mann und der Frau, die sich auf einer Straße in Paris küssen.

Neben den Briefbeschwerern stand eine lackierte Schmuckschatulle mit Perlmuttintarsien, die sie wahrscheinlich in Vietnam gekauft hatte. Wir hatten oft darüber gesprochen, nach Vietnam zu fahren, aber eigentlich hatte ich nie richtig gewollt. Ich war noch nicht mal dort geboren, meine Mutter hatte mich in einem Flüchtlingslager auf Guam zur Welt gebracht, wo mich mein Vater nach dem amerikanischen Ausbilder nannte, der ihm die Kompassuhr geschenkt hatte. Ich verstand nicht, was Sam nach Vietnam zog, außer vielleicht das Bedürfnis, mit sich selbst Frieden zu machen. Vielleicht hatte es geklappt. Sie machte einen glücklichen Eindruck, als sie zwei Kuverts mit Fotos holte und uns die Geschichten erzählte, die damit verbunden waren. »Ein wunderschönes Land.« Das sagte jeder. »Arm und heiß, aber wunderschön.«

Widerwillig stieß mein Vater verzückte Grunzlaute aus, während er die Fotos studierte. Sam war in Saigon gelandet und dann in nördlicher Richtung weitergereist: nach Hue und Hanoi und hatte von dort aus Abstecher in die Halong-Bucht und die Berge von Sa Pa gemacht. Über die meisten dieser Orte hatte mein Vater nur gelesen, da der Krieg seine Generation daran gehindert hatte, das eigene Land kennenzulernen.

Er gab mir ein Foto, das Sam auf dem Deck eines Boots zeigte. Sie trug einen Safarihut und den taubenblauen Wanderpulli von North Face, den ich ihr zu Weihnachten geschenkt hatte. Die Sonne hatte die Sommersprossen auf ihrer rosa getönten Haut bis zur Unsichtbarkeit ausgebleicht. Sie lehnte an einem Mann mit sandblonden Dreadlocks, die ihm bis auf die Schultern fielen.

»Ist das der Vater?« Ich tippte mit dem Zeigefinger hart auf das Gesicht des Mannes.

Sie seufzte. »Bitte, Thomas, sei nicht albern.«

»War nur eine Frage.«

»Du hattest deine Chance, Thomas. Wir beide hatten unsere Chance.«

»Entschuldigt mich«, sagte mein Vater, stand auf und ging ohne ein weiteres Wort durch die Haustür nach draußen. Nachdem er die Tür hinter sich geschlossen hatte, schüttelte Sam den Kopf und sagte: »Keiner von euch hat sich auch nur ein bisschen verändert.«

»Das würde ich nicht sagen.«

»Hast du dich verändert, Thomas? Abgesehen von deiner Frisur?«

»Du bist diejenige, die sich verändert hat.« Ich war jetzt laut. »Bleib beim Thema.«

»Eine Frau kann ein Baby auch allein haben.« Anders als sonst, wenn wir stritten, wurde ihre Stimme nicht laut, sondern blieb verhalten, als würde das ungeborene Baby sie dämpfen. »Eine Frau braucht keinen Mann als Vater für ihr Kind, Thomas.«

»Und die Erde ist eine Scheibe, oder was?«

»O mein Gott.« Sie zog die Worte sarkastisch in die Länge. So wie sie früher beim Abendessen immer die Schüler aus ihrem Unterricht imitiert hatte. »In welchem Jahrhundert lebst du?«

Ich wollte sie fragen, was eine Frau ohne Ehemann, ein Kind ohne Vater sei, aber diese Fragen kamen mir nicht über die Lippen. »Wer ist der Vater?«, fragte ich.

»Du hast nicht das geringste Recht, mich das zu fragen.«

Vielleicht war es ein Lehrerkollege oder jemand, den sie über das Internet kennengelernt hatte, oder ein Fremder, mit dem sie sich an irgendeinem Abend in einer Bar betrunken hatte. Vielleicht war es auch ein glücklicher vietnamesischer Reiseführer. Beim Gedanken an die anderen Männer griff ich nach der Bierflasche und trank. Nicht weil ich Durst hatte, sondern um die Flasche nicht in den Fernseher zu schleudern. Als ich ausgetrunken hatte, stand Sam auf und ging zur Tür, worauf mir nichts anderes übrig blieb, als ihr zu folgen. Ich setzte gerade einen Fuß auf die Schwelle, als ich überraschenderweise meinen Namen vernahm und mich hoffnungsvoll umdrehte.

»Komm nicht wieder, Thomas«, sagte sie. Hinter ihr erzählte die Stimme im Fernseher etwas über Pipelines von Ölmultis und nigerianische Diktatoren. »Das tut keinem von uns gut, das weißt du auch.«

Mein Vater saß im Ford. Er rauchte eine Zigarette von den Camels, die ich auf dem Armaturenbrett hatte liegen lassen. Musik lief. Da er amerikanische Musik nicht mochte, hatte er eine CD mit melancholischen Balladen von Khanh Ly mitgebracht. Ihre Stimme, sagte er gern, befördere ihn zurück ins Jahr 1969. Ich stieg ein und schaltete die Musik aus. Die Straße lag leer und ruhig da. Nur das Brummen des Verkehrs vom nahen La Cienega Boulevard und das Bellen eines Hundes weiter oben auf dem Hügel waren zu hören.

»Das war wirklich eine großartige Idee«, sagte ich. Er warf die Zigarette aus dem Fenster.

»Hat sie dir gesagt, wer der Mann ist?«

»Nein.« Ich löste die Handbremse und fuhr langsam auf die Straße, die zu beiden Seiten Stoßstange an Stoßstange zugeparkt war. Als wir die Straße halb den Hügel hinuntergefahren waren, sagte mein Vater plötzlich: »Halt an.« Sams Toyota stand neben uns, die Kühlerhaube zeigte bergab, die Reifen waren zum Randstein eingeschlagen. Das Auto war verwittert und grau, in den Staub des Rückfensters hatte jemand ein grimassierendes Gesicht gemalt.

»Mach das Licht aus«, sagte mein Vater. Er wartete, bis es dunkel war, dann zog er sein Schweizer Armeemesser hervor und stieg aus. Nachdem er einmal um den Toyota herumgegangen war, kniete er sich vorne links neben dem Radkasten auf den Boden und stützte sich mit dem linken Arm daran ab. Dann stach er mit dem Messer, das er in der rechten Hand hielt, in den Reifen, ruckelte mit der kurzen Klinge einige Sekunden lang hin und her, bis der Einschnitt fast zehn Zentimeter lang war. Sollte das Messer ein Geräusch verursacht haben, so hatte ich es nicht gehört.

Nachdem er das an den drei anderen Reifen wiederholt hatte, klappte er das Messer zu, stand auf, stützte die Hände in die Hüften und begutachtete sein Werk. Ich blickte die Straße entlang, aber der Gehweg lag vollkommen verlassen da, in den Fenstern war das blaue Leuchten der Fernseher zu sehen, aber es schaute niemand auf die Straße. Als ich mich wieder zum Toyota umdrehte, war mein Vater verschwunden. Kurz schoss mir der Gedanke durch den Kopf, dass er weggelaufen war, aber dann tauchte er auf der anderen Seite des Toyota wieder in meinem Blickfeld auf. Er hielt einen

Steinbrocken von der Größe einer Grapefruit in der Hand. Dann stellte er sich breitbeinig hin, hob den Brocken hoch über den Kopf und schleuderte ihn mit ganzer Kraft auf die Windschutzscheibe, die knackte, sich unter dem Aufprall nach innen wölbte, aber standhielt. Der Stein blieb im Glas stecken, während das Echo den Hügel hinauf- und wieder hinunterhüpfte.

Als er wieder neben mir im Wagen saß, sagte ich: »Du bist verrückt, weißt du das?«

»Fahr einfach«, sagte er mit zusammengebissenen Zähnen. »Und mach das Licht erst an, wenn wir unten sind.«

Dort angekommen fuhr ich um die Kurve, schaltete die Scheinwerfer ein und gab Gas. »Ich erkenne dich nicht wieder.« Ich schlug mit der Faust aufs Lenkrad. »Wie kann jemand nur auf so eine Scheißidee kommen?«

»Sie wird denken, es war einer von den Schwarzen.«

In allen Wagen um uns herum saßen schwarze Fahrer.

»Das habe ich nicht gemeint.«

»Warum hast du dann nichts gesagt?« Mein Vater lehnte den Kopf an die Kopfstütze und schloss die Augen. »Du hättest das Fenster runterkurbeln und mich aufhalten sollen. Du hättest hupen können, das hätte die Leute an die Fenster getrieben.«

Wir fuhren an den Bohrtürmen vorbei, Schattenrisse in Form gigantischer nistender Pelikane. Bevor Sam nach Baldwin Hills gezogen war, hatte ich nicht einmal gewusst, dass es in Los Angeles Öl gab. Aber ich schätze, Öl findet man überall auf der Welt, so wie Zorn und Leid. Ein Mensch musste nur wissen, wo er zu suchen hat. »Du hast dich noch nie von etwas abhalten lassen«, sagte ich. »Jedenfalls nicht, wenn es um etwas ging, was du wolltest.«

»Weil ich an alles, was ich je getan habe, auch geglaubt habe.«

Als wir die Auffahrt zum Santa Monica Freeway hinauffuhren, rumpelte das Auto über eine Bodenwelle. Er fluchte und fasste sich an den Nacken, als habe ihn eine Kugel gestreift.

»Was ist?«

Er öffnete die Augen. »Ich glaube, ich habe mir einen Muskel gezerrt.«

»Geschieht dir recht.«

»Du weißt doch gar nicht, was der Unterschied zwischen Recht und Unrecht ist.« Seine Stimme verriet nicht einen Hauch von Zorn. »Was richtig ist und was falsch, weiß ein Mann erst, wenn er eine Entscheidung trifft.«

»War es richtig, Ma zu betrügen?« Vor uns in der Ferne glitzerten die spärlichen Lichter der Downtown-Türme. »War es richtig, sie ins Grab zu bringen? Glaubst du, du hast das Richtige getan?«

Mein Vater seufzte so, wie er in meiner Kindheit immer geseufzt hatte, wenn er morgens ins Wohnzimmer kam und uns schlafen sah oder wir uns schlafend stellten und hofften, er würde uns nicht aus dem Bett zerren. Ich wartete darauf, dass er mich als Antwort auf meine Fragen ins Ohr kniff oder auf den Arm boxte. Aber er reagierte nicht und blieb ruhig, bis wir durch Downtown fuhren. Dann sagte er: »Ich habe deine Mutter nie geliebt.«

»Ich will das nicht hören.«

»Aber ich habe sie respektiert«, fuhr er fort. »Sie war eine pflichtbewusste, eine gute Frau. Mein Vater hatte sie für mich ausgesucht, weil sie ein braves Mädchen war. Obwohl er wusste, dass ich jemand anderen liebte. Das ist der Grund, warum ich für dich keine Frau ausgesucht habe. Ich wollte, dass du eine Frau findest, die du liebst.«

»Es geht jetzt nicht um mich, oder?«

»Um wen sonst?«

Er schloss wieder die Augen, und von Downtown bis zur Wohnung sprachen wir kein Wort mehr. Zu Hause in seinem Zimmer half ich ihm, das Hemd auszuziehen und sich ins Bett zu legen. Ich hielt ihn an den Schultern, während er seinen Hals und Kopf umfasste und auf das Kissen sinken ließ. Ich sah die etwa fünfzehn Zentimeter lange Narbe auf seiner Brust, die ich schon als Kind gesehen hatte, wenn er nur mit einem Handtuch um die Hüften aus der Dusche gekommen war. Da er uns nie etwas über seine Zeit im Krieg erzählt hatte, dachten wir uns Geschichten aus, wie man ihm in die Brust geschossen oder wie ihm der Mann von einer seiner Geliebten ein Messer in die Brust gerammt hatte. In meiner Erinnerung war die Narbe ein grellroter Blitz, der zwischen Brustbein und Herz saß, aber im trüben Licht seines Zimmers war sie nichts als ein rosa Reißverschluss, der die faltige, schlaffe Haut zusammenhielt.

In der Schublade seines Nachttischs fand ich neben einer Flasche Eukalyptusöl und einer Schachtel Schmerzpflaster auch Schlaftabletten. »Hier«, sagte ich und ließ eine Tablette in seinen Mund fallen. Er schluckte sie ohne Wasser hinunter. Dann drehte ich ihn auf den Bauch, weil er auch das ohne funktionierende Nackenmuskeln nicht allein geschafft hätte. Ich träufelte etwas Eukalyptusöl auf Schultern und Nacken und begann ihn zu massieren. Es dauerte nicht lange, bis er gleichmäßig atmete und dann einschlief. Ich klebte ihm ein Schmerzpflaster auf den Nacken. Der medizinische Geruch erinnerte mich an die Zeiten, als er mir nach besonders harten Morgenübungen so ein Pflaster aufgeklebt hatte.

Ich nahm sein Hemd und öffnete den Kleiderschrank. Ich hielt den Bügel in der Hand, als mein Blick auf das Regal über der Kleiderstange fiel, wo ein Styroporkopf mit der Perücke meiner Mutter stand. Weshalb er ausgerechnet so etwas aufhob, konnte ich nicht begreifen. Ich hängte schnell das Hemd auf, machte das Licht aus und ging in mein Zimmer. Ich lag wach im Bett und lauschte den Polizeihubschraubern, die fast jede Nacht am Himmel kreisten, und der spanischen Rockmusik, die immer von der überfüllten evangelikalen Kirche am Fuß des Hügels heraufwehte. Aber alles kam mir so seltsam still und gedämpft vor, dass ich schon glaubte, in der falschen Wohnung zu sein. Und wenn ich die Augen schloss, sah ich wieder den Kopf und das ovale Gesicht mit der gebogenen Nase und den dünnen Lippen, wie es weiß, ausdruckslos und ohne Augen auf mich herunterschaute.

Am späten Abend des nächsten Tages fand die Polizei in einer Seitenstraße in Boyle Heights den Honda meines Vaters. Am Morgen danach, ich lag noch im Bett und schlief zwischen meinen beiden Schichten, fuhren mein Vater und Mimi zur Verwahrstelle, um den Wagen abzuholen. Als sie zurückkamen, war ich schon auf und trank meinen Kaffee, schwarz, ohne Zucker. Ein Lied pfeifend, das ich nicht kannte, öffnete mein Vater die Haustür und kam mit Mimi im Schlepptau herein. »Es geschehen noch Zeichen und Wunder«, sagte er. »Das Auto ist völlig okay. Die Polizei meint, ein paar Bürschchen hätten es sich für eine Spritztour ausgeliehen.«

»Glück gehabt«, sagte ich.

»Die kleinen Mistkerle haben mir sogar ein Geschenk dagelassen.« Kichernd streckte er die Hand aus, auf der ein billiges herausnehmbares Autoradio mit CD-Deck lag. Wegen seines verspannten Nackens wirkte die Bewegung steif und plump. »Ich glaube, mit einem normalen Radio können die nichts anfangen.«

»Das CD-Radio ist wahrscheinlich auch gestohlen.«

»Die Polizei hat das nicht interessiert, warum soll es mich interessieren?«

Er ging mit Staubsauger und Putzlappen nach draußen, um das Auto sauber zu machen, und ließ mich mit Mimi allein. Sie trug einen violetten Satinjogginganzug und weiße Sneakers, saß mit im Schoß gefalteten Händen auf der Kante der Futonmatratze und lächelte mich an. Der Satinstoff reflektierte die Morgensonne, die durch das Wohnzimmerfenster hereinfiel, und ließ Mimi in einem staubgeschwängerten Heiligenschein erstrahlen, der um sie herum aus dem Futon aufstieg. Als ich mir sie und meinen Vater zusammen vorstellte, kam mir der Gedanke, dass Sam vielleicht doch die richtige Entscheidung getroffen hatte. Vielleicht hatte sie bei unserer Scheidung an meinen Vater und meine Mutter gedacht. Vielleicht hatte sie schon damals gewusst, was ich erst jetzt wusste: Sie hätten nie heiraten dürfen. Im Grunde genommen hätten mein Vater und meine Mutter andere Leute heiraten sollen, obwohl ich dann nie geboren worden wäre.

»Manchmal tun mir Junggesellen wie Sie richtig leid«, sagte sie.

»Mimi.«

»Ich habe eine großartige Haushaltshilfe«, fuhr sie fort. »Sie sucht noch mehr Arbeit, wenn Sie also wollen ...«

»Tante Mimi«, sagte ich. Der bittere Geschmack des Kaffees machte mir nur noch bewusster, wie taub ich mich fühlte.

»Sie kann auch kochen. Fast so gut wie ich.«

»Sie wissen, dass er Sie betrügen wird, oder?«

Einen Augenblick lang zeigte sie keine Regung. Ihr Gesichtsausdruck blieb unverändert. Ich dachte, dass sie mich vielleicht nicht gehört habe, oder wenn doch, dass sie zu schockiert sei, um zu reagieren. Dann stand sie auf und wedelte mit einer Handbewegung die Staubwolke fort. Ich erwartete eine Antwort, vielleicht dass sie anders sei als meine Mutter, aber sie sagte kein Wort. Stattdessen ging sie ohne mich anzuschauen, nach wie vor lächelnd, zur Tür, und einen Augenblick lang glaubte ich, sie werde mich einfach ignorieren. Ihre Hand lag schon auf dem Türgriff, da blieb sie stehen und drehte sich um.

»Sagen Sie mir eins«, sagte sie. Die lächelnd geschwungenen Lippen verzogen sich zu einer schmalen, harten Linie. »Kommt es eigentlich nie vor, dass Sie sich wünschen, jemand anders zu sein?«

Ich ging zur Arbeit. Danach zog ich mich um und ging wieder zur Arbeit. Am nächsten Tag gegen Morgengrauen kam ich von meiner Nachtschicht nach Hause und war so müde, dass ich in mein Zimmer ging und einschlief, was mir aber erst klar wurde, als mich, wie mir schien, nach wenigen Minuten, ein stakkatohaftes Geräusch weckte. Jemand klopfte an die Haustür. Auf dem Wecker war es halb acht, und als ich an mir hinunterschaute, sah ich, dass ich meine Hose noch anhatte. Hemd und Schuhe lagen auf dem Teppich. Ich wartete darauf, dass mein Vater zur Tür gehen würde, aber als das Klopfen immer energischer wurde, musste ich selbst aufstehen.

Das Hämmern hörte erst auf, als ich die Tür öffnete. Sam stand da, die rechte Hand erhoben, zur Faust geballt. Sie trug eine offene rote Strickjacke über einem schwarzen Top und einer ebenfalls schwarzen Hose aus Wollstretch. Der schwangere Bauch wölbte sich über den Gürtel, das Top war etwas hochgerutscht und entblößte einen augenförmigen Streifen Haut. Der Nabel in der Mitte war die Pupille und der goldene Nabelring, den sie sich in einer durchzechten Nacht im ersten Collegejahr zugelegt hatte, die Iris.

»Dass du zu so etwas fähig bist, hätte ich nicht gedacht«, sagte sie und schob sich an mir vorbei.

Die Sonne hinter ihr blendete mich. Ich blinzelte und sagte: »Was?«

»Mein Auto!« In der Mitte des Wohnzimmers drehte sie sich um und schaute mich an. »Die Reparatur hat mich gestern den ganzen Tag gekostet. Wie konntest du nur?«

Auf dem Sessel neben der Tür lag meine Nachtwächterjacke. In der Brusttasche steckte ein Umschlag mit Bargeld, das ich gestern in der Mittagspause abgehoben hatte. Mein Plan war gewesen, das anonyme Kuvert heute Abend unter ihrer Haustür durchzuschieben. Ich zog den Umschlag aus der Jacke und hielt ihn ihr hin.

»Was ist das?«, sagte sie und verschränkte die Arme über ihrem Bauch.

»Das reicht für die Reparatur.«

Sam betrachtete unschlüssig das Kuvert. Ich bewegte mich keinen Millimeter. Wenn ich mit dem Kuvert jetzt auch nur ganz leicht hin und her gewedelt oder auch nur ein einziges Wort gesagt hätte, dann hätte sie es zurückgewiesen, mich verflucht und wäre zur Tür hinausgestürmt. Während sie nachdachte, schlug mich der Anblick ihres Nabelrings und der glatten, festen Kuppel aus Fleisch, auf dem er ruhte, in seinen Bann. Ich fragte mich, ob sie schon das Geschlecht des Kindes kannte und ob sie schon einen Namen hatte und ob sie dem zukünftigen Vater, das vor allem, schon Bescheid gesagt hatte.

»Als ich gesehen habe, was du mit meinem Wagen angestellt hast, hätte ich dich umbringen können«, sagte Sam und nahm das Kuvert. »Einerseits. Andererseits dachte ich, dass du dich auch sorgst, auf eine bizarre, verkorkste Art, die nur du an dir hast.«

Ich ging zu ihr und legte eine Hand auf ihren Bauch.

»Aber am liebsten hätte ich dich umgebracht«, sagte sie düster.

Ich beugte mich vor und legte auch meine andere Hand auf den Bauch, so, dass der Nabel mit dem Ring zwischen meinen beiden Händen lag. Ich wartete darauf, dass das Baby treten oder sich umdrehen würde, aber als sich nichts rührte, kniete ich mich auf den Boden und legte ein Ohr an Sams Bauch. Da drinnen versteckte sich ein Leben, ein Leben, das fast nichts wiegen würde, wenn ich es in meinen Händen hielte. Als ich anfing zu sprechen, tat ich das so leise, dass nur der hinter dem Nabelring zusammengerollte Fremdling mich hören konnte. Dann sagte ich es noch einmal, diesmal lauter: »Ich kann der Vater sein.« Ich spürte, dass Sam mich an der Schulter packte, und ich sagte es noch ein drittes Mal, um ganz sicherzugehen, dass sie beide mich richtig verstanden.

»Steh auf, Thomas«, sagte sie. »Ich will, dass du aufstehst.«

Ich stand auf. Wir sahen uns an. Ihr Bauch bildete einen Puffer zwischen uns.

»Weißt du, was du da sagst?«, fragte sie. »Ist dir klar, was du da tust?«

»Ich habe absolut keine Ahnung«, sagte ich. Sam biss sich auf die Unterlippe und senkte den Blick, wich aber nicht zurück. Seitlich an ihrem Kinn sah ich ein Muster aus drei Pigmentflecken. Im letzten Jahr, als wir ohne Anwälte, aber mit einer Flasche Wein unsere Scheidungsvereinbarung aufgeschrieben hatten, waren sie noch nicht da gewesen. Ich fuhr mit dem Zeigefinger an ihrer Wange hinunter bis zum Kiefer, wo die Pigmentflecken angeordnet waren wie Punkte auf einem Würfel. Im Zimmer meines Vaters knarzte eine Bodendiele. Er war aufgestanden und stand jetzt sicher direkt hinter der Tür. Sam und ich wandten die Köpfe zu dem Geräusch, aber es war nichts mehr zu hören. Genau wie wir wartete er auf das, was jetzt kommen würde.

VATERLAND

Das sei ja wohl das Seltsamste, was man tun könne. Das sagten jedenfalls alle, die davon hörten, dass Phuongs Vater seinen zweiten Satz Kinder nach dem ersten benannt hatte. Phuong war das älteste dieser jüngeren Kinder, und in all den dreiundzwanzig Jahren ihres Lebens hatte sie geglaubt, dass die anderen Kinder ihres Vaters es wesentlich besser getroffen hätten. Deren glückliches Schicksal bewiesen jedes Jahr die knappen Briefe der Mutter von Phuongs Namensvetterin, der ersten Mrs. Ly, die von jedem einzelnen ihrer Kinder Erfolge, Größe und Gewicht auflistete. Phuongs Namensvetterin, zum Beispiel, war sieben Jahre älter, zwanzig Kilo schwerer, fünfzehn Zentimeter größer und hatte, ausweislich der jedem Brief beigefügten Fotografien, eine hellere, reinere Haut und eine schmalere, geradere Nase. Haare, Kleidung, Schuhe und Make-up wurden mit jedem Abschluss modischer – auf die private Mädchenschule folgte das Elite-College, dann die medizinische Fakultät und anschließend die Facharztausbildung in Chicago. Zum Schutz vor Feuchtigkeit und Fingerabdrücken hatte Mr. Ly alle Fotografien laminiert. Sie lagen ordentlich gestapelt auf dem Beistelltisch neben der Couch im Wohnzimmer.

Die Briefe, die die Fotografien begleiteten, waren die einzigen Verlautbarungen über die Kinder, die Phuongs Familie erreichten. Im Lauf von über siebenundzwanzig Jahren hatten Phuongs Namensvetterin und ihre zwei jüngeren Brüder nie selbst ein Wort geschrieben. Als dann zum ersten Mal ein solcher Brief eintraf, war das Anlass für große Aufregung. Der Brief war adressiert an Mr. Ly, der es als Generalbevollmächtigter des Haushalts immer auf sich nahm, eigenhändig die Post zu öffnen. Er setzte sich auf die Couch und schlitzte vorsichtig das Kuvert auf, wozu er eines der wenigen Relikte benutzte, die er aus seiner Vergangenheit hatte retten können: einen silbernen Brieföffner mit Elfenbeingriff. Links und rechts von ihm saßen Phuong und ihre Mutter, die beiden halbwüchsigen Söhne Hanh und Phuc saßen auf den Armlehnen und verrenkten sich den Hals, um einen Blick auf die Worte zu erhaschen, die der Vater vorlas. Der Brief war noch kürzer als die Mitteilungen seiner Exfrau. Er kündigte lediglich an, dass Phuongs Halbschwester zwei Wochen Urlaub mache und hoffe, bei ihnen unterkommen zu können.

»Vivien?«, sagte Mrs. Ly, als sie den Namen las, mit dem der Brief unterzeichnet war. »Ist sie sich zu schade für den Namen, den du ihr gegeben hast?«

Aber Phuong wusste sofort, warum ihre Schwester einen ausländischen Namen angenommen hatte und warum es genau dieser war: Ihr Vater hatte einmal beiläufig erwähnt, dass sein Lieblingsfilm *Vom Winde verweht* sei, und Vivien Leigh spielte darin die Hauptrolle. Phuong hatte eine Raubkopie gesehen und war dem Glamour, der Schönheit und der Schwermut Scarlett O'Haras, der Heldin und Verkörperung des todgeweihten Südens, sofort erlegen. War da die Annahme übertrieben, dass die zerstörten amerikanischen Südstaaten und ihr tragisches Selbstverständnis dem geschlagenen Südvietnam und seinen verbitterten Überlebenden mehr als nur flüchtig ähnelten?

Und so hatte Phuong in den Wochen vor Viviens Ankunft tagtäglich, ob zu Hause oder bei der Arbeit, ganz automatisch das Bild von einer großmütigen, freundlichen Schwester vor Augen, ein wenig ernst und traurig, aber dennoch sanft und vornehm, die ihr sofort sympathisch sein und zu der Mentorin und Ratgeberin werden würde, die Phuong nie gehabt hatte. Der erste flüchtige Eindruck von Vivien am Flughafen bestätigte nur, dass der Name eines solchen Filmstars für die junge Frau, die an den Glastüren des Terminals kurz stehen blieb, angemessen war: die Augen hinter einer riesengroßen Sonnenbrille verborgen, die schimmernden Lippen leicht geöffnet, der Kofferkuli beladen mit purpurroten Gepäckstücken, die sicher so viel wogen wie sie selbst. Phuong hüpfte und winkte, um Vivien auf sich aufmerksam zu machen. Phuong faszinierte, dass ihre Schwester nicht die geringste Ähnlichkeit mit den Einheimischen hatte, die sich zur Begrüßung der Ankommenden vor den Glastüren drängelten, Hunderte gewöhnlicher Menschen in trister Kleidung, die sich in der Hitze Luft zufächelten.

Auch nach einer Woche in Saigon war Vivien einer Einheimischen nicht ähnlicher als am Tag ihrer Ankunft, zumindest im Freien. Auf den Straßen, den Terrassen der Cafés oder wenn sie in ein Taxi stieg, konnte man sie leicht für die erschöpfte Frau eines koreanischen Geschäftsmannes oder eine abgehetzte japanische Touristin halten, deren Make-up-Glasur in der tropischen Hitze zerfloss. In Innenräumen war sie jedoch eindeutig Herrin der Lage. Zum Beispiel im Restaurant Nam Kha in der Straße Dong Khoi, wo Phuong nach ihrem Collegeabschluss vor zwei Jahren als Hostess gearbeitet hatte. Es war Viviens Idee gewesen, die Familie nach der Hälfte ihres Urlaubs zum Abendessen ins Nam Kha einzuladen, was Phuong niemals vorgeschlagen hätte, da es dort für sie oder ihre Familie viel zu teuer war.

»Das ist ein Verbrechen, meinst du nicht auch?«, sagte Vivien, als sie die Vorspeisen überflog. Ihr Tisch stand neben dem Reflexionsbecken, gegenüber von zwei jungen Frauen in seidenen, ätherischen *Ao dais*. Sie saßen auf einem gepolsterten Podium und zupften sanft die sechzehn Saiten der Zithern, die auf ihren Knien ruhten. »Wenigstens einmal im Leben sollte man da essen, wo man arbeitet.«

»Das eigentliche Verbrechen sind fünf Dollar für frittierten Wasserspinat mit Knoblauch«, sagte Mrs. Ly. Sie verkaufte Seide auf dem Ben-Thanh-Markt und verfügte über den Blick eines gewieften Händlers, glatt und undurchdringlich wie die Perlen eines Abakus. »Auf dem Markt kriege ich das für einen Dollar.«

»Schau dich doch um«, sagte Mr. Ly ungehalten. Die anderen Gäste waren alle Weiße, nur in einer Ecke saß ein indisches Paar, der Mann im Leinenanzug, die Frau im *Salwar Kamiz*. »Das sind Touristenpreise.«

»Die Preise sind lächerlich.«

»Davon abgesehen ist es ein gutes Restaurant«, erklärte Vivien gebieterisch. So klang sie wahrscheinlich auch in ihrem Sprechzimmer in Chicago. Nicht zum ersten Mal versetzte sich Phuong in ihre Schwester, sah sich einen weißen Kittel tragen, in einem weißen Raum stehen und durch eine Fensterreihe hinaus in den Schleier aus weißem Schnee schauen. »Was meinst du?« Vivien stieß ihr Knie an. »Zu extravagant für dich?«

»Überhaupt nicht!« Phuong hoffte, eine Selbstsicherheit und Gelassenheit auszustrahlen, die ihren Brüdern abging. Hanh und Phuc waren sprachlos. Die in Seide eingeschlagenen

Speisekarten waren wesentlich ansehnlicher als jedes Schulbuch, das sie besaßen. »Daran könnte ich mich gewöhnen.«

»Das ist die richtige Einstellung!«

Die beiden Frauen am Nachbartisch standen auf, und auf dem Weg zur Tür blieb die Brünette neben Phuong stehen und machte ein Foto von den beiden Zitherspielerinnen. »Sie sind wie Schmetterlinge«, sagte sie mit australischem Akzent und begutachtete mit zusammengekniffenen Augen das Foto auf der Kamera. Phuong war erleichtert, nicht selbst Objekt ihrer Faszination zu sein. »So zart und so winzig.«

»Ich wette, die hat noch nie eine Diät gemacht.« Ihre Freundin klappte die Puderdose auf und überprüfte ihren Lippenstift. »Die Kleider sehen aus wie direkt auf den Leib geschneidert.«

Abend für Abend beobachtete Phuong die Gewohnheiten von Touristen wie diesen. Wenn sie mit einer leichten Verneigung die Tür des Nam Kha öffnete, war ihr Abschluss in Biologie nichts weiter als eine Erinnerung. Die Gäste kamen, um elegant dargebotene bäuerliche Gerichte zu speisen, und waren angemessen beeindruckt von der Bildhauerkunst der Cham, von den chinesischen Schriftrollen an den Wänden und von Phuong selbst, deren schlanker, zierlicher Körper in ein goldenes, eng anliegendes *Ao dai* gehüllt war. Manchmal baten Gäste um die Erlaubnis, sie fotografieren zu dürfen, was ihr anfangs geschmeichelt hatte, jetzt aber meist nur noch lästig war. Aber ablehnen konnte sie nicht, das hatte ihr der Manager klargemacht, und so zwang sie sich zu einem Lächeln und neigte den Kopf zur Seite, wobei ihr die Haare, die so schwarz und seiden waren wie ihre Hose, auf die Schultern fielen. Indem Phuong sich so oder anders in Positur stellte, konnte sie sich vormachen, sie sei keine Hostess, die der Bitte eines Ausländers nachkam, sondern ein Model, ein Starlet oder die Namensvetterin ihrer Schwester. Wie sie tatsächlich aussah, erfuhr sie nie, denn alle sagten zwar, dass sie ihr einen Abzug schicken würden, aber keiner hielt sein Versprechen.

Vivien hatte für ihre Reise eine Liste der Sehenswürdigkeiten aufgestellt, die sie besuchen wollte, inklusive der ungefähren Fahrzeiten mit Zug, Bus, Auto, Tragflügelboot oder Flugzeug. Mit seinem viel umjubelten Besuch im Jahr zuvor hatte Präsident Clinton Viviens Mutter die Gewissheit verschafft, dass ihre Tochter das Land sicher bereisen könne, zumal bewehrt mit amerikanischem Pass und Dollarscheinen. Derart ausgestattet, überwand Vivien den symbolischen Widerstand ihres Vaters und bezahlte für alle Ausflüge der Familie. »Ich bin die Ärztin, oder?«, sagte sie. Phuong war zwar beeindruckt von Viviens Ansatz, ihre Urlaubsreise wie das Engagement für eine berufliche Beförderung anzugehen, überrascht war sie allerdings nicht. Die gelegentlichen Berichte von Viviens Mutter hatten das Bild einer unabhängigen jungen Frau gezeichnet, einer unverheirateten Kinderärztin, die mit dem Rucksack allein durch Westeuropa gereist war und Urlaub in Rio, auf Hawaii und den Bahamas gemacht hatte. Mr. Ly, der sein bescheidenes Auskommen als Reiseführer bestritt, begutachtete ihre Reiseplanung und sagte: »Hätte ich nicht besser machen können.«

Er war ein Mann, der selten lobte, außer es ging um seine ersten drei Kinder. Seine Frau hatte sich mit ihnen abgesetzt, als man ihn nach dem Krieg in eine neue Wirtschaftszone verbannt hatte und seine Geliebte mit Geldforderungen bei ihr aufgetaucht war. Bis dahin hatte Viviens Mutter nichts von einer anderen Frau gewusst. Sie entschied sich für die gefährliche Flucht per Boot und verließ mit den Kindern das Land. Mr. Ly hatte erst nach der Hälfte seiner fünfjährigen Verbannung von ihrer Flucht erfahren und verfiel in einen Zustand des Schocks und der Depression, den er bis zu seiner Rückkehr nach Saigon noch nicht überwunden hatte. Das Leben geht weiter, sagte seine Geliebte, also ließ er sich von Viviens Mutter scheiden, machte die Geliebte zu seiner zweiten Mrs. Ly und zeugte drei weitere Kinder. Oft verglich er Phuong mit ihrer abwesenden Schwester, was in Phuong eine Sehnsucht nach Vivien auslöste, aber ebenso eine nicht zu leugnende Eifersucht. Den Stachel des Neids spürte sie bei Viviens Besuch fast täglich, denn das Benehmen ihres Vaters war vollkommen untypisch für ihn – als würde auch er konkurrieren, in seinem Fall um Viviens Anerkennung. Kritiklos stimmte er Viviens Reiseplanung zu. Sie wollte Tempel und Kathedralen, Einkaufszentren und Museen, Strände und Ferienorte besuchen, das Mekongdelta im Süden, Vung Tau im Osten, Da Lat im Norden und in Saigon selbst die überfüllten, kakofonischen Gassen des Chinesenviertels in Cho Lon, und im Stadtzentrum den glamourösen Boulevard Dong Khoi, wo das Nam Kha das teuerste Restaurant war.

»So war Saigon in den alten Zeiten.« Liebevoll lächelnd betrachtete Mr. Ly die Samtvorhänge und Marmorsäulen des Restaurants. Im Krieg hatte er eine Schuhfabrik besessen, ein Strandhaus in Vung Tau und einen Citroën mit Chauffeur. Fotografien aus jener Zeit zeigten einen eleganten Mann mit pomadisiertem Haar und schmalem Oberlippenbart. Jetzt verbargen sich, soweit Phuong das beurteilen konnte, seine Schwermut und sein Scheitern in einem Bauch, den die Knöpfe seines eine Nummer zu kleinen Hemds kaum im

Zaum halten konnten. »Das L'Amiral in der Thai Lap Thanh. Das La Tour d'Ivoire in der Tran Hung Dao. Das Paprika mit der besten Paella und der besten Sangria. In all diesen Restaurants war ich Stammgast.«

»Aber nicht mit mir«, sagte Mrs. Ly.

»Was willst du morgen unternehmen?«, fragte Mr. Ly Vivien. Sie nahm die Flasche australischen Merlot und schenkte ihm nach.

»Morgen steht nichts auf dem Programm«, sagte sie. »Ein oder zwei Tage lasse ich immer offen für Überraschungen.«

»Können wir in den Dam Sen fahren?«, fragte Hanh. Phuc nickte heftig.

»Was ist das?«, fragte Vivien und schenkte sich auch Wein nach.

»Ein Vergnügungspark«, sagte Phuong. Sie trank wie ihre Mutter und Brüder einfache Limonade. »Das ist nicht weit von hier.«

»Mit sechzehn habe ich in so was gearbeitet«, sagte Vivien. »Das war ein verrückter Sommer.«

»In den Dam Sen können wir immer noch gehen«, sagte Mr. Ly. »Du hast jetzt gesehen, wo deine Schwester arbeitet, morgen nehme ich dich auf eine meiner Führungen mit.«

»Hundert Prozent«, sagte Vivien und hob ihr Glas zu dem klassischen Toast, den er ihr beigebracht hatte.

Er stieß mit ihr an, schaute voller Zuneigung auf seine Söhne und sagte: »Eure Generation hat Glück gehabt.«

»Ich würde nicht sagen, dass wir so viel Glück gehabt haben«, sagte Phuong.

»Du hast das nie zu schätzen gewusst.« Ihr Vater machte eine ausladende Armbewegung über der Tafel, und Phuong umklammerte ihr Glas und bereitete sich darauf vor, sich einmal mehr die Geschichten ihrer Eltern anzuhören. »Soll ich dir sagen, was Pech ist? Nachdem die Amerikaner uns im Stich gelassen hatten, haben die Kommunisten mich ins Arbeitslager gesteckt, da haben wir Wurzeln und Maniok gegessen, um nicht zu verhungern. Im Reis, der hauptsächlich aus Wasser bestand, schwammen die Würmer. Die Menschen bekamen Ruhr, Malaria und Denguefieber so schnell wie einen Schnupfen und sind einer nach dem anderen weggestorben. Ein Wunder, dass wir für die Blutegel überhaupt noch Saft im Körper hatten.«

»Und zu Hause war es auch nicht viel besser«, stimmte Mrs. Ly ein. »Nach dem Krieg musste ich alles verkaufen, um zu überleben. Meine Nähmaschine. Den Plattenspieler, den du mir geschenkt hattest, und die Schallplatten auch.«

»Das Dümmste überhaupt waren die Geständnisse.« Mr. Ly starrte in sein Glas, als ob sämtliche Lektionen, die er im Arbeitslager gelernt hatte, nur dazu dienten, als Destillat sein Glas zu füllen. »Jede Woche musste ich mir etwas Neues einfallen lassen, um mich in Selbstkritik für mein Leben als Kapitalist zu üben. Ich habe so viele Seiten vollgeschrieben, das hätte für meine ganze Lebensgeschichte gereicht, nur dass in jedem Kapitel das Gleiche stand.«

Phuong seufzte, aber Vivien hatte das Kinn auf die Hand gestützt und hörte aufmerksam zu. »Da ist etwas, was ich schon immer wissen wollte.« Als ihr Vater aufschaute, sagte Vivien: »Warum hast du den Kindern mit der anderen Frau unsere Namen gegeben?«

Das war die Frage, die sich Phuong nicht zu stellen getraut hatte aus Angst vor der von ihr vermuteten Antwort, dass nämlich sie und ihre Brüder nichts weiter waren als Fleisch gewordene Reue. Viviens Offenheit schien ihren Vater jedoch weder zu überraschen noch einzuschüchtern. Er hob nur sein Glas und sagte: »Wenn du nicht gekommen wärst, um mich kennenzulernen, hätte ich das verstanden. Aber ich wusste, du würdest kommen, um das Mädchen kennenzulernen, dem ich deinen Namen gegeben habe.«

Vivien schaute Phuong an, die ihren stoischen Gesichtsausdruck beibehielt. Schließlich war es nicht Viviens Schuld, wie ihr Vater sich verhielt, dass er sie bevorzugte und sich selbst bemitleidete. »Tja, da bin ich«, sagte Vivien. Sie erwiderte den Blick ihres Vaters und stieß mit ihm an. »Auf dein Wohl.«

»Hundert Prozent«, sagte Mr. Ly.

In all den Jahren als Reiseführer hatte Mr. Ly Phuong nie gefragt, ob sie ihn einmal auf einer seiner Touren begleiten wolle. Obwohl sie das nie interessiert hatte, erkannte sie am nächsten Morgen im Tourbus, dass sie gern gefragt worden wäre. Vivien schien die besondere Beachtung nicht zu würdigen, die ihr Vater ihr entgegenbrachte, oder gar ihr Glück, an diesem Tag Touristin zu sein, ohne die Jungen, die in der Schule waren, und Phuongs Mutter, die auf dem Ben-Thanh-Markt zu tun hatte. Stattdessen konzentrierte sich ihre Aufmerksamkeit auf die Enge in dem alten Bus, beklagte sie sich flüsternd bei Phuong über die langhaarigen, sparsamen Rucksacktouristen, die sich auf den dünn gepolsterten Sitzen zusammendrängten und die Firma ihres Vaters profitabel machten. Als sie dann in Ben Dinh den klimatisierten Bus verließen, brummelte Vivien nur, dass sie sich unter Spaß etwas anderes vorstelle.

»Ich mag nicht mal Camping«, sagte Vivien, als die Schwestern den anderen Touristen durch die Eukalyptus- und Bambuswäldchen hinterhertrotteten zu den legendären, noch erhaltenen Tunneln von Cu Chi. »Ich wäre jetzt lieber in einem Einkaufszentrum oder Museum, aber hier haben ja nicht mal die Museen eine Klimaanlage.«

»Vater möchte gern, dass du ihn bei der Arbeit siehst«, sagte Phuong geduldig. »Er macht seinen Job gut.«

»Erzähl ihm nicht, was ich gesagt habe, okay? Ich möchte seine Gefühle nicht verletzen.«

»Dann haben wir also jetzt ein Geheimnis?«, zog Phuong sie auf.

»Schwestern müssen Geheimnisse haben«, sagte Vivien. »O mein Gott. Wie viel haben wir jetzt? Vierunddreißig Grad?«

»So schlimm ist es nicht. Eigentlich ist es gar nicht richtig heiß.«

»Ich bin ganz zerstochen. Es tut weh. Schau dir bloß meine Beine an.«

Viviens Schienbeine und Oberschenkel waren übersät mit den blassen Beulen frischer und den roten Kernen schon entzündeter Stiche. Für eine Kinderärztin und erfahrene Reisende hatte sich Vivien als jämmerlich unfähig erwiesen, ihren Körper zu schützen. Phuong trug Handschuhe, die ihr bis zu den Oberarmen reichten, und unter der Jeans Nylonstrümpfe. Ihre Schwester trug T-Shirts, unter denen die BH-Träger hervorschauten, und Shorts, die manchmal so knapp waren, dass man den Gummibund und den String ihres Slips sehen konnte. Sie rieb die nackte Haut nicht mit Mückenschutzmittel ein, begann aber ständig zu jammern, wenn es zu heiß war, was Phuongs Empfinden nach sekündlich geschah, egal ob bei Tag oder Nacht. Die Anfälligkeit ihrer Schwester gab ihr abwechselnd Anlass für Verärgerung oder Fürsorge. Vivien wirkte dadurch weniger einschüchternd auf sie und war vielleicht würdiger für das Geheimnis, das Phuong ihr so gern anvertrauen wollte, ein Geheimnis, das sie ihrer Familie nie verraten hatte und das nur Vivien verstehen konnte.

»Das, meine Damen und Herren, eine *Punji*-Falle.« Mr. Ly bedeutete der Gruppe mit dem Finger näher zu kommen. Die gut zwanzig Touristen, alle aus dem Westen, traten an die Bambusfalltür. Er klappte sie an ihrem Scharnier in die Senkrechte und öffnete eine Grube, die so tief war wie ein Grab und so lang wie ein Sarg und deren Boden mit einem Dutzend scharfer Holzpfähle gespickt war. »Wenn man tritt auf Falltür, man fällt in Grube.«

Ein paar Touristen machten Fotos, dann winkte Mr. Ly sie weiter. Er trug ein kurzärmeliges weißes Hemd, eine graue Hose und glänzende braune Schuhe, während er zu Hause meist in Shorts und vielleicht noch einem Unterhemd herumlungerte. Das Befremdlichste war für Phuong, dass ihr Vater mit den Touristen scherzte und plauderte. Wenn er zu Hause etwas zu ihr sagte, dann war es meistens die Aufforderung, ihm noch ein Bier oder Zigaretten zu holen oder ihm ein bestimmtes Essen zu bringen.

»Und das, ein Originaltunnel.« Mr. Ly blieb stehen und zeigte auf ein rechteckiges Loch, das sich am Fuß eines Eukalyptusbaums befand. Es war kaum größer als ein Blatt Papier und mit einem Holzbrett und Laub bedeckt. »Hier Guerillakämpfer leben jahrelang und greifen Amerikaner an, jederzeit.«

Die Touristen waren fast alle Amerikaner, aber sie schienen nicht verärgert zu sein über diesen historischen Exkurs. Stattdessen waren sie fasziniert und zückten ihre Kameras, als er das Brett anhob, um ihnen den engen, dunklen Eingang zu zeigen. Aus dem weit entfernten Schießstand war Maschinengewehrfeuer zu hören. Jede Kugel, so ihr Vater, koste einen Dollar. Phuong fand es verwirrend, dass die Touristen hier einen ganzen Tag verbrachten und ihr Geld ausgaben anstatt am Strand, in einem schicken Restaurant oder in der Hängematte eines rustikalen Cafés am Fluss. Der Grund dafür, so ihr Vater, sei die Tatsache, dass Touristen nur über eines in diesem Land etwas wüssten, und das sei der Krieg. Folglich waren diese Tunnel ein Muss auf ihrer Reiseroute.

»Später wir sehen neue Tunnel, extra für Sie größer gemacht. Letztes Mal, Amerikaner steigt hier hinein, nicht mehr kommt heraus. Zu fett.« Zur Verdeutlichung beschrieb er mit den Armen einen großen Kreis um seinen Körper. »Möchte jemand?«

Die Touristen grinsten und schüttelten den Kopf. Der Kleinste war so groß wie Phuongs Vater. Phuong befürchtete schon, er würde sie auffordern, in den Tunnel zu steigen, aber als sich niemand meldete, reckte ihr Vater mit finsterem Gesicht die Faust in die Höhe. »So wir haben gewonnen Krieg!«, rief er laut. Eine Kamera klickte. »Wir haben vereinigen unser Land mit Mut und Opfer!«

Noch zwei Kameras klickten, während ihr Vater in dieser Pose dastand.

»Habe ich richtig gehört?«, flüsterte Vivien.

»Das meint er nicht wirklich. Das ist nur Show.«

Aber für die Touristen, so Phuongs Vermutung, war die Show Realität. Als Ausländer konnten sie keinen Unterschied erkennen zwischen einem Kommunisten und einem Mann, den die Kommunisten in die neue Wirtschaftszone verbannt hatten. In ein paar Tagen oder einer Woche oder zwei Wochen würden sie wieder abreisen, und als eindrucksvollste Erinnerung an diesen Tag würde ihnen das lustige Erlebnis im Gedächtnis bleiben, auf Knien durch einen Tunnel gekrochen zu sein, und als vage Erinnerung der kleine leidenschaftliche Reiseführer mit dem etwas holprigen Englisch. Für sie sind wir alle gleich, begriff Phuong mit einer Mischung aus Zorn und Scham – klein, bezaubernd und leicht zu vergessen. Sie plagte die Vorstellung, ihre Schwester könnte sie genauso sehen, aber als ihr Vater die Touristen weiterwinkte und Vivien ihnen folgte, schien sie einzig darum besorgt, die kleine Moskitowolke zu verscheuchen, die sie umschwirrte.

An Viviens vorletztem Abend in Saigon tranken sie und ihr Vater in einem chinesischen Restaurant in Cho Lon vier kleine Flaschen milchigen Reiswein. Wieder zu Hause machte er, um seinen berauschten Schädel durchzulüften, einen Spaziergang mit seiner Frau, während sich Hanh und Phuc auf den im Wohnzimmer neben den Mopeds ausgebreiteten Matten, ihrem Bett, schlafen legten. Oben schloss Vivien die Tür des Zimmers, das Phuong mit ihren Eltern teilte, und zog einen ihrer purpurroten Koffer unter Phuongs schmalem Bett hervor. Bei ihrer Ankunft war der Koffer voller Geschenke von Vivien und ihrer Mutter gewesen: Jeans, Hemden, Medikamente, Make-up und sogar Shampoo und Conditioner, abgefüllt in den Vereinigten Staaten und deshalb wertvoller als die gleichen Marken, die in einer einheimischen Fabrik abgefüllt worden waren. Jetzt war der Koffer randvoll mit Souvenirs: eine Porzellanpuppe in einem seidenen *Ao dai* für Viviens Mutter, handgeschnitzte Teakreplikate von Fahrradrikschas für ihre Brüder, eine Flasche Reiswein mit einer in der Flüssigkeit schwimmenden Kobra für ihren Stiefvater und T-Shirts mit dem onkelhaften Gesicht von Ho Chi Minh für ihre Freundinnen. Als Vivien den Koffer öffnete, nahm sie jedoch weder eins der Andenken noch etwas von ihren eigenen Sachen heraus. Stattdessen kramte sie einen kleinen, von der Reise etwas zerknitterten rosa Beutel hervor und gab ihn Phuong.

»Hier habe ich noch ein letztes Geschenk für dich, kleine Schwester«, sagte Vivien. »Ich war mir nicht sicher, ob es das Richtige für dich ist, aber ich dachte, sicher ist sicher.«

Auf dem Beutel stand in Kursivschrift *Victoria's Secret*. Er enthielt einen schwarzen Spitzenbüstenhalter und einen schwarzen Spitzenslip, einen zarten Tanga, ganz anders als diese kratzigen Baumwolldinger, in denen der ganze Hintern verschwand und die Phuongs Mutter im Dutzend für sie kaufte.

»Das kann ich nicht anziehen«, sagte Phuongh errötend. »Das ist anstößig.«

»Na los, probier's an.« Vivien nahm das Nichts von einem Slip aus dem Beutel und drückte es Phuong in die Hände. »Diese Omasachen, die du da hast, kann ich mir an dir gar nicht vorstellen.«

Kurz zögerte Phuong. Aber Vivien war ihre Schwester und außerdem Ärztin, es gab keinen Grund, schüchtern zu sein. Schnell zog sie ihren Viskosepyjama und ihre Baumwollunterwäsche aus und zog genauso schnell den Büstenhalter und den Slip an. Vivien nickte anerkennend und sagte: »Du siehst sexy aus. Da wird sich noch so mancher Bursche glücklich schätzen, wenn er dich so sieht.«

»Meine Mutter und mein Vater werden mir nie erlauben, so etwas anzuziehen.« Phuong zögerte wieder, aber dann griff sie nach dem Handspiegel, der an einem Nagel an der Wand hing. Die Spitze auf der Haut und der provozierende Anblick ihres fast nackten Körpers lösten ein Prickeln in ihr aus. »Nur unanständige Mädchen tragen so was.«

»Wird Zeit, dass du unanständig wirst«, sagte Vivien gähnend. »Mein Gott, du bist dreiundzwanzig. Was ich mit dreiundzwanzig schon alles gemacht habe, willst du gar nicht wissen.«

Phuong hatte den Pyjama schon wieder angezogen, aber sie hatte immer noch ihr Bild im Handspiegel vor Augen, die nackte Haut, die sich gegen das hauchdünne Gewebe abhob. Sie zog den Vorhang zur Seite, der ihren Teil des Raums von dem ihrer Eltern trennte, und schlüpfte ins Bett zu Vivien, die den Koffer wieder verstaut und ebenfalls ihren Pyjama angezogen hatte. Arm an Arm lagen sie da, und Phuong spürte, dass durch das Geschenk die Beziehung zu ihrer Schwester noch inniger, noch vertrauensvoller geworden war.

»Wenn du wieder zu Hause in Chicago bist, was machst du dann als Erstes?«

»Eine lange Spritztour mit meinem Auto. Alleine. Ich vermisse mein Auto.«

»Ich kenne nicht mal jemanden, der ein eigenes Auto hat.«

Vivien schaute hinauf zu dem Ventilator, der die heiße Luft der wie immer schwülen Nacht unter der Decke verteilte. Durch das offene Fenster drang nur der Hauch einer Brise.

»Darf ich dir ein Geheimnis verraten?«, fragte Vivien.

»Hast du doch schon.«

»Was?«

»Ein Geheimnis verraten.« Phuong drehte den Kopf zur Seite und sah genau in Viviens Ohr, den engen, dunklen Gehörgang. »In Cu Chi.«

»Tja, stimmt wohl.« Vivien kratzte sich an einem Mückenstich am Nacken. »Ich dachte, ich würde hier ankommen und meinen Vater lieben können.«

»Du liebst ihn nicht?« Phuong stützte den Kopf auf den Ellbogen. »Oder hast du ihn schon vorher nicht geliebt?«

»Für dich ist es leicht, ihn zu lieben«, sagte Vivien und seufzte. »Es ist leicht für ihn, mich zu lieben. So soll es ja sein. Er erinnert sich an mich. Aber ich erinnere mich nicht an ihn. Kann man jemanden lieben, an den man sich nicht erinnert? Kann man jemanden lieben, den man nicht kennt?«

»Weiß nicht.« Von der Gasse draußen drang plötzlich Gekicher und Gelächter in ihr Zimmer. Die alten Frauen aus der Nachbarschaft saßen vor der Tür und tratschten noch ein bisschen, bevor sie schlafen gingen. »Aber ich weiß, dass es nicht leicht ist, ihn zu lieben.«

»Eine Frau kann sich nicht in einen Mann verlieben, der ihr leidtut. Oder doch?«

»Ich weiß nicht, ich war noch nie verliebt.« Das Quietschen des Metalltors, das als Tür zum Wohnzimmer auch die Haustür war, meldete die Rückkehr ihres Vaters. »Aber du meinst etwas anderes. Du liebst ihn nicht, du willst ihn nur lieben.«

»Weißt du, was meine Mutter gesagt hat, als ich ihr erzählt habe, dass ich nach Vietnam fahre?« Vivien hielt inne. »Dein Vater wird auch dir das Herz brechen.«

Dann drehte sich Vivien zur Wand, wo sich ein grüner Gecko geduldig an den Putz klammerte. Als Mr. und Mrs. Ly die Treppe hinaufgingen, knarzten die Stufen. Die Misstöne bildeten die vertraute Coda von Phuongs Tag, derer sie sich aber nur durch Viviens Ankunft überhaupt erst bewusst geworden war. Die Anwesenheit der Schwester in Phuongs Bett und der ihre Haut liebkosende zarte Stoff spitzten Phuongs Wahrnehmungsfähigkeit wie einen stumpf gewordenen Stift und erlaubten ihr, im Geiste die Menschen um sie herum mit stetig wachsender Präzision zu skizzieren. Niemand war deutlicher gezeichnet als ihr Vater, der ihr leidtat und den sie, was noch schlimmer war, nicht respektierte. Wenn er nur ein Ehebrecher und Playboy gewesen wäre, hätte man empört sein können, aber es ging bergab mit ihm, der ohne den Glamour der Dekadenz und gesellschaftlichen Entgleisung wie ein Versager wirkte. Das reichte allemal, um traurig und beschämt zu sein, sodass sich Phuong, als der Schatten ihres Vaters in der Tür erschien, ebenfalls auf die Seite drehte. Dort, mit dem Gesicht an Viviens Rücken, unter der Last der feuchten Nacht, entdeckte sie, dass Vivien sogar im Liegen schwitzte.

Am nächsten Morgen vor dem Eingang des Vergnügungsparks machte Mr. Ly mit einer Einwegkamera, einem Geschenk seiner Exfrau, das Vivien mitgebracht hatte, ein Foto von seinen Kindern. Dann bezahlte Vivien den Eintritt für die ganze Familie, und Hanh und Phuc übernahmen das Kommando, wobei Ersterer seine Mutter hinter sich her zog. Sie bahnten sich ihren Weg durch ein Bataillon lärmender Grundschulkinder, Jungen und Mädchen mit roten Hemden und roten Kappen. Eine Monorailbahn führte über die begeisterte Menge hinweg, und in der Ferne war das Rumpeln einer Achterbahn zu hören. Eine Halle und deren merkwürdiger Name – »Eislaterne« – erregten Phuongs Neugier. Die grellbunten Fotos der Werbetafel, die von Neonlicht in allen Farben des Regenbogens angestrahlt wurde, zeigten in Eis gehauene Nachbildungen vom Eiffelturm, vom Taj Mahal und von anderen menschengemachten Weltwundern. »Das sparen wir uns besser für später auf«, sagte sie. »Dann haben wir eine Abkühlung sicher nötig.«

»Gute Idee«, sagte Vivien, die sich mit der Broschüre des Parks Luft zufächelte.

Nach einer Runde Autoscooter, die sich Hanh und Phuc gewünscht hatten, wollte Mrs. Ly den japanischen Orchideengarten sehen. In verschiedenen Ecken des Gartens posierten junge Paare für Hochzeitsfotos. Die Bräute trugen westliche Brautkleider mit Schleier, die Bräutigame weiße Smokings mit roten Rosen im Knopfloch. Mrs. Ly entzückte das Schauspiel, während Hanh und Phuc die Augen verdrehten und Vivien fragten, ob sie als Nächstes zum Riesenrad gehen könnten, das sich träge über der Wasserrutsche drehte. Mrs. Ly stieg mit den beiden Jungen in eine Kabine. Mr. Ly machte Höhenangst geltend, sodass seine Töchter sich allein in eine andere Kabine setzten. Beim Aufstieg schaute Vivien aus dem vergitterten Seitenfenster, unter das jemand eine Strichzeichnung auf die blaue Seitenwand gemalt hatte, ein Mädchen mit einem Wuschelkopf, das das Victory-Zeichen machte. Phuong schaute über Viviens Schulter. Eine Haarsträhne Viviens verfing sich in ihrem Atem und kitzelte sie am Ohr. Vivien strich die Haarsträhne zurück und zeigte zu der aufsteigenden Achterbahn, die sich langsam in ihr Blickfeld schob. Die Wagen bewegten sich kopfüber unter der Schiene, Dutzende von fuchtelnden Armen hingen in der Luft. »Auf so einer Bahn habe ich mal gearbeitet«, sagte Vivien. »Alle meine Freundinnen hatten Jobs in dem Vergnügungspark. Da war es leicht, Jungs kennenzulernen.«

»Und, hast du jemanden kennengelernt?« Phuong lehnte sich mit der Schulter an den Arm ihrer Schwester. Sie hatte Vivien nicht gesagt, dass sie immer noch ihr Geschenk trug und sich daran erfreute wie ein Kind an einem neuen magischen Spielzeug. »Hat er gut ausgesehen?«

»Rod war süß. Er hat mich immer nach Hause gefahren, und in einer Seitenstraße bei uns zu Hause um die Ecke hat er angehalten, und dann haben wir uns geküsst. Hast du schon mal geküsst?«

»Nein, noch nicht.«

»Hast du noch keinen Jungen getroffen, der dir gefallen hat?«

»Ich will nichts Festes«, sagte sie bestimmt. »Ich will nicht, dass mich einer aufhält.«

»Wobei?«

In der Mitte des Parks befand sich ein See von der Größe einer Untertasse, auf dem wie Krümel Paddelboote schwammen. In den See ragte ihr Anlaufpunkt für den Mittag hinein, ein Restaurant in Form eines Drachenkopfs, der das Wasser teilte, so wie Viviens morgige Abreise die Welt wieder in die teilte, die blieben, und die, die gingen.

»Darf ich dir ein Geheimnis verraten?«

Vivien lächelte. »Klar.«

Phuong suchte nach den passenden Worten, um auszusprechen, was sie noch nie jemandem erzählt hatte, nämlich dass auch sie Saigon verlassen würde, dass die Stadt langweilig sei und das ganze Land nicht groß genug für die Wünsche, die sie in ihrem Herzen trage. »Ich möchte sein wie du«, sagte Phuong und umfasste die Hände ihrer Schwester. »Ich will nach Amerika gehen und Ärztin werden und anderen Menschen helfen. Ich will nicht mein ganzes Leben Menschen bedienen. Ich will selbst bedient werden. Ich will selbst entscheiden, an welchen Ort ich wann reisen möchte. Ich will nach Hause zurückkehren können und wissen, dass ich auch wieder gehen kann. Wenn ich hierbleibe, dann werde ich irgendeinen Jungen ohne Zukunft heiraten, bei seiner Familie leben, zu früh zwei Kinder bekommen und in einem Raum schlafen, wo ich beide Wände gleichzeitig berühren kann, wenn ich die Arme ausstrecke. Ich glaube nicht, dass ich das ertragen könnte, wirklich. Weißt du, was ich meine?«

»O Gott«, sagte Vivien und schaute hinauf zur Decke der Kabine. Phuong hatte auf Begeisterung gehofft und hätte sich auch mit Zurückhaltung, Verwirrung oder Herablassung zufriedengegeben, aber auf die Panik, die sich auf dem Gesicht ihrer Schwester ausbreitete, war sie nicht vorbereitet. »Ich habe ihr gesagt, sie hätte euch die Wahrheit sagen sollen.«

Die Wagen der Achterbahn stürzten in die Tiefe, die Fahrgäste fingen an zu kreischen. Als Vivien ihr Gewicht verlagerte, die Hand wegzog und ihren Arm von Phuongs Schulter löste, war ein feuchtes, saugendes Geräusch zu hören. In der Kabine war es nicht kühler oder weniger schwül als unten.

»Von wem redest du?«

»Von meiner Mutter.« Vivien holte tief Luft und schaute noch einmal durch das vergitterte Fenster nach draußen. »Hast du gewusst, dass sie bei ihrer Ankunft in Amerika gegenüber den Behörden behauptet hat, sie sei fünfundzwanzig?«

»Und?« Ein Schweißtropfen lief Phuong das Kreuz hinunter.

»Sie war dreißig.«

»Ich kann verstehen, dass eine Frau das tut.«

»Meine Mutter hat auch angegeben, dass sie Witwe ist.« Vivien wandte Phuong den Kopf zu und schaute ihr in die Augen. »Sie hat nicht die Wahrheit gesagt, als sie unserem Vater erzählt hat, dass ich Ärztin bin.«

Phuong blinzelte. »Du bist keine Ärztin?«

»Ich habe als Rezeptionistin gearbeitet, und im Moment bin ich arbeitslos. Man hat mich einen Monat, bevor ich hergekommen bin, entlassen. Meine Mutter und mein Vater haben kein Haus in der Vorstadt. Sie leben in einer kleinen Eigentumswohnung in West Tulsa. Und meine Mutter ist auch nicht die Besitzerin des Nice Nail Beauty Salon. Sie arbeitet da als Kosmetikerin.«

»Warum hast du uns dann erzählt, du bist Ärztin?«

»Weil ihr alle wissen wolltet, wie viel ich im Monat verdiene und was ich für meine Hypothek zahle und wie viel mein Auto kostet. Es war einfach bequemer, irgendwas zu sagen, als zuzugeben, dass ich gar keine Ärztin bin. Du sollst einfach wissen, dass die ganze Ärztinnengeschichte die Idee meiner Mutter war, nicht meine.« Die Kabine hatte jetzt den höchsten Punkt erreicht. Unten war ein am Bein angeketteter Elefant zu sehen, ein hin und her schwankendes Spielzeug zum Aufziehen. »Meine Mutter hatte mich auch davor gewarnt, mit meinem Chef auszugehen. Vor allem weil er verheiratet ist.«

»Was hat dein Chef damit zu tun?«

»Er hat gesagt, es läge nicht an mir, sondern an der wirtschaftlichen Situation.« Vivien war laut geworden. »Hast du jemals so was Bescheuertes gehört?«

»Nein«, sagte Phuong. »Mit mir hat noch niemand Schluss gemacht.«

»Das passiert jedem irgendwann mal.« Viviens Augen waren jetzt feucht. »Also habe ich mir gedacht, ich besuche euch mal. Ein dummer Grund, oder?«

»Ich dachte, du wolltest uns kennenlernen.«

»Das auch, ja.«

»Wo hast du das viele Geld her?« Phuong konnte nicht überschlagen, wie viel ihre Schwester ausgegeben hatte, aber es mussten ein paar Tausend Dollar gewesen sein. Allein die

Geschenkkuverts, die sie an ihrem ersten Abend in Saigon verteilt hatte, enthielten sechs Hundertdollarscheine für Mr. und Mrs. Ly, zwei für Phuong und je einen für ihre Brüder. »Für die vielen Abendessen und Eintrittskarten? Und die Ausflüge nach Da Lat und Vung Tau?«

»In Amerika zahlen sie dir eine Abfindung, wenn du gefeuert wirst. Von großen Unternehmen bekommen sogar die Rezeptionistinnen noch einen netten Scheck.« Vivien kramte in ihrer Handtasche herum, während die Kabine auf dem Weg nach unten war. »Außerdem habe ich noch Kreditkarten. Das Geld ist mir egal. Ich wollte euch eine Freude machen. Ihr seid doch noch nie irgendwo hingekommen.«

Vor ihnen ragte jetzt das Wahrzeichen des Vergnügungsparks auf, ein hohler Berg aus lehmrot gestrichenem Metall. »Das spielt doch keine Rolle«, sagte Phuong. Weder die Lügen noch die Tatsache, dass Vivien alles hatte, sogar Phuongs Namen, den sie nicht mal tragen wollte. »Du brauchst keine Ärztin zu sein, um mich zu unterstützen.«

»Wo sind meine Papiertaschentücher?« Vivien wischte mit den Händen die Tränen weg.

»Ich werde dir nicht zur Last fallen.« Phuong berührte Vivien am Arm, der vom Schweiß klebte. Die Kabine näherte sich dem Boden. »Ich suche mir einen Job. Ich kann selbst für mich sorgen. Ich werde für dich sorgen.«

Vivien klappte ihre Handtasche zu. Sie weinte immer noch. »Es tut mir leid, Phuong. Wenn ich wieder zu Hause bin, muss ich erst einmal mein Leben in Ordnung bringen. Ich muss die Konten der vier Kreditkarten ausgleichen, muss mein Studiendarlehen zurückzahlen und kann nur hoffen, dass sie mir nicht das Haus nehmen.«

»Aber ...«

»Ich werde keine Zeit haben, mich um eine kleine Schwester zu kümmern.« Jetzt umfasste Vivien mit ihren tränenfeuchten Händen die Hände von Phuong. »Verstehst du das? Bitte!«

Als der Angestellte die Tür öffnete, wartete schon ihr Vater und nahm sie mit der Einwegkamera ins Visier. Hinter ihm standen seine Frau und die beiden Jungen. Das Riesenrad drehte sich in gemächlichem Tempo, so langsam, dass sie bequem aussteigen konnten. Vivien stieg zuerst aus. Eine Woche später war das Foto entwickelt, aber Phuong musste das laminierte Bild erst ein paar Sekunden betrachten, bevor ihr auffiel, was unter der durchsichtigen Plastikfolie fehlte. Vivien war in der Kabinentür zu sehen, die Augen feucht, das Make-up verschmiert, aber durch ein Missgeschick bei Timing oder Komposition war von Phuong nichts zu erkennen.

Siebenundzwanzig Jahre hatte es gedauert, bis Vivien ihren ersten Brief nach Hause geschickt hatte, aber der zweite kam schon einen Monat später. Als Phuong eines Abends vom Nam Kha nach Hause kam, saßen ihre Eltern und Brüder dicht gedrängt um den Tisch im Wohnzimmer herum und sahen einen Stapel Fotografien durch, die Vivien geschickt hatte. Der fröhlich lächelnde Mr. Ly wedelte Phuong mit dem Brief zu, einem einzelnen Blatt, das sie auf der Couchlehne sitzend durchlas. Vivien erinnerte noch einmal an ihre wunderbaren Erlebnisse, das Abendessen in einem schwimmenden Restaurant auf dem Saigon, die Anprobe für ein maßgeschneidertes *Ao dai*, die Fahrt mit einem Ponygespann um den Xuan-Huong-See in Da Lat, und daran, dass der schönste Tag ihre Ankunft und der schlimmste ihre Abreise gewesen sei. *Ich habe aus dem Flugzeugfenster geschaut, bis ich das Land unter mir nicht mehr sehen konnte,* schrieb sie. *Alles ist so grün. Als sich die Wolkendecke schloss, wollte ich nur noch zurück.* Und so ging es weiter. Die Heuchelei ihrer Schwester schlug Phuong so auf den Magen, dass sie sich beherrschen musste, um den Brief nicht zu zerreißen.

»Ich möchte, dass du gleich morgen folgende Fotos laminieren lässt«, sagte Mr. Ly und ging die Fotos noch einmal durch. »Daraus machen wir ein Album.«

»Weshalb?«, sagte Phuong und warf den Brief auf den Tisch.

»Was meinst du, weshalb?« Mr. Ly schaute sie ungläubig an. »Zur Erinnerung, bis zum nächsten Mal.«

Phuong betrachtete ihren Vater, der umgeben von ihrer Mutter und ihren Brüdern auf der Couch saß und die Fotos umklammerte, als seien sie so viel wert wie die Hundertdollarscheine, die Vivien ihm geschenkt hatte. Zum ersten Mal in ihrem Leben hatte sie Mitleid mit ihm und war sicher, dass nicht nur ihr Vater das Herz seiner Tochter brechen würde, sondern, dass es eines Tages die Töchter sein würden, die sein Herz brechen würden. Phuong überlegte, ob sie ihm die Wahrheit sagen sollte, dass Vivien nicht mehr zurückkehren würde und auch sie eines Tages, möglicherweise nicht sofort, aber irgendwann, hinausgehen würde in die Welt, um sich in jemanden zu verlieben, den sie nicht kannte. Es war nur eine Frage des richtigen Zeitpunkts, und sie wusste jetzt schon, wie sie es anstellen würde.

Am nächsten Morgen um neun war sie allein im Haus. Die Jungen waren in der Schule, die Eltern arbeiteten. Sie trug das Geschenk ihrer Schwester, darüber Bluse und Caprihose. Am besten, dachte sie, würde das, was getan werden musste, draußen getan, und so stellte sie einen Hocker vor das

Metalltor zum Wohnzimmer und einen Blecheimer auf das Pflaster der Gasse. Als sie das Kuvert mit den Fotografien öffnete, fiel ihr als erste die in die Hand, auf der ihr Vater und Vivien zitternd in der »Eislaterne« standen, der letzten Station ihrer Tour durch den Vergnügungspark. Im Vorraum hatte ihnen ein Angestellter Polyesterparkas gegeben: mit Kapuze, knielang, in den Neonfarben Gelb, Rosa, Orange und Grün. Selbst in den Parkas war der Schritt aus dem Vorraum in die eigentliche »Eislaterne« ein Schock. Im Grunde handelte es sich dabei um einen gewaltigen, widerhallenden Kühlschrank, eine Halle mit einem Rundgang zu Sehenswürdigkeiten aus aller Welt, zu aus Eis gemeißelten Skulpturen, von denen keine größer als mannshoch war. Grelles Neonlicht, das das gleiche Farbspektrum abdeckte wie die Parkas, beleuchtete die Skulpturen, die herumwuselnden Menschen und zwei lange, ebenfalls in Eis gehauene Rutschen, auf denen kreischende Kinder abwärts sausten.

»Das ist schräg«, hatte Vivien gesagt, die mit zusammengezogenen Schultern vor einer Miniaturversion der Londoner Tower Bridge in der Kälte stand. Es war vor dieser Brücke, wo Vivien und ihr Vater für das Foto posierten, ganz in der Nähe der gefrorenen Pyramiden von Ägypten und der mit Reif überzogenen Sphinx. Phuong hob Viviens Kamera vor ihr Auge, und Vater und Tochter legten einander die Arme um die Taille. Phuong hatte roboterhaft auf den Auslöser gedrückt und gar nicht mehr auf das kleine digitale Bild geachtet, das auf dem Display der Kamera erschienen war. Jetzt aber, da sie mit dem Foto in der Hand auf dem Hocker saß, konnte sie sich die Details genauer anschauen. Mit den Kapuzen auf dem Kopf waren nur die blassen, dreieckigen Gesichter ihres Vaters und ihrer Schwester zu sehen, zwei weiße

Blüten auf neongrünen Seerosenblättern. Im glänzenden Licht der »Eislaterne« sah das Gesicht ihrer Schwester dem ihres Vaters ähnlicher als ihrem eigenen, die Symmetrie machte deutlich, was Phuong jetzt wusste. Ihr Vater liebte Vivien mehr als sie.

Als Phuong das Streichholz an das Foto hielt, fing es sofort Feuer. Sie ließ es in den Eimer fallen, schaute zu, wie es sich zusammenrollte und schrumpfte, und erinnerte sich, wie Vivien wieder schön Wetter machen wollte, nachdem sie das Foto geknipst hatte. »Hätte nie gedacht, dass ich das hier mal sagen würde«, sagte Vivien lächelnd und nahm Phuongs Hand, »aber mir ist kalt.« Selbst jetzt, einen Monat später, konnte Phuong diese Kälte noch spüren und erinnerte sich, wie sie sich zitternd zu dem kristallenen Sand Ägyptens umgedreht hatte. Sie fütterte das Feuer mit weiteren Fotos. Die aufsteigende Hitze wärmte sie. Nachdem sich etwa zwanzig weitere Fotos aufgelöst hatten, war nur noch eins übrig, das von Vivien und Phuong am Morgen von Viviens Abreise am Flughafen, als Vivien den Arm um Phuongs Schulter gelegt und mit den Fingern das Victory-Zeichen gemacht hatte.

Anders als ihre Schwester lächelte Phuong nicht. Ihr Vater hatte sie genötigt, zu Viviens Abschied ein *Ao dai* zu tragen. Eingezwängt in das seidene Kleid wirkte sie ernst und verhärtet. Ihr Gesichtsausdruck war der von posierenden Menschen früherer Generationen, als das Fotografieren noch auf seltene, festliche Anlässe wie Hochzeiten und Beerdigungen beschränkt war. Die Flamme ließ die Fotografie aufflackern, versengte erst Viviens, dann ihre Züge und verschlang schließlich beide Gesichter. Nachdem die Glut dieses und aller anderen Fotos erkaltet war, stand Phuong auf und verstreute die Asche auf dem Boden. Sie wollte sich gerade umdrehen und ins Haus gehen, als eine Windbö durch die Gasse fegte, die Asche erfasste und sie wie eine wirbelnde Wolke über den Dächern der Nachbarhäuser verteilte. Unwillkürlich blieb sie stehen, um den klaren und unendlich weiten Himmel zu bestaunen, in dem die Asche verschwand, die umgestülpte blaue Kristallschale, die, so weit ihr Blick reichte, ganz Saigon überwölbte.

DANKSAGUNGEN

Dank allen Herausgebern, die diese Geschichten als Erste druckten.

Dank all den wunderbaren Menschen in meinem Verlag Grove Atlantic, vor allem Peter Blackstock, der die Geschichten für gut genug hielt.

Dank meinem Vater und meiner Mutter, Joseph und Linda. Sie sind zuerst 1954 und 1975 noch einmal zu Flüchtlingen geworden und sind die tapfersten Menschen, die ich kenne. Sie retteten mir das Leben.

Dank an meinen älteren Bruder Tung, der die originäre Erfolgsgeschichte eines Geflüchteten ist. Sieben Jahre nach seiner Ankunft in den USA ging er nach Harvard. Er legt die Messlatte hoch.

Dank an Lan Duong, Geflüchtete wie ich, Schriftstellerin und Partnerin. Als Leserin jedes einzelnen Worts, das ich geschrieben habe, hat sie meine Leiden und Freuden geteilt.

Dank an unseren Sohn Ellison, der mich daran erinnerte, wie es ist, Kind zu sein. Wenn dieses Buch erscheint, wird er fast so alt sein wie ich, als ich zum Flüchtling wurde.

Viet Thanh Nguyen

»Ein packender populärer Genreroman.«
Die Zeit

»Meisterhaft. *Der Sympathisant* ist zum Klassiker bestimmt.«
T.C. Boyle

»Ein kluges Buch, sehr vielschichtig, brillant geschrieben
und mit einer großartigen Rhetorik. Ein Meisterwerk.«
Thomas Wörtche, Deutschlandfunk Kultur

978-3-453-43960-3

Leseprobe unter **www.heyne.de**

HEYNE ‹